名家析名著丛书

张中行

名作欣赏

韩小蕙 靳飞 主编

中国和平出版社

图书在版编目（CIP）数据

张中行名作欣赏 / 张中行著；韩小蕙，靳飞主编.
-- 北京：中国和平出版社，2010.9
（名家析名著丛书）
ISBN 978-7-5137-0010-8

Ⅰ．①张… Ⅱ．①张… ②韩… ③靳… Ⅲ．①张中行
（1909～2006）－文学欣赏 Ⅳ．①I206.7

中国版本图书馆CIP数据核字(2010)第174196号

《张中行名作欣赏》

张中行 著　韩小蕙 靳飞 主编

出 版 人：肖　斌
责任编辑：庞　旸
美术编辑：杨　都　谢　颖
责任校对：王秀玲　邸　洁
责任印务：宋小仓　曲利华

出版发行：中国和平出版社
社　　址：北京市西城区鼓楼西大街154号　　（100009）
发 行 部：（010）84026164　84026019（传真）
网　　址：www.hpbook.com
E－mail：hpbook@hpbook.com
经　　销：新华书店
印　　刷：小森印刷（北京）有限公司

开　　本：720毫米×980毫米　1/16
印　　张：20
字　　数：200千字
版　　次：2010年9月北京第1版　　2010年9月北京第 1 次印刷
（版权所有　　侵权必究）

ISBN 978-7-5137-0010-8　　　　　　　　　定价：29.80元

这一生我自认为不糊涂

张中行

张中行

名作欣赏

目　录

（2）序言 （韩小蕙）

（8）红楼点滴一（鉴赏人：季羡林）

（12）红楼点滴二（鉴赏人：季羡林）

（16）红楼点滴三（鉴赏人：季羡林）

（20）红楼点滴四（鉴赏人：季羡林）

（24）红楼点滴五（鉴赏人：季羡林）

（27）沙滩的住（鉴赏人：季羡林）

（31）沙滩的吃（鉴赏人：季羡林）

（42）怪物老爷（鉴赏人：周汝昌）

（50）桑榆自语（鉴赏人：洁泯）

（90）情意和诗境（鉴赏人：牛汉）

（104）汪大娘（鉴赏人：阎纲）

（110）银闸人物（鉴赏人：阎纲）

（116）自省（鉴赏人：何西来）

（120）自知（鉴赏人：何西来）

（122）自嘲（鉴赏人：何西来）

（132）梦的杂想（鉴赏人：毛志成）

（136）蓬山远近（鉴赏人：毛志成）

（144）苦雨斋一二（鉴赏人：谭宗远）

（152）桥（鉴赏人：孙郁）

（158）酒（鉴赏人：孙郁）

（170）归（鉴赏人：孙郁）

（179）直言（鉴赏人：李春林）

（186）月是异邦明（鉴赏人：伍立杨）

（198）怀疑与信仰（鉴赏人：伍立杨）

（206）彗星（鉴赏人：张恬）

（215）祖父张伦（鉴赏人：彭程）

（222）我与读书（鉴赏人：刘江滨）

（240）老温德（鉴赏人：林凯）

附一　谈行公文章一组

（247）读《负暄续话》（启功）

（251）不吃星级饭——行公草原行（张守义）

张中行

名作欣赏

（256）穿棉袄的张中行（唐师曾）

（261）我们的父亲张中行（张静、张文、张采、张莹
　　　口述，陈洁编写）

（267）张中老，走好！（蓝英年）

（273）他创造了两个奇迹（田永清）

（291）编后絮语（庞旸）

附　二

（296）张中行先生年谱简编

（305）张中行先生著作系年

张中行 生平

　　原名张璇，男，汉族，著名语文教育家、学者、作家。1909年1月生于河北省香河县一农家。1931年通县师范学校毕业。1935年北京大学中国语言文学系毕业。曾教中学、大学，编期刊。新中国成立后在人民教育出版社中学语文编辑室任编辑。退休后任人民教育出版社特约编审，直至1997年。张中行治学61年，上世纪80年代开始散文创作，著述甚丰。与季羡林、金克木合称"燕园三老"。2006年2月24日去世，享年98岁。

张中行

名作欣赏

鉴赏文撰稿人

按文章顺序排列

季羡林　北京大学教授，中国科学院院士，语言学家

周汝昌　著名红学家

洁　泯　著名文学评论家，中国社会科学院文学研究所原所长

牛　汉　著名诗人、中国作家协会全国名誉委员

阎　纲　著名文学评论家、作家，中国当代文学研究会副会长

何西来　著名文学评论家，《文学评论》原主编

毛志成　首都师范大学中文系教授，北京作家协会理事

谭宗远　北京作家协会少数民族创作委员会副主任

孙　郁　鲁迅博物馆馆长，中国人民大学文学院院长

李春林　《光明日报》编委

伍立杨　《海南日报》副刊部主任

张　恬　北京市文化艺术联合会文艺研究室主任

彭　程　《书摘》主编

刘江滨　《燕赵都市报》副主编

林　凯　《书摘》编辑

序 言

韩小蕙

行公自题：
白首苍颜貌不扬，香奁绮梦定难偿。
观棋听侃随缘事，也演浮生戏一场。

◯ 漫画：丁聪

（上篇）

大约是1992年的一天，一个很平常的日子。我随手翻开新创刊的《书摘》杂志，见到一个很大胆的题目：《论婚外恋》，作者张中行。我感到很意外。因为知道张先生是一位学贯中西的大学者，年已耄耋，他怎么会想起作这样一个题目？他能否有超人的见解？于是埋头就读。文章不短，大约有6000字的样子，一口气读完，然后就坐在那里发愣：不知道这样一个人人都在说长道短的题目，张先生怎么能说得这样透彻明白？真好比是一朵谁都看到的红花，早有一千个人把它描绘过了，简直说白了，说滥了，叫人无法再张口。可是经张先生再一说，人们突然觉得像是第一次看到这朵花，重新发现了新大陆。张先生真有一种能把事情穿透，并从上下、左右、前后、里外、表层、内涵、本质等等方面将其说透的大本事，这叫我佩服得五体投地。同时，我也感到兴奋异常，因为我想，可找到一位能将人生说透的"神"了！

我就去找张先生的其他著作。并且得知，《论婚外恋》是大著《顺生论》之一节，此书为一本全面论述人生的著作，有24万字之巨，是张先生一生读书做人的精华荟萃。终于有了捧书细读的一天，突出的感受依然是：张先生能够把别人说不明白的事，说得特别明白。

这期间，令我荣幸之至的，是我竟然得识了行公。面对我心中的"神"，第一次见面，我们谈了4个小时。静听着这位睿智的大学问家阐释他的人生见解，令我最意外也最印象深刻的，是行公绝不只是一位面壁书斋的学者，他对世界、对社会、对政治，有着一个正直的知识分子的深刻思考。说到激愤处，老先生也会像慷慨悲歌的燕赵之士，激动高声，声震屋瓦。比如那天正说话间，忽然门帘一挑，翩然进来一位50多岁的男士，朗声问道："请您写的序，完成了吗？"行公也不搭话，一猫腰，从桌子底下取出一摞稿子递过去，这才吭声："还是还给你吧，这序我写不了。"等那人走后，行公厌恶地说："这是一个大人物的书，托此公送给我，以为我一定写。我呀，能写也不写，人物再大，干了那么多坏事，我才不出卖良心呢！"

还有一条印象深刻的，是行公对他自己的评价甚低，这也大出我的意料。关于他的学识之渊博，文化界流传着好多故事；普通读者也都知晓他的大名，因为全国各个城市，满大街都在卖他的书。就算这些都不提及，我亲眼所见的一件事，却实在不能省略：那天有几位先生来找，拿出几方砚台，请行公鉴定。砚面空空，上面什么字、印也没有，真可说是了无痕迹。只见行公随手接过来，只几瞄，就不但断定是什

○ 行公"标准照"

么朝代什么年间的，还居然说出为哪位名砚工所制，真是神了！把一屋子人惊得目瞪口呆。这才叫真本事，堪称大家。可是行公却反复对我说："我这辈子学问太浅，让高明人笑话。"见我一个劲儿摇头，他来认真的了："可不是吗？你没听见我经常说的一个笑话：要是给王国维先生评为一级教授，那么二级也没人当之。勉强有几位老的，能评上三级，还轮不到我呢"。我注意到，"让高明人笑话"，这句话已成为行公的口头禅，在许多问题上都用，时时以此自省，那次电视台要给他拍片子，他不愿意出头露面，挡驾的也是这句话。他是真正的"学，然后知不足"，比起那些总共也没读过三本书，就自我感觉良好，膨胀到满天下去跟人争名次的蠢材，真不可同日而语。

至此，我也越加理解了，为什么许多朋友爱称行公为"布衣学者"？老先生打从心底里，一向把自己看得普普通通，"我乃街头巷尾的常人"。他也习惯于别人这样对待他，若要把官场文坛那一套搬来，套用到他身上，老先生还腻味得不行。又是我亲眼看见，行公宁可在办公室吃昨晚剩的干火烧，也坚持不去应酬官宴，"忒累！"他说。"又绝无必要。"他说。

行公的说话也值得大记一笔，其风格，也属布衣。男人，男性，他说"男的"。女人也一律称作"女的"，就像引车卖浆者言。那么大的学问家，一点不以劳动者为鄙，一点不端着架子装腔作势，除了"男的"、"女的"、"老的"之类，平时所言，一律是老百姓的平实语，从不"之乎者也"、"主义"、"前、后"云云。熟人、朋友、弟子、忘年交，一律称之"行公"，有的还昵称"老爷子"甚或"老头"，都答应得干脆利落。

（下篇）

所以，当中国和平出版社总编辑侯健先生找到我，要我为该社拟出的"名家析名著丛书"推荐人选时，我立即首推行公。可是，当侯总编又邀我就任《张中行名作欣赏》一书主编时，我却惶惑复胆怯，不敢应承。以我之才疏学浅、孤陋寡闻、"少"不经事，如何能理解得了大学问家张中行的境界，这不是以渺渺一粟面对茫茫沧海吗？无奈，侯总编力持，我这边又有行公弟子靳飞先生一力鼓动，经过再三再四的犹豫，遂终于下决心破釜沉舟，答应编就这部书。

行公一生何其勤勉，著作几如河汉，庶乎多不可数！本书限于篇幅，只能遴选15万字左右，实在是有拿一张大桌布做成一块小手绢的感觉。看看哪篇，都好，都各有其入选的理由，都不忍下手割爱。后来，还是靳飞先生开出书目，我们亲聆行公意见，才最终确定下来。入选篇目是根据这样一条原则操作的，即：尽可能将行公各种风格作品的代表作麇集于此，展示先生大著全貌，以飨读者。

篇目确定下来以后，就遇到请人鉴赏的问题。"丛书"明确规定，须由"名家"来鉴赏，这就又有了难度。名家现在没有闲人，谁身后都有一大群编辑跟着，有的报刊还悬有高额稿酬，绝不是本书区区薄酬所能同日而语的。囊中羞涩其气也衰，于是我约稿时就底不足，气不壮，不敢高声。不过我显然是庸人自扰了，各位大名家，出于对行公的敬仰，无不欣然应允。季羡林先生耄耋高龄，百事缠身，却是星夜赶稿，5200字一气呵成，字里行间充满殷殷情谊，读之令人动容而忖：这哪里是季、张二人的私人交往，分明更是中国一代文化巨擘所呈现出的学问高度。周汝昌先生年过古稀，因患眼疾而字大须如铜钱，且正忙于自己著作的出版事宜，却还是拨冗撰稿，文章写得一丝不苟，从容不迫，又独具慧眼，见解高超，显示出一位大学问家的垂人风范。洁泯先生刚好亦做了眼睛手术，医嘱需要恢复一段时间，完全可以辞谢不写，但先生却郑重其事地来函垂问，可否延宕一小段时间？并最终如期交稿；文3300字，全部是工工整整的蝇头小楷，令人生出无限感动，慨叹世间还有如此君子。牛汉先生算是我这个文学编辑最优秀的作者之一，本不相熟，是于文字交往之中成为忘年朋友的；我向来佩服先生的锦绣文章，此番特意挑了一篇最有难度的，即有关诗文学问的请援；先生谦虚，连说从不敢写鉴赏文字，本不该应命，但对于行公的学问，恰好是一次学习领悟的机会，遂认真写来；翻开其文，书卷气扑面而来，一位年已古稀的著名诗人向耄耋学者孜孜以求的高贵心境，氤氲着全篇，给后人我辈留下的，绝不只是学术之诲。我不由得连连感叹：这就是中国一代文化老人，迄今为止，他们仍是中国知识界的最高山峰！

当然，中青年学者也正在迎头赶上来。需要说明的是，本来阎纲先生、何西来先生、毛志成先生，早已大名鼎鼎，但在此书只能屈就中年一代。这三位先生的文章都有文势滔滔之妙，又加入他们这一代人特有的经历、体察、感悟、思索所化就的学养，就有如在行公的睿智之上，增加了高明的导读，使我们于别开的一扇窗棂里，看到了新的风景。再往下，青年学者还可细分两茬：与我大约同代的，有孙郁、谭宗远、张恬、李春林；与靳飞同代的，有伍立杨、彭程、刘江滨、林凯。他们都是近年来已小有成就的青年名家，在创作、评论、理论以及读书界等等，露出锋芒，为人瞩目。特别是伍立杨、彭程、刘江滨诸君，年刚过而立，正是意气风发岁月，却已是饱读中外诗书，佳作一篇继一篇喷薄而出；他们秉承的正是中国传统文化一路，文章一出手，必氤氲着古典文学所特有的儒雅书香之气，每每令我想起唐初四才子王、杨、卢、骆。我的感觉是，后生可畏，前途未可限量，可不能小视了他们！

因此，在本书中，我很难说出哪篇文章最好。我觉得篇篇都好，不论原文还是赏析文章，俱是心血之作——在这人人都道是急功近利的浮躁年代，能有学人如此不计名利、不贪金钱、不恋热闹、不慕潮涨潮落、不看云起云飞，而甘心情愿孤守一隅，沉醉书斋做学问，真让我从深心里想说上一声："谢谢！"我宁愿不将此书看成是孤立的一部书，而视做继承发扬我中华传统文化的一个具体操作，但愿通过个体的劳动，使小溪汇入大海，跬步积成千里，"悠悠，不尽长江滚滚流！"

最后，还要感谢中国和平出版社，感谢总编辑侯健先生和责编庞旸女士，感谢他们所做的工作。在铺天盖地的商业大潮冲击下，并不是所有的出版社和编辑都钻到了钱眼里，都以是否赚钱为要旨，有责任感的出版工作者还是在苦心孤诣地做着文化的积累工作，我以为本书就是一个例子。

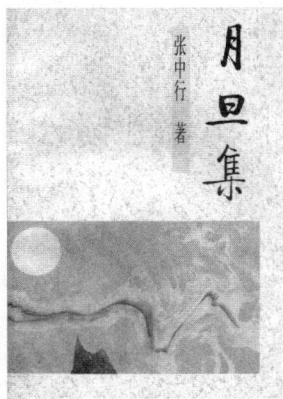

◎《月旦集》封面

红楼点滴一

一般人谈起北京大学就想到蔡元培校长，谈起蔡元培校长就想到他开创的风气——兼容并包和学术自由。

民国年间，北京大学有三个院：一院是文学院，即有名的红楼，在紫禁城神武门（北门）以东汉花园（沙滩的东部）。二院是理学院，在景山之东马神庙（后改名景山东街）路北，这是北京大学的老居址，京师大学堂所在地。三院是法学院（后期移一院），在一院之南北河沿路西。红楼是名副其实的红色，四层的砖木结构，坐北向南一个横长条。民国初年建造时候，是想用作宿舍的，建成之后用作文科教室。文科，而且是教室，于是许多与文有关的知名人士就不能不到这里来进进出出。其中最为大家所称道的当然是蔡元培校长，其余如刘师培、陈独秀、辜鸿铭、胡适等，就几乎数不清了。人多，活动多，值得说说的自然就随着多起来。为了把乱丝理出个头绪，要分类。其中的一类是课堂的随随便便。

一般人谈起北京大学就想到蔡元培校长，谈起蔡元培校长就想到他开创的风气——兼容并包和学术自由。这风气表现在各个方面，或者说无孔不入，这孔自然不能不包括课堂。课堂，由宗周的国子学到清末的三味书屋，规矩都是严格的。北京大学的课堂却不然，虽然规定并不这样说，事实上总是可以随随便便。这说得鲜明一些是：不应该来上课的却可以每课必到，应该来上课的却可以经常不到。

先说不应该上课而上课的情况。这出于几方面的因缘和合。北京大学不乏名教授，所讲虽然未必都是发前人之所未发，却是名声在外。这是一方面。

有些年轻人在沙滩一带流浪，没有上学而同样愿意求学，还有些人，上了学而学校是不入流的，也愿意买硬席票而坐软席车，于是都踊跃地来旁听。这也是一个方面。还有一个方面是北京大学课堂的惯例：来者不拒，去者不追。且说我刚入学的时候，首先感到奇怪的是同学间的隔膜。同坐一堂，摩肩碰肘，却很少交谈，甚至相视而笑的情况也很少。这由心理方面说恐怕是，都自以为有一套，因而目中无人。但这就给旁听者创造了大方便，因为都漠不相关，所以非本班的人进来入座，就不会有人看，更不会有人盘查。常有这样的情况，一个学期，上课常常在一起，比如说十几个人，其中哪些是选课的，哪些是旁听的，不知道；哪些是本校的，哪些不是，也不知道。这模模糊糊，有时必须水落石出，就会近于笑谈。比如刘半农先生开"古声律学"的课，每次上课有十几个人，到期考才知道选课的只有我一个人。还有一次，听说是法文课，上课的每次有五六个人，到期考却没有一个人参加。教师当然很恼火，问管注册的，原来是只一个人选，后来退了，管注册的人忘记注销，所以便宜了旁听的。

再说应该上课而不上课的情况。据我所知，上课时间不上课，去逛大街或看电影的，像是很少。不上有种种原因或种种想法。比如有的课不值得听，如"党义"；有的课，上课所讲与讲义所写无大差别，可以不重复；有的课，内容不深，自己所知已经不少；等等。这类不上课的人，上误时间多半在图书馆，目的是过屠门而大嚼。因为这样，所以常常不上课的人，也许是成绩比较好的；在教授一面，也就会有反常的反应，对于常上课的是亲近，对于不常上课的是敬畏。不常上课，有旷课的处罚问题，学校规定，旷课一半以上不能参加期考，不考不能得学分，学分不够不能毕业。怎么办？办法是求管点名（进课堂看座位号，空位画一次缺课）的盛先生擦去几次。学生不上课，钻图书馆，这情况是大家都知道的，所以盛先生总是慨然应允。

这种课堂的随随便便，在校外曾引来不很客气的评论，比如，北京大学是把后门的门槛锯下来，加在前门的门槛上，就是一种。这评论的意思是，

进门很难；但只要能进去，混混就可以毕业，因为后门没有门槛阻挡了。其实，至少就我亲身所体验，是进门以后，并没有很多混混过去的自由，因为有无形又不成文的大法管辖着，这就是学术空气。说是空气，无声无臭，却很厉害。比如说，许多学问有大成就的人都是蓝布长衫，学生，即使很有钱，也不敢西服革履，因为一对照，更惭愧。其他学问大事就更不用说了。

　　时间不很长，我离开这个随随便便的环境。又不久，国土被侵占，学校迁往西南，同清华、南开合伙过日子去了。一晃过了十年光景，学校返回旧居，一切支离破碎。我有时想到红楼的昔日，旧的风气还会有一些吗？记得是 1947 年或 1948 年，老友曹君来串门，说梁思成在北大讲中国建筑史，每次放映幻灯片，很有意思，他听了几次。下次是最后一次，讲杂建筑，应该去听听。到时候，我们去了。讲的是花园、桥、塔等等，记得幻灯片里有苏州木渎镇的某花园，小巧曲折，很美。两小时，讲完了，梁先生说："课讲完了，为了应酬公事，还得考一考吧？诸位说说怎么考好？"听课的有近二十人，没有一个人答话。梁先生又说："反正是应酬公事，怎么样都可以，说说吧。"还是没有人答话。梁先生像是恍然大悟，于是说："那就先看看有几位是选课的吧。请选课的举手。"没有一个人举手。梁先生笑了，说："原来诸位都是旁听的，谢谢诸位捧场。"说着，向讲台下作一个大揖。听讲的人报之以微笑，而散。我走出来，想到北京大学未改旧家风，心里觉得安慰。

◎ (左图)1935 年北京大学毕业时证书照。

红楼点滴二

"吾爱吾师，吾更爱真理。"红楼里就是提倡这种精神，也就真充满这种空气。

点滴一谈的是红楼散漫的一面。还有严正的一面，也应该谈谈。不记得是哪位先生了，上课鼓励学生要有求真精神，引古希腊亚里士多德改变业师柏拉图学说的故事，有人责问他不该这样做，他说："吾爱吾师，吾更爱真理。"红楼里就是提倡这种精神，也就真充满这种空气。这类故事很不少，说几件还记得的。

先说一件非亲历的。我到北京大学是30年代初，其时古文家刘师培和今文家崔适已经下世十年左右。听老字号的人说，他们二位的校内住所恰好对门，自然要朝夕相见，每次见面都是恭敬客气，互称某先生，同时伴以一鞠躬；可是上课之后就完全变了样，总要攻击对方荒谬，毫不留情。崔有著作，《史记探原》和《春秋复始》都有北京大学讲义本，刘著作更多，早逝之后刊为《刘申叔先生遗书》，可见都是忠于自己的所信，当仁不让的。

30年代初，还是疑古考古风很盛的时候；同是考，又有从旧和革新之别。胡适写了《中国哲学史大纲》上卷，在学校讲中国哲学史，自然也是上卷。顺便说个笑话，胡还写过《白话文学史》，也是只有上卷，所以有人戏称之为"上卷博士"。言归正传，钱宾四（穆）其时已经写完《先秦诸子系年考辨》，并准备印《老子辨》。两个人都不能不处理《老子》。这个问题很复杂，提要言之，书的《老子》，人的"老子"，究竟是什么时代的？胡从旧，二"老"就年高了，高到春秋晚年，略早于孔子；钱破旧，二"老"成为年轻人，晚

◎ 1998年9月29日，去美术馆参加胡絜青画展开幕式返回时在北大红楼前留影。

到战国，略早于韩非。胡书早出，自然按兵不动，于是钱起兵而攻之，胡不举白旗，钱很气愤，一次相遇于教授会（现在名教研室或教员休息室），钱说："胡先生，《老子》年代晚，证据确凿，你不要再坚持了。"胡答："钱先生，你举的证据还不能使我心服；如果能使我心服，我连我的老子也不要了。"这次激烈的争执以一笑结束。

争执也有不这样轻松的。也是反胡，戈矛不是来自革新的一面，而是来自更守旧的一面。那是林公铎（损），人有些才气，读书不少，长于记诵，二十几岁就到北京大学国文系任教授。一个熟于子曰诗云而不识abcd的人，不赞成白话是可以理解的。他不像林琴南，公开写信反对；但又不能唾面自干，于是把满腹怨气发泄在课堂上。一次，忘记是讲什么课了，他照例是喝完半瓶葡萄酒，红着面孔走上讲台。张口第一句就责骂胡适怎样不通，因为读不懂古文，所以主张用新式标点。列举标点的荒唐，其中之一是在人名左侧打一个杠子（案即专名号），"这成什么话！"接着说，有一次他看到胡适写的

◎ 1998 年 5 月 4 日与夫人李芝銮参加北大百年校庆活动。

什么，里面写到他，旁边有个杠子，把他气坏了；往下看，有胡适自己的名字，旁边也有个杠子，他的气才消了些。讲台下大笑。他像是满足了，这场缺席判决就这样结束。

教师之间如此。教师学生之间也是如此，举两件为例。一次是青年教师俞平伯讲古诗，蔡邕所作《饮马长城窟行》，其中有"枯桑知天风，海水知天寒"两句，俞说："知就是不知。"一个同学站起来说："俞先生，你这样讲有根据吗？"俞说："古书这种反训不少。"接着拿起粉笔，在黑板上写出六七种。提问的同学说："对。"坐下。另一次是胡适之讲课，提到某一种小说，他说："可惜向来没有人说过作者是谁。"一个同学张君，后来成为史学家的，站起来说，有人说过，见什么丛书里的什么书。胡很惊讶，也很高兴，以后上课，逢人便说："北大真不愧为大。"

这种站起来提问或反驳的举动，有时还会有不礼貌的。如有那么一次，是关于佛学某问题的讨论会，胡适发言比较长，正在讲得津津有味的时候，一个姓韩的同学气冲冲地站起来说："胡先生，你不要讲了，你说的都是外行话。"胡说："我这方面确是很不行。不过，叫我讲完了可以吗？"在场的人都说，当然要讲完。因为这是红楼的传统，坚持己见，也容许别人坚持己见。根究起来，韩君的主张是外道，所以被否决。

这种坚持己见的风气，有时也会引来小麻烦。据说是对于讲课中涉及的某学术问题，某教授和某同学意见相反。这只要能够相互容忍也就罢了；偏偏是互不相让，争论起来无尽无休。这样延续到学期终了，不知教授是有意为难还是选取重点，考题就正好出了这一个。这位同学自然要言己之所信。教授阅卷，自然认为错误，于是评为不及格。照规定，不及格，下学期开学之后要补考，考卷上照例盖一长条印章，上写：注意，六十七分及格。因为照规定，补考分数要打九折，记入学分册，评六十七分，九折得六十分多一点，勉强及格。且说这次补考，也许为了表示决不让步吧，教授出题，仍是原样。那位同学也不让步，答卷也仍是原样。评分，写六十，打折扣，自然不及格。还要补考，仍旧是双方都不让步，评分又是六十。但这一次算及了格，问为什么，说是规定只说补考打九折，没有说再补考还要打九折，所以不打折扣。这位教授违背了红楼精神，于是以失败告终。

红楼点滴三

点滴一谈散漫，二谈严正；还可以再加一种，
谈容忍。

　　点滴一谈散漫，二谈严正；还可以再加一种，谈容忍。我是在中等学校
念了六年走入北京大学的，深知充任中学教师之不易。没有相当的学识不
成；有，口才差，讲不好也不成；还要有差不多的仪表，因为学生不只听，
还要看。学生好比是剧场的看客，既有不买票的自由，又有喊倒好的权利。
戴着这种旧眼镜走入红楼，真是面目一新，这里是只要学有专长，其他一切
都可以凑合。自然，学生还有不买票的自由；不过只要买了票，进场入座，
不管演者有什么奇怪的唱念做，学生都不会喊倒好，因为红楼的风气是我干
我的，你干你的，各不相扰。举几件还记得的小事为证。

　　一件，是英文组，我常去旁听。一个外国胖太太，总不少于五十多岁吧，
课讲得不坏，发音清朗而语言流利。她讲一会总要让学生温习一下，这一段
空闲，她坐下，由小皮包里拿出小镜子、粉和胭脂，对着镜子细细涂抹。这
是很不合中国习惯的，因为是"老"师，而且在课堂。我第一次看见，简直
有点愕然；及至看看别人，都若无其事，也就恢复平静了。

　　另一件，是顾颉刚先生，那时候他是燕京大学教授，在北京大学兼课，
讲《禹贡》之类。顾先生专攻历史，学问渊博，是疑古队伍中的健将；善于
写文章，下笔万言，凡是翻过《古史辨》的人都知道。可是天道啬，与其
角者缺其齿，口才偏偏很差。讲课，他总是意多而言语跟不上，吃吃一会，
就急得拿起粉笔在黑板上疾书。写得速度快而字清楚，可是无论如何，较之

口若悬河总是很差了。我有时想，要是在中学，也许有被驱逐的危险吧？而在红楼，大家就处之泰然。

又一件，是明清史专家孟心史（森）先生。我知道他，起初是因为他是一桩公案的判决者。这是有关《红楼梦》本事的。很多人都知道，研究《红楼梦》，早期有"索隐"派，如王梦阮，说《红楼梦》是影射清世祖顺治和董鄂妃的，而董鄂妃就是秦淮名妓嫁给冒辟疆的董小宛。这样一比附，贾宝玉就成为顺治的替身，林黛玉就成为董小宛的替身，真是说来活灵活现，像煞有介事。孟先生不声不响，写了《董小宛考》，证明董小宛

◎ 顾颉刚先生1937年在禹贡学会.

生于明朝天启四年，比顺治大十四岁，董小宛死时年二十八，顺治还是十四岁的孩子.结果判决：不可能。我是怀着看看这位精干厉害人物的心情才去听他的课的。及至上课，才知道，从外貌看他是既不精干，又不厉害。身材不高，永远穿一件旧棉布长衫，面部沉闷，毫无表情。专说他的讲课，也是出奇的沉闷。有讲义，学生人手一篇。上课钟响后，他走上讲台，手里拿着一本讲义，拇指插在讲义中间。从来不向讲台下看，也许因为看也看不见。应该从哪里念起，是早已准备好，有拇指作记号的，于是翻开就照本慢读。我曾检验过，耳听目视，果然一字不差。下课钟响了，把讲义合上，拇指仍然插在中间，转身走出，还是不向讲台下看。下一课仍旧如此，真够得上是坚定不移了。

又一件，是讲目录学的伦哲如（明）先生。他知识丰富，不但历代经籍艺文情况熟，而且，据说见闻广，许多善本书他都见过。可是有些事却糊里糊涂。譬如上下课有钟声，他向来不清楚，或者听而不闻，要有人提醒才能照办。关于课程内容的数量，讲授时间的长短，他也不清楚，学生有时问到，

他照例答："不知道。"

又一件，是林公铎（损，原写攻渎）先生。他年岁很轻就到北京大学中国语言文学系任教授，我推想就是因此而骄傲，常常借酒力说怪话。据说他长于记诵，许多古籍能背；诗写得很好，可惜没见过。至于学识究竟如何，我所知甚少，不敢妄言。只知道他著过一种书，名《政理古微》，薄薄一本，我见过，印象不深，以"人云亦云"为标准衡之，恐怕不很高明，因为很少人提到。但他自视很高，喜欢立异，有时异到等于胡说。譬如有一次，有人问他："林先生这学期开什么课？"他答："唐诗。"又问："准备讲哪些人？"他答："陶渊明。"他上课，常常是发牢骚，说题外话。譬如讲诗，一学期不见得能讲几首；就是几首，有时也喜欢随口乱说，以表示与众不同。同学田君告诉我，他听林公铎讲杜甫《赠卫八处士》，结尾云，卫八处士不够朋友，用黄米饭炒韭菜招待杜甫，杜公当然不满，所以诗中说，"明日隔山岳，世事两茫茫"，意思是此后你走你的路，我走我的路。也许就是因为常常讲得太怪，所以到胡适兼任系主任，动手整顿的时候，林公铎解聘了。他不服，写了责问的公开信，其中用了杨修"鸡肋"的典故，说"教授鸡肋"。我当时觉得，这个典故用得并不妥，因为鸡肋的一面是弃之可惜，林先生本意是想表示被解聘无所谓的。

最后说说钱玄同先生。钱先生是学术界大名人，原名夏，据说因为庶出受歧视，想扔掉本姓，署名"疑古玄同"。早年在日本，也是章太炎的弟子。与鲁迅先生是同门之友，来往很密，并劝鲁迅先生改抄古碑为写点文章，就是《呐喊·自序》称为"金心异"的（案此名本为林琴南所惠赐）。他通文字音韵及国学各门。最难得的是在老学究的队伍里而下笔则诙谐讽刺，或说嬉笑怒骂。他是师范大学教授，在北京大学兼课，讲"中国音韵沿革"。钱先生有口才，头脑清晰，讲书条理清楚，滔滔不绝。我听了他一年课，照规定要考两次。上一学期终了考，他来了，发下考卷考题以后，打开书包，坐在讲桌后写他自己的什么。考题四道，旁边一个同学告诉我，好歹答三道题就交

◎ 钱玄同先生

吧，反正没人看。我照样做了，到下课，果然见钱先生拿着考卷走进教务室，并立刻空着手出来。后来知道，钱先生是向来不判考卷的，学校为此刻一个木戳，上写"及格"二字，收到考卷，盖上木戳，照封面姓名记入学分册，而已。这个办法，据说钱先生曾向外推广，那是在燕京大学兼课，考卷不看，交与学校。学校退回，钱先生仍是不看，也退回。于是学校要依法制裁，说如不判考卷，将扣发薪金云云。钱先生作复，并附钞票一包，云：薪金全数奉还，判卷恕不能从命。这次争执如何了结，因为没有听到下回分解，不敢妄说。总之可证，红楼的容忍风气虽然根深蒂固，想越雷池一步还是不容易的。

红楼点滴四

他失败，从事故方面说是违背了"入其国，先问其俗"的古训，从大道理方面说是违背了红楼精神。

○ 老北大红楼外景

　　点滴一、二、三说的都是红楼之内。这回要说之外，即红楼后面的一片空旷地，当时用作操场，后来称为民主广场的。场地很大，却几乎毫无设置。记得除了冬季在北部，上搭席棚、下开冰场之外，长年都是空空的。学校有篮球场和网球场，在北河沿第三院，打球要到那里去。红楼后面的广场，唯一的用处是上军事训练课。

　　同"党义"一样，军事训练是必修课，由入学起，上一年还是两年，记不清了，总之是不修或修而不及格就不能毕业。说来奇怪，这也是名实相反的好例证，凡是必修的，在学生心目中都是"不必"修的。必修之下有普修，如大一国文、大一外语等，都是一年级时候学一年。对于普修课，学生的看法大致是，学学也好，不学也没什么了不得，因为都是入门的，或说下里巴人的。再下是大量的形形色色的选修课，是爬往"专"的路上的阶梯，因而最为学生所看重，其实也最为教师和学校甚至社会所看重。

同是必修课，不受重视的原因不尽同。例如党义，除了学生视为浅易之外，主要原因是宣扬"书同文，车同轨"，与北京大学的容许甚至鼓励乱说乱道的精神格格不入。且说这位教党义的先生，记得姓王，看似无能，却十分聪明。他对付学生的办法完全是黄老之术，所谓无为而治。上课，据说经常只有一个人，是同乡关系（？），不好不捧场。到考试，学生蜂拥而至，坐满课堂，评分是凡有答卷的都及格。军事训练不受学生重视，原因之一是学生来此的本意是学文，不是学武；之二是，在北京大学，外貌自由散漫已经成为风气，而军事训练却要求严格奋发。

教军事训练课必须解决这个矛盾。却不能用黄老之术，因为一个人上操场，不能列队；又这是在红楼之外，十目所视，十手所指。担任这门课的是白雄远，在学校的职位是课业处军事训练组主任，也许军阶是校级吧，我们称之为教官。他很有办法，竟把上面说的这种矛盾解决得水乳交融。他身材相当魁梧，腰杆挺直，两眼明朗有神，穿上军服，腰系皮带，足蹬皮靴，用文言滥调，真可说是精神奕奕了。他对付学生的办法是以心理学为基础的社交术。他记性好，两三百受训的学生，他几乎都认识。对待学生，他是两仪合为太极。一仪是在课外，遇见学生称某先生，表示非常尊重，如果点头之外还继以谈话，就说学生学的是真学问，前途无量，他学的这一行简直不足道。另一仪是在课内，那就真是像煞有介事，立正，看齐，报数，像是一丝不苟。这两仪合为太极，可以用他自己的话来描述。有一次，也许有少数学生表现得不够理想吧，他像是深有感慨地说："诸位是研究学问的，军训当然没意思。可是国家设这门课，让我来教，我不能不教，诸位不能不上。我们心里都明白，用不着较真儿。譬如说，旁边有人看着，我喊立正，诸位打起精神，站正了，排齐了，我喊报数，诸位大声报，一，二，三，四，人家看着很好，我也光彩，不就得了吗。如果没有人看着，诸位只要能来，怎么样都可以，反正能应酬过去就成了。"

他这个两仪合为太极的办法很有成效，据我记得，我们那一班（班排之班），大概十个人吧，上课总是都到。其中有后来成为名人的何其芳，我的印象，是全班中最为吊儿郎当的，身子站不稳，枪拿不正。可是白教官身先士卒，向来没申斥过哪一个人。课程平平静静地进行，中间还打过一次靶，到北郊，实弹射击。机关枪五发，步枪五发，自然打中的不多，可是都算及了格。

不知道从哪里刮来一阵风，说必须整顿，加强。于是来个新教官，据说是上校级，南京派来的。上课，态度大变，是要严格要求，绝对服从。开门第一炮，果然像对待士卒的样子，指使，摆布，申斥。这是变太极为敲扑，结果自然是群情愤激。开始是敢怒而不敢言，不久就布阵反击，武器有钢铁和橡胶两种。钢铁是正颜厉色地论辩，那位先生不学无术，虚张声势，这样一戳就泄了气。橡胶是无声抵抗，譬如喊立正，就是立不正；但又立着，你不能奈我何。据说，这位先生气得没办法，曾找学校支援，学校对学生一贯是行所无事，当然不管。于是，大概只有两三个月吧，这位先生黔驴技穷，辞职回南了。他失败，从世故方面说是违背了"入其国，先问其俗"的古训，从大道理方面说是违背了红楼精神。

白雄远教官，人也许没有什么可传的；如果说还有可传，那就是他能够顺从红楼精神。因为有这个优点，所以那位先生回南之后，他官复原职，受到同学们的热烈欢迎。我的记忆，同学对他一直很好，觉得他可亲近。也许就是因此，有一次，学校举行某范围的智力测验，其中一题是"拥重兵而非军阀者是什么人"，有个同学就借他的大名之助，不但得了高分，还获得全校传为美谈的荣誉。

◎ 当年的红楼门景.

红楼点滴五

舍不得的自然不只他一个，不过自食其力的
社会空气力量很大，绝大多数人也就只好卷
起铺盖，走上另一条路了。

点滴四已经走了题，扯到红楼的外面。俗话说，"一不做，二不休"，既然已经跑出来，索性再谈些不都发生在红楼之内的事。这想谈的是有关入学的种种，北京大学有自己的一套办法，现在看来也许很简陋，但有特点，或者可以聊备掌故吧。

先说第一次的入学，由投考报名起，是有松有紧。所谓紧是指报名资格，一定要是中等学校毕业，有证书作证明。所谓松是只填考某院（文、理、法）而不填考某系，更不细到系之下还要定专业。这松之后自然会随来一种自由：可以选某一院的任何系，如考取文学院，既可以选读历史，也可以选读日语。自由与计画是不容易协调的，于是各系的学生数就难免出现偏多偏少的现象。例如1936年暑期毕业的一期，史学系多到三十六个人，其中有后来成为史学家的张政烺；生物学系少到三个人，其中有后来成为美籍华人的生物学家牛满江。多，开班，少，也开班，这用的是姜太公的办法，愿者上钩。

再说命题，用的是迅雷不及掩耳的办法。譬如说，考国文是明天早八点，今天中午由校、系首脑密商，决定请某某两三位教授命题。接着立刻派汽车依次去接。形式近于逮捕，到门，进去，见到某教授，说明来意，受请者必须拿起衣物，不与任何人交谈，立刻上车。到红楼以后，形式近于监禁，要一直走入地下层的某一室，在室内商酌出题。楼外一周有校警包围，任何人不准接近楼窗。这样，工作，饮食，大小便，休息，睡眠，都在地下，入夜某时以前，题要交卷。印讲义的工厂原就在地下，工人也是不许走出地下层，接到题稿，排版，出题人校对无误，印成若干份，加封待用。到早晨八时略前，题纸由地下层取出，送到试场分发；出题人解禁，派汽车送回家。这个办法像是很有优点，因为没有听说过有漏题的事。

看考卷判分，密封，看字不知人，对错有标准，自然用不着什么新奇花样。只是有一种不好办，就是国文卷的作文，仁者见仁，智者见智，且不说准确，连公平也不容易做到。赵憩之（荫棠）先生有一次告诉我，30年代某一年招考，看国文考卷有他，阅卷将开始，胡适提议，大家的评分标准要协调一下。办法是随便拿出一份考卷，每人把其中的作文看一遍，然后把评分写在纸条上，最后把所有纸条的评分平均一下，算作标准。试一份，评分相差很多，高的七八十，少的四五十，平均，得六十多，即以此为标准，分头阅卷。其实，我想，就是这样协调一下也还是难于公平准确，惯于宽的下不了许多，惯于严的上不了许多，考卷鹿死谁手，只好碰运气。

几门考卷评分都完，以后就又铁面无私了：几个数相加，取其和。然后是由多到少排个队，比如由四百分起，到二百分止。本年取多少人是定好了的，比如二百八十人，那就从排头往下数，数到二百八十，算录取，二百八

◎ 当年的北京大学校门。

十一以下不要。排队，录取，写榜，多在第二院（理学院）西路大学办公处那个圆顶大屋里进行，因为木已成舟，也就不再保密，是有人唱名有人写。消息灵通、性急并愿意早报喜信的人可以在屋外听，如果恰巧听到心上人的名字，就可以在出榜的前一天告诉那个及第的人。榜总是贴在第二院的大门外，因为哪一天贴不定，所以没有万头攒动的情况。

与现在分别通知的办法相比，贴榜的老办法有缺点，是投考的人必须走到榜前才能知道是否录取。我就是没有及时走到榜前吃了不少苦头的。考北京大学的人一般是住在沙滩一带的公寓里，我因为有个亲戚在朝阳学院上学，由他代找住处，住在靠近东直门的海运仓，离沙滩有六七里路。考北京大学完毕，自然不知道能不能录取，于是继续温课，准备再考师范大学。也巧，这一年夏天特别热，晚上在灯下解方程式，蚊子咬，汗流浃背。就这样，有一天，公寓的伙计送来个明信片，说放在窗台上几天了，没人拿，问问是不是我的。接过一看，是同学赵君看榜后写的祝贺语，再看日期，已经是一个星期以前的事了。

录取以后，第一次入学，办手续，交学费十元，不能通融。推想这是因为还在大门以外。手续办完，走入大门，情况就不同了，从第二学期起，可以请求缓交。照规定，要上书校长，说明理由，请求批准。情况是照例批准，所以资格老些的学生，总是请求而不写理由，于是所上之书就成为非常简练的三行：第一行是"校长"，第二行是"请求缓交学费"，最重要的是第三行，必须写清楚，是"某系某年级某某某"，因为管注册的人只看这一行，不清楚就不能注册入学。

北京大学还有一种规定，不知道成文不成文，是某系修完，可以转入同院的另一系，再学四年，不必经过入学考试。有个同学王君就是这样学了八年。为什么要这样呢？我没有问他。也许由于舍不得红楼的环境和空气？说心里话，舍不得的自然不只他一个，不过自食其力的社会空气力量很大，绝大多数人也就只好卷起铺盖，走上另一条路了。

沙滩的住

青年学生在沙滩一带生活，与全北京相比，住的情况是小同而大异。

这个标题不够明确。因为文题不宜于过长，只得暂时将就，到写的时候补救。我的意思是谈谈以北京大学为中心的青年学生，30年代前后在北京沙滩一带，生活的一个重要部分，住是什么情况。——就是这个长解题，也还需要再加说明。沙滩是北京大学第一院（即文学院）所在地，校舍是有名的红楼。红楼是多方面的中心。天文或者谈不上，可以由地理说起。泛泛说，形势是四通八达：东通东四牌楼，西通西四牌楼，南行不远是王府井大街、东安市场，北行不远是地安门、鼓楼。风景也好，西行几百步就是故宫、景山、三海。缩小到仅限于学校也是这样：西是第二院（理学院），南是第三院（法学院），学生宿舍大小七处，分布在南、西、北三面。按三才的顺序，地之后是"人"。这有两个方面值得说说。一是全国"文"界最有名的人，为数不少集中于此。二是大学程度的青年，有些是北京大学学生，很多不是，尤其到暑期，也集中于此。人多，都要住宿，办法如何呢？

先要泛泛说说全北京的。由住的时间方面看，有长期、临时二类。长期，可以长到几百年，这是，或都看做，土生土长，按旧规定籍贯可以写这里，如大兴（北京东城）翁方纲、宛平（北京西城）孙承泽等等就是。长期，还要包括时间不长而心情不想再动的，北京大学的许多教授属于此类。形势所需和心甘情愿老于此的，要买住宅或租民房。北京有不少富户，以多买房产、出租为生财之道，这类房名为民房。一所住房，多则上百间，少则十间八间，

◎ 北大西斋14排中式平房，是
当年北大学生宿舍之一。

一家全租是住独院。贫困人家无力租全院，只租一部分，多则三五间，少则
一两间，是住杂院。临时住，是外地来京办事的那些人，多则一两个月，少
则三天两天，事完就走。这类人集中在前门（正阳门）外一带，所住之处名
为店、旅馆、客栈等。

青年学生在沙滩一带生活，与全北京相比，住的情况是小同而大异。小
同是少数可以租民房，但也不能归入长期一类，因为没有扎根的条件。大异
是绝大多数处于长期和临时之间，住的既非民房，又非旅店。这又可以分为
两类，一类是已经走入北京大学之门的，另一类是在门外的。

已经走入门的有个特权，是可以住学校宿舍，不花钱，还有工友伺候。
宿舍有两类，以男女分。男生宿舍"量"多，计有东斋（在红楼西北角）、西
斋（在第二院西墙外）、三斋（在第三院北）、四斋（在红楼北椅子胡同）、第
三院宿舍（第三院内一座二层"口"字形楼）。女生宿舍"级"高，只两处，

一在第二院西南角，另一在红楼北松公府夹道。量多不必解释，是床位多，共有大几百，只要学生愿意，向隅的很少。级高要解释一下，是女生访男生可以入宿舍，男生访女生绝不许入宿舍，只有校庆一天是例外。据说，到这一天，不只有人可访允许进去，无人可访也可以进去，各屋看看。但不知为什么，我一次也没去，因而不知道这集体闺房是什么样子，时乎时乎不再来，现在只能徒唤奈何了。

以下入正题，说不住学生宿舍的，这就可以不分北京大学门内门外的，一网打尽。少数有条件的可以租民房。所谓条件，严格说只有一个，是必须有女伴。这也要略加解释。在那个时代，虽然理论上男女早已平等，租房却必须男性出头，因为只有男性可以充当户主。租民房，介绍所遍地皆是，就是贴在街头电线杆上的半尺多高的红纸片。措辞千篇一律：第一行在右方，由上到下四个较大的字，是"吉房招租"，以后第二行起较小的字写，今有北（或东、西、南）房若干间，座落在什么街什么胡同多少号，有什么什么设备（包括灯、水等）。家眷、铺保来问。所谓家眷，是必须有妻室，光棍男子汉不租。所谓铺保，是租房有租摺，迁入前要找个商店盖章作保，不能交租由商店负责代偿。提起吉房招租，有两件欠文雅的或者可以算作轶事的事应该提一提。一件是有个时期，北京土著对东北人和天津人印象欠佳，于是招租贴的最后都加上一条，是"贵东北贵天津免问"。另一件是有个新由南方来的学生，对北京的情况似通非通，看到招租贴之后去租民房，一看满意，三句两句谈妥，最后房东慎重，加问一句，"您有家眷吗？"两地口音不同，南方人以为问的是"家具"，于是答："家具不是你们供应吗？"房东大怒，势将动武，就这样，租约胡里胡涂地破裂了。

其实，供应家具的事并不假，但那是"公寓"，不是民房。公寓是适应不住宿舍或无宿舍可住的学生需要的一种住所，沙滩一带很不少。又可以分为两类：一类是明的，门口挂牌匾，如我住过的座落在银闸的大丰公寓就是。另一类是暗的，数目更多，门口没有牌匾，可是规制同有牌匾的一样。所谓

◎ 1991 年照于原北北京京大学红楼前，距入学时恰为 60 年，旁为范锦荣女士。——行公自署

规制，由一个角度说是中间型，就是既不像旅店那样流动，又不像民房那样固定；由另一个角度说是方便型，即应有尽有而价钱不贵。这可以由住宿人那方面来描绘一下，比如一个南方学生初到北京，下车后来到沙滩一带，向人打听哪里有公寓。按照人家的指点，走进一家，问有房没有。十之九是有，于是带着你看，任意挑选。选定一间之后，公寓伙计帮你把行李搬到屋内。其中照例有床一张，书桌一个，椅子两把，书架一个，盆架一个。打开行李，安排妥当，公寓供开水，生活大部分可以解决，并且相当安适。房租以月为单位，比民房贵一些，比旅店便宜得多。吃饭一般是在附近小饭馆，也是费钱不多而保证能充饥。洗衣服也方便，有洗衣房。

沙滩的吃

沧海变桑田，天道如此，不值得大惊小怪，可惜的是张先生豆腐也成为历史陈迹，想再吃一次的机会不再有了。

沙滩的住，有特点，所以写了上一篇。吃，特点不多，不过谈住而不谈吃，像是挂对联只有上联，见到的人会不满意，所以不得不勉强凑个下联。

还是以在沙滩一带生活的学生为限。上一篇说学生有北京大学门内的和门外的两类。这两类在住的方面区别很大，因为门外的没有白住学校宿舍的权利。可是在吃的方面区别很小，因为学校（如西斋）虽然有可包饭的食堂（每日三餐，一人一月六七元），但饭不能白吃，又没有吃饭馆随便，所以门内的也有很多不吃包饭。这样，谈沙滩的吃，就可以不分内外，而集中说说分布在学校附近的饭馆。

饭馆都是级别不高的，原因很简单，学生的钱包，绝大多数不充裕，预备高级菜肴没人吃。饭馆数目不少，现在记得的，红楼大门对面两家，东斋附近两家，第二院附近两家，沙滩西端一家。其中有些字号还记得：东斋门坐东向西，对面稍北一家名叫林盛居，北侧也坐东向西一家名叫海泉居；第二院大门对面一家名叫华顺居，东行不远路北一家名叫德胜斋。德胜斋是回民饭馆，只卖牛羊肉菜肴。沙滩西端路南一家，比其他几家级别更低，北京通称为切面铺。切面铺特点有二：一种可名为优点，是货实价廉，比如吃饼吃面条，都是准斤准两；一般饭馆就不然，吃饼以张计，吃面条以碗计，相比之下就贵了。另一种可名为缺点，是花样太少，品味不高。

照顾切面铺，绝大多数是体力劳动者，北京通称为卖力气的，因为饭量大，要求量足，质差些可以将就。但我有时也愿意到那里去吃，主食要十两（十六两一斤）水面（加水和成）烙饼，菜肴要一碗肉片白菜豆腐，味道颇不坏，价钱比别处便宜，可以吃得饱饱的。可取之处还有吃之外的享受，是欣赏老北京下层人民的朴实、爽快和幽默。铺子里人手不多，大概是四个人吧，其中两个外貌有特点，拿炒勺的偏于瘦小，脸上有麻子，跑堂的年轻，个子高大，于是顾客都用特点称呼他们："大个儿，给个空碗。""麻子，炸酱多加一份肉。"大个儿和麻子坦然答应。反过来，他们也这样称呼顾客，顾客也是坦然答应。这在其他几家就不成，买卖双方之间总像有一层客气隔着。

德胜斋的拿手好戏是烧饼加炖牛肉，学生照顾它，多半吃这个。它给人留下清晰的印象不是饭菜，而是人，一个跑堂的，其时大概二十岁多一点，姓于，学生都叫他小于。他和气，勤快，却很世故。几乎能够叫出所有常去的学生的姓名，见面离很远就称呼某先生，点头鞠躬，满面笑容，没话想话。如果时间长些，还要尽恭维之能事，说不久毕业一定会升官发财，最低也是局长。世故的顶峰是一次大聚敛，说是死了父亲，足穿白鞋，腰系白带，见到熟学生就抢前一步，跪倒叩头。北京习惯，这是讨丧礼，有不成文的定价，大洋一元。那几天，北京大学学生，熟识的见面总是问一句，"小于的钱尔给了吗？"可见这次聚敛的范围是如何宽广了。

其他几家非回教的饭馆都有一种名菜，名叫"张先生豆腐"。顾名思义，是一位姓张的所创。据说这位姓张的也是北京大学学生，但究竟是哪一位，可惜不像马叙伦先生，著书说明，"马先生汤"是他何时何地所创。自己不说，他人想明究竟，自然只能用乾嘉学派的考证方法。菜名张先生豆腐，创始人姓张，没有问题，菜在沙滩一带风行，其他地区罕见，此张先生与北京大学有密切关系，十之九也不成问题。是教师呢？是学生呢？传说是学生；如果是教师，留名的可能性会大一些；可证多半是学生。菜里有竹笋等，北方人少此习惯，可证这位张先生是江南人。——没有考证癖的人，更关心的是好吃不好吃。我的印象是很好吃。价钱呢，一角六分一盘，在当时，如果一

◎ 北京大学前身——京师大学堂建筑遗存。

天吃一次，单是这一项，一个月就要近五元，就穷学生的身份说是太豪华了。

与德胜斋的小于相比，海泉居也有个出名的跑堂的，可惜忘了他的尊姓。这位与小于职位相同，可是志趣大异，借用张之洞"中学为体，西学为用"的妙论来说明，小于是中学为体，这位是西学为用。他向会英语的许多学生发问，"炒木樨肉"，英文怎么说，"等一等，就来"，英文怎么说，等等。于是，渐渐，他就满口不中不西的英文了。这已经足够引人发笑。但店里的什么人还以为不够，于是异想天开，请什么人写了一副对联，挂在饭桌旁的墙上，联语是"化电声光个个争夸北大棒，煎炸烹炒人人都说海泉成"，下面落款是"胡适题"。联语用白话，如果不看笔迹，说是出于《白话文学史》作者的手笔，也许没有人怀疑吧？

一晃半个世纪过去，当年的这些饭馆都无影无踪了。沧海变桑田，天道如此，不值得大惊小怪，可惜的是张先生豆腐也成为历史陈迹，想再吃一次的机会不再有了。

赏析

中行先生是高人、逸人、至人、超人。淡泊宁静，不慕荣利，淳朴无华，待人以诚。

接到韩小蕙的约稿信，命我"欣赏"张中行先生的名作。附有三个"限"：第一，"限"题目；第二，"限"字数；第三，"限"交稿日期。婉顺温和的小蕙一变而为《水浒》中的牛二，令人发怵。这样"霸道"的约稿信，我从来还没有收到过。我恍惚变成了《儒林外史》中的周进：我要进考场了。我自己会不会从一个考棚哭到另一个考棚呢？

可是，我不但不以为忤，而且心悦诚服地接受下来，世界上万事万物总都有一个因的。我这是什么原因呢？

我不搞烦琐哲学，简短截说：小蕙出的题目实获我心，出到我心坎上了。不只是这一次，过去也有过先例。去年，她出了一个题目，叫做《永久的悔》，命我作文。我应命写了一篇《赋得〈永久的悔〉》。有的朋友说："你的文章是一气呵成的，催人泪下。"我佩服这位朋友的眼光，他真说到了点子上。这一回，小蕙又对我特别垂青。全书原作 14 万字，分给我的超过十分之一。说明她对我的信任。古人说："士为知己者用。"我焉得不感恩图报，欣然接受呢？

其次，这个题目也出得正是时候。好久以来我就想写点有关中行先生的文章了。只是因循未果。小蕙好像未卜先知，下了这一阵及时雨，滋润了我的心，我心花怒放，灵感在我心中躁动。我又焉得不感恩图报，欣然接受呢？

中行先生是高人、逸人、至人、超人。淡泊宁静，不慕荣利，淳朴无华，待人以诚。以 87 岁的高龄，每周还到工作单位去上几天班。难怪英文《中国日报》发表了一篇长文，颂赞中行先生。通过英文这个实为世界语的媒介，他已扬名寰宇了。我认为，他表达了中国知识分子，特别是老年知识分子的风貌，为我们扬了眉，吐了气。我们知识分子都应该感谢他。

但是，现在回想起来，却不能不承认，这是一件怪事：我同中行先生同居北京大学朗润园垂二三十年，直至他离开这里迁入新居以前的几年，我们才认识，这个"认识"指的是见面认识，他的文章我早就认识了。有很长一段时间，亡友蔡超尘先生时不时地到燕园来看我。我们是济南高中同学，很谈得来。每次我留他吃饭，他总说，到一位朋友家去吃，他就住在附近。现在推测起来，这"一位朋友"恐怕就是中行先生，他们俩是同事。愧我钝根，未能早慧。不然的话，我早个十年八年认识了中行先生，不是能更早得一些多得一些潜移默化的享受，早得一些多得一些智慧，撬开我的愚钝吗？佛家讲因缘，因缘这东西是任何人任何事物都无法抗御的。我没有什么话好说。

但是，也是由于因缘和合，不知道是怎样一来，我认识了中行先生。早晨起来，在门前湖边散步时，有时会碰上他。我们俩有时候只是抱拳一揖，算是打招呼。这是"土法"。还有"土法"是"见了兄弟媳妇叫嫂子，无话说三声"，说一声："吃了饭了吗？"这就等于舶来品"早安"。我常想中国礼仪之邦，竟然缺少几句见面问安的话，像西洋的"早安"、"日安"、"晚安"等等。我们好像挨饿挨了一千年，见面问候，先问"吃了饭没有"？我同中行先生还没有饿到这个程度，所以不关心对方是否吃了饭，只是抱拳一揖，然后各行其路。

有时候，我们站下来谈一谈。我们不说："今天天气，哈，哈，哈！"我们谈一点学术界的情况，谈一谈读了什么有趣的书。有一次，我把他请进我的书房，送了他一本《陈寅恪诗集》。不意他竟然说我题写的书名字写得好。我是颇有自知之明的，我的"书法"是无法见人的。只在迫不得已时，才泡开毛笔，一阵涂鸦。现在受到了他的赞誉，不禁脸红。他有时也敲门，把自己的著作亲手递给我。这是我最高兴的时候。有一次，好像就是去年春夏之交，我们早晨散步，走到一起了，就站在小土山下，荷塘边上，谈了相当长的时间。此时，垂柳浓绿，微风乍起，鸟语花香，四周寂静。谈话的内容已经记不清楚。但是此情此景，时时如在眼前，亦人生一乐也。可惜在大约半年以前，他乔迁新居。对他来说，也许是件喜事。但是，对我来说，却是无限惆怅。朗润园辉煌如故，青松翠柳，"依然烟笼一里堤"。北大文星依然荟萃。我却觉得人去园空。每天早晨，独缺一个耄耋而却健壮的老人，荷塘为之减色，碧草为之憔悴。"此情可待成追忆，只是当时已惘然"。

中行先生是"老北大"。同他比起来，我虽在燕园已经待了将近半个世纪，却仍然只能算是"新北大"。他在沙滩吃过饭，在红楼念过书。我也在沙滩吃过饭，却是在红楼教过书。一"念"一"教"，一字之差，时间却相差了二十年，于是"新""老"判然分明了。小蕙分配给我的几篇文章，全是讲老北大红楼和沙滩的。她大概认为我是"老北大"，所以才把这些文章分给我。但却引起了我对红楼和沙滩的回忆。即使是"新北大"吧，我在红楼和沙滩毕竟吃住过六年之久，到了今天，又哪能不回忆呢？

中行先生文章中讲到了当年北大的入学考试。因为我自己是考过北大的，所以备感亲切。1930年，当时山东唯一的一个高中省立济南高中毕业生八十余人，来北平（当时名称）赶考。我们的水平不是很高。有人报了七八个大学，最后，几乎都名落孙山。到了穷途末日，朝阳大学，大概为了收报名费和学费吧，又招考了一次，一网打尽，都录取了。我当时尚缺自知之明，颇有点傲气，只报了北大和清华两校，居然都考取了。我正做着留洋镀金的梦，觉得清华圆梦的可能性大。所以就进了清华。清华入学考试没有什么特异之处。北大则给我留下了难忘的印象。先说国文题就非常奇特："何谓科学方法？试分析详论之。"这哪里像一般的国文试题呢？英文更加奇特，除了一般的作文和语法方面的试题以外，还另加一段汉译英，据说年年如此。那一年的汉文是："别来春半，触目愁肠断。砌下落梅如雪乱，拂了一身还满。"这也是一个很难啃的核桃。最后，出所有考生的意料，在公布的考试科目以外，又奉赠了一盘小菜，搞了一次突然袭击：加试英文听写。我们在山东济南高中时，从来没有搞过这玩意儿。这当头一棒，把我们都打蒙了。我因为英文基础比较牢固，应付过去了。可怜我那些同考的举子，恐怕没有几人听懂的。结果在山东来的举子中，只有三人榜上有名，我侥幸是其中之一。

至于沙滩的吃和住，当我在1946年深秋回到北平来的时候，斗换星移，时异事迁，相隔二十年，早已无复中行先生文中讲的情况了。他讲到的那几个饭铺早已不在。红楼对面有一个小饭铺，极为窄狭，只有四五张桌子。然而老板手艺极高，待客又特别和气，好多北大的教员都到那里去吃饭，我也成了座上常客。马神庙则有两个极小但却著名的饭铺。一个叫"菜根香"，只有一味主菜：清炖鸡。然而却是宾客盈门，川流不息，其中颇有些知名人物。我在那里就见到过马连良、杜近芳等著名京剧艺术家。路南有一个四川饭铺，门面更小，然而名声更大，我曾看到过外交官的汽车停在门口。顺便说一句：那时北平汽车是极为稀见的，北大只有胡适校长一辆。这两个饭铺，对我来说是"山川信美非吾土"，价钱较贵。当时通货膨胀骇人听闻，纸币上每天加一个0，也还不够。我吃不起，只是偶尔去一次而已。我有时竟坐红楼前马路旁的长条板凳上，同"引车卖浆者流"挤在一起，一碗豆腐脑，两个火烧，既廉且美，舒畅难言。当时有所谓"教授架子"这个名词，存在决定意识，在

◎ 张中行和季羡林、吴祖光、欧阳中石、靳飞在一起。

抗日战争前的黄金时期，大学教授社会地位高，工资又极为优厚。于是满腹经纶外化而为"架子"。到了我当教授的时候，已经今非昔比，工资一天毛起一天，虽欲摆"架子"，焉可得哉。而我又是天生的"土包子"，虽留洋十余年，而"土"性难改。于是以大学教授之"尊"而竟在光天化日之下，端坐在街头饭摊的长板凳上却又怡然自得，旁人谓之斯文扫地，我则称之源于天性。是是非非，由别人去钻研讨论吧。

写到这里，已经纸满三千言，我悚然顿悟：是不是已经跑题了呢？是不是已经下笔千言，离题万里了呢？在十分之一秒内，我又怡然顿悟回来：没有跑题，一点也没有跑。要欣赏中行先生的文章，必须能欣赏中行先生所欣赏者，又必须能欣赏他本人。他居红楼沙滩颇久，至今虽已到了望九之年，他上班的地方仍距红楼沙滩不远，可谓与之终生有缘了。因此，在他的生花妙笔下，其实并不怎样美妙的红楼沙滩，却仿佛活了起来，有了形貌，有了感情，能说话，会微笑。中行先生怀着浓烈的"思古之幽情"，信笔写来，娓娓动听。他笔下那一些当年学术界的风云人物，虽墓木久拱，却又起死回生，出入红楼，形象历历如在眼前。我也住沙滩红楼颇久。一旦读到中行先生妙文，又引起了我的"思古之幽情"，不禁多写了几句。我的拙文，不敢望中行先生项背，不会有人"欣赏"的。但倘能借他的光，有人读上一读，则予愿足矣。在这样的情况下，我回忆红楼沙滩，怎么能算是跑了题呢？

此外，人们常说：文如其人，人如其文。欣赏中行先生之文，先欣赏中行先生之人，顺理成章，非如此不可。否则，脱离开人而只论其文，必多皮相揣测之辞，实不可取。我这样做，正是紧扣正题，又怎么能算是跑了题呢？

不过，话又说了回来，小蕙之命究不能违，她命我"欣赏"中行先生之文。我还是比较集中一点，来谈一谈他的文吧。

中行先生的文章，我不敢说全部读过；但是读的确也不少。这几篇谈红楼沙滩的文章，信笔写来，舒卷自如，宛如行云流水，毫无斧凿痕迹，而情趣盎然，间有幽默，令人会心一笑。读这样的文章，简直是一种享受。他文中谈到的老北大的几种传统，我基本上都是同意的。特别是其中的容忍，更合吾意。蔡子民先生的"兼容并包"，到了今天，有人颇有微辞。夷考其实，中外历史都证明了，哪一个国家能

◎ 1998年8月29日，北京湖广会馆。在为季羡林先生"米寿"举办的京剧"堂会"上。前排左起：黄宗江、张中行、季羡林。

兼容并包，哪一个时代能兼容并包，哪里和哪时文化学术就昌盛，经济就发展。反之，如闭关锁国，独断专行，则文化就僵化，经济就衰败。历史事实和教训是无法抗御的。文中讲到外面的人随时随意来校旁听，这是传播文化的最好的办法。可惜到了今天，北大之门固若金汤。门外的人如想来旁听，必须得到许多批准，可能还要交点束修。对某些人来说，北大宛若蓬莱三山，可望而不可及了。对北大，对我们社会，这样做究竟是一件好事，还是一件坏事，请读者诸君自己来下结论吧，我不敢越俎代庖了。

专就文体而论，我觉得，分配给我的这几篇不大能反映出中行先生文章的特色。他的文章是极富有特色的。他行文节奏短促，思想跳跃迅速，气韵生动，天趣盎然；文从字顺，但决不板滞，有时宛如大珠小珠落玉盘，仿佛能听到节奏的声音。中行先生学富五车，腹笥丰盈。他负暄闲坐，冷眼静观大千世界的众生相，谈禅论佛，评儒论道，信手拈来，皆成文章。这个境界对别人来说是颇难达到的。我常常想，在现代作家中，人们读他们的文章，只须读上几段而能认出作者是谁的人，极为稀见。在我眼中，也不过几个人。鲁迅是一个，沈从文是一个，中行先生也是其中之一。

在许多评论家眼中，中行先生的作品被列入"学者散文"中。这个名称妥当与否，姑置不论。光说"学者"，就有多种多样。用最简单的分法，可以分为"真""伪"二类。现在商品有假冒伪劣，学界我看也差不多。确有真学者。这种人往往是默默耕耘，晦迹韬光，与世无忤，不事张扬，但他们并不效法中国古代的禅宗，主张"不立文字"，他们也写文章。顺便说上一句。主张"不立文字"的禅宗，后来也大立而特立。可见不管你怎样说，文字还是非立不行的。中行先生也写文章。否则哪里会有今天的"欣赏"呢？他属于真学者这一个范畴，与之对立的当然就伪学者。这种人会抢镜头，爱讲排场，不管耕耘，专事张扬。他们当然会写文章的。可惜他们的文章晦涩难懂，不知所云。有的则塞满了后现代主义的词语，同样是不知所云。我看，实际上都是以艰深文浅陋，以"摩登"文浅陋，称这样的学者为"伪学者"，恐怕是不算过分的吧。他们的文章我不敢读，不愿读，读也读不懂。

读者可千万不要推断，我一概反对"学者散文"。对于散文，我有自己的偏见：散文应以抒情叙事为正宗。我既然自称"偏见"，可见我不想强加于人。学者散文，古已有之。即以传世数百年的《古文观止》而论，其中选有不少可以归入"学者散文"这一类的文章。最古的不必说了，专以唐宋而论，唐代韩愈的《原道》、《师说》、《进学解》等篇都是"学者散文"，柳宗元的《桐叶封弟辨》也可以归入此类。宋代苏轼的《范增论》、《留侯论》、《贾谊论》、《晁错论》等等，都是上乘的"学者散文"。我认为，上面所举的这些篇"学者散文"，有一个共同的特点，就是文采斐然，换句话说，也就是艺术性强。我又有一个偏见：凡没有艺术性的文章，不能算是文学作品。

拿这个标准来衡量中行先生的文章，称之为"学者散文"，它是决不含糊的，它是完全够格的。它融会思想性与艺术性，融会到天衣无缝的水平。在当今"学者散文"中，堪称独树一帜，可为我们的文坛和学坛增光添彩。

◎ 1998 年 8 月 29 日，北京湖广会馆。在为季羡林先生"米寿"举办的京剧"堂会"上。左起：刘曾复、季羡林、张中行、胡文阁。

以上就是我"欣赏"的结果。我在三"限"之下，戴着枷锁跳了一场霹雳舞。从交稿日期来说，我虽然不能像登妙峰山进香烧个头香，但估计也会在头批香客之列。

（季羡林）

怪物老爷

他的思想深处，总当藏有比《红楼梦》中《好了歌》更为深沉的东西吧？

　　明遗民张宗子（岱）作有《五异人传》（见《琅嬛文集》），我读了不只一次。比他稍晚的张潮编《虞初新志》，收记人的文章不少，其中不乏出类拔萃、可歌可泣的，但够得上"异"字的不多。我想原因大概有两个。一是孔子说的"性相近也"，人有"饮食男女，人之大欲存焉"管着，即使有孙悟空的淘气之习，也很难跳出如来佛的手心。二是间或有人想跳，或进一步真正跳了，形迹未必能够像汉朝杨王孙坚持裸葬那样显著，而世间又不大有张宗子那样的好事之人，于是就可以留名而竟至没有留名。"君子疾没世而名不称焉"，真是太可惜了。为了亡羊补牢，也因为愿意东施效颦，长时期以来，我用力从记忆中搜索，想也拼凑一篇，或者名为《后五异人传》，可是由于孤陋寡闻，竟是怎么也凑不上。不得已，只好退让，损之又损，有时想，就是找到一位也好，总可以慰情聊胜无。翻箱倒柜，最后决定拉故乡的一位来充数。与张宗子笔下的五异人比，这也许是小巫见大巫，但他有群众撑腰，即公推为"怪物"，也总当不完全是出于我个人的偏爱了。可惜的是只找到这一位，又事迹不显赫，称为"传"，有夸大之嫌，只好借他的诨名为题，曰"怪物老爷"。

　　且说我的家乡是个穷苦的小村，虽然离京城不很远，却连住神鬼的关帝庙和土地庙都不够气派。即以清朝晚年而论，不要说没出过范进那样的孝廉公，就连我的启蒙老师，刘阶明先生那样的诸生也没有。可是辛亥年长江一带的枪炮声震撼了神州大地，由夏禹王开始家天下的专制体制变为共和，村里也发生了大变化。科举早停了，可是出了个比孝廉公还大的人物，那是由日本士官学校毕业的，姓石名杰，不久就做了西北某军的营长，其后还升到师长。那时候不管是谁，飞黄腾达之后，都是装束是民国的，思想以及生活习惯还是皇清甚至朱明赵宋的。依照这种思想和生活习惯，这位石公也是在外娶如夫人，在家建祠堂，购置田产，并变土屋为砖瓦房。家中有弟弟两位：一胞，就是本篇的主人公怪物老爷；还有一堂，可不在话下。家务事可以从略，总之，过了些年，在外做官的石公不再来家乡，家里二位令弟独占财产，分了家，一个人砖瓦房一所，地，总有百亩上下吧。专说怪物老爷，名石侠，据说也曾受到乃兄的提携，到西北任什么职，可是不久，乃兄就发现他既懒怠又无进取心，于是量材为用，放还，在家过饭来张口的生活了。

先说这诨名的由来。怪物，意思近于"奇人"。村里人多数是文盲，少数是准文盲，不会文绉绉。如果会文绉绉，那也许就要由《庄子》那里借个古雅的，叫他"畸人"，其含意，依照《庄子》是"畸于人而侔于天"。但村里人不会同意，原因主要不是没念过《庄子》，而是认为不合于流俗就是"怪"，不管天不天。怪后加"物"，如果也根据文绉绉，待人接物，物就是人，似乎没有贬斥之意。可是村里人又不会同意，因为在他们心目中，物就是物，不能与人为伍。总之，这怪加物，是不合常规的论断加远远避开的情绪。很明显，意思是偏于贬或完全贬的。贬之后加"老爷"，尊称，为什么？原因有二：一是在村里占压倒多数的石姓家，他碰巧辈数最高，在自己一支里排行最末（家乡习惯称最后生的为老儿子或老姑娘）；二是那还是男不穿短服、女不穿高跟的时期，人不敢轻视旧传统，何况他还有较多的房地产，所以纵使道不同，也还是以礼待之。因为外重礼而内歧视，这怪物老爷的称呼就不能不带点灵活性，其表现为：背地里用全称或略去后一半，当面就藏起前一半，只用后一半。

我由20年代中期起到外面上学，同这位怪物老爷交往不多，些微的所

◎ 1998 年 6 月于故乡青龙湾。

知，绝大部分是耳闻的。先说总的。乡村人自然都是常人，依古训或信天命，要生年不满百，常怀千岁忧，勤苦劳动，省吃俭用，以期能够，消极是不饥寒，积极是家境和子孙蒸蒸日上。怪物老爷正好相反，是只管今天，不问明天；只管自己，不问子孙。他自己的所求是什么呢？可惜我没有听过他的有关人生哲理的高论（如果有），只能说说表面现象，那非常简单，是吃得好，睡得足。这像是享乐主义或快乐主义，如汉高祖的吕后所主张，人生短促，要自求多乐。但又不尽然，因为常见于记载的声色狗马，他并不在意；还有，吕后要权，他不要。像是也不能说是利己主义，因为他虽然有杨朱的一面，拔一毛而利天下不为，却又有陈仲子的一面，一介不取于人。勉强说，或者较近于老子的"甘其食，美其服"。但也不全是，因为他只要前一半，至于服，是不美到什么程度他也不在乎。就这样，他的行径甚至思想是四不像，所以确是名副其实的怪。

　　怪的表现，如果巨细不遗，大概就会说不尽。所幸我知道得不多，可以只说一点点，是家门之外，市井上传为笑谈的。一种是，每天中午一定到村东一里的镇上，进饭铺去吃，据说经常是肉饼。自己买肉一斤，走入饭铺，交给铺主，照例要叮嘱一句："多加油！我就不怕好吃。"铺主暗笑，却不能不用心做，因为都清楚他的底细，军官的老弟，有财产且肯花，尤其重要的是如他自己所说，"不怕好吃"，当然就不能忍耐不好吃。一种是买点心，据卖的人说，要先掀开装点心的缸的缸盖看，如果中意，就自己一块一块往外拿，拿一块，吹一下，然后放在秤盘上。也是卖的人说，主顾成百成千，只有他有这个特权，因为他是怪物，如果一视同仁，就不能拉住这个主顾；并且，看看他那挑一块吹一下的样子也颇有意思；还有，日子长了会发现，他为人是挺好的，认真，公道，对人没有坏心。

　　就这样，吃，睡，不事生产，自然年年要亏损。大概是由20年代后期起，就用卖田产的办法补亏损。零星卖，亏多少卖多少。积少成多，到40年代后期土改时候，他闭门家中坐，福从天上来，竟取得一顶贫农的帽子。有这顶帽子，与他那位不甘其食的戴上地主帽子的堂兄相比，地位真是天渊之别了。他照样可以悠闲自在。可是田产，推想必是所余无几了；还有一件不知由他看来是喜还是忧的事，是经常为他的怪而起急的老伴先他而去。这样过了不很久，万象更新，田产，即使还有一些也不能换钱了。甘其食的办法只剩下拆房，用砖瓦木料为资本。他像是也能深思熟虑，也许家中无人为巧妇之炊也是个原因，于是他减缩，改为和尚过午不食的办法，每天只吃一顿午饭。仍到镇上饭铺去，还叮嘱"我就不怕好吃"吗？不知道。只知道为了节流，把卧在土炕上的时间拉长。不能入睡，就睁眼注视残破的纸窗，因为已经不再有人糊，他是决不会干这类事的。总之，至少由旁观者看，他虽然能忍，总是没落了。

　　其时我年高的母亲还在家乡住，我有时要回去看看。到家乡，因为与这位怪人是近邻，总要去看看他。村里人告诉我一条禁戒，是他泡茶，不让不要喝，否则他就把一壶都倒掉。我注意这一点，总是因为我是希见之客吧，

◎《负暄琐话》封面.

他没有一点傲慢的样子，因而这一条禁戒也就无从证实。但我想，这类怪习气是不会无中生有的，为什么会这样呢？一种可能的解释是他头脑中还有雅俗之别。但他沉默寡言，——寡言，正可以证明他还是有所思，或有所见。如果竟是这样，他的所思或所见是什么呢？他不说，自然无法知道。只是有一次，他不只开了口，而且说了一句既幽默又尖刻的话，是食物艰难的时期，三几个人在街头闲谈，其中一个重述听来的话，是"不会让一个人饿死"，他紧接着重复一遍，可是"一"字的声音长而重，听的人都苦笑了一下。

这证明他不是无所思，无所见。我总想知道，他的生活表现，村里人公认为怪的，是不是也来于思和见。如果竟是来于思和见，那他的思想深处，总当藏有比《红楼梦》中《好了歌》更为深沉的东西吧？如果竟是这样，那就与常人相比，他名虽然是怪物，实质也许竟是胆大的叛逆。逆什么？是逆天命。常人，绝大多数是积财货，养子孙，少数是立德、立功、立言，总之都是一切顺着；他呢，除了甘其食以外，是一切都拒而不受。这比叔本华的理论是降了一级，但叔本华只是论，他却实际做了。

到五六十年代之间，这位怪人死了。据我的小学同学石君说，是晚秋，一天晚上，他说肚子不合适，吃了一个萝卜，第二天早晨日上三竿不起来，旁人去看，早已死了。我问死前曾否说些什么，石君说，有一回闲谈，他说："没想到还剩下三间房，没吃完。"我问村里人的评论如何，石君说："都说，人家才是有福的，有就吃，不算计，刚要挨饿，死了。"我禁不住一笑，想不到家乡人不参禅，竟有了近于顿悟的摩诃般若。

赏析

作者这么一用笔，那怪物竟也"破壁"了。这就是为文的本领，也是他感悟人生的一个特色。

要我来鉴赏张先生的随笔《怪物老爷》，可是个难题。六朝刘彦和大师早就告诫过：必有美人南威的美，才可以论姿容；必非宝剑龙渊（唐人避皇讳，改为龙泉）之利，方能来议断割。你看，鉴赏之事不是什么人都"行"的任务。我拿什么比美人宝剑来议论张先生的姿容断割？辞而不获，就得听我的醉雷公胡劈了。

这篇文，主题是写"怪物"，这没错儿。可你要等候"绣帘揭处"，怪物登场，那还得很付出一番耐心呢——因为怪物"亮相"之前，文章已经过了"一小半"。

这种文例，也许是作者自创吧？我没"考证"过，只是觉得唐宋八大家，大概不会是这么样为文以写"人"的。作者为何要如此不惜气力，先要"交代"一切"准备课"的各种内容——从名人张宗子一直说到他的故乡北方农村的情景，为什么？我也学张先生的"分析法"：原因大约有二。一是即如张宗子所说的：你要写泰山？泰山如何写得出？你只能写泰山的周围的一切，然后泰山不写而自出矣。二是唐宋八大家时代，事物人生，环境思想，千年不会巨变，今则不然，你讲"辛亥"以前以后的事？那谁能"想象"和"思议"？缘是之故，作者在写文时几乎是写一句就得"自注"一句，事事物物都得"解说而后明"了。

作者岂"天生"地爱啰嗦？盖亦孟子之"不得已也"。

这个是否为文之"正道"？我岂敢妄断，我此刻想说的是：今日之读者怎么来看作者的这番文心笔致？他在婆心苦口，"掰着指头"来教给你知识与道理，唯恐你不明白。可谓一片慈心。

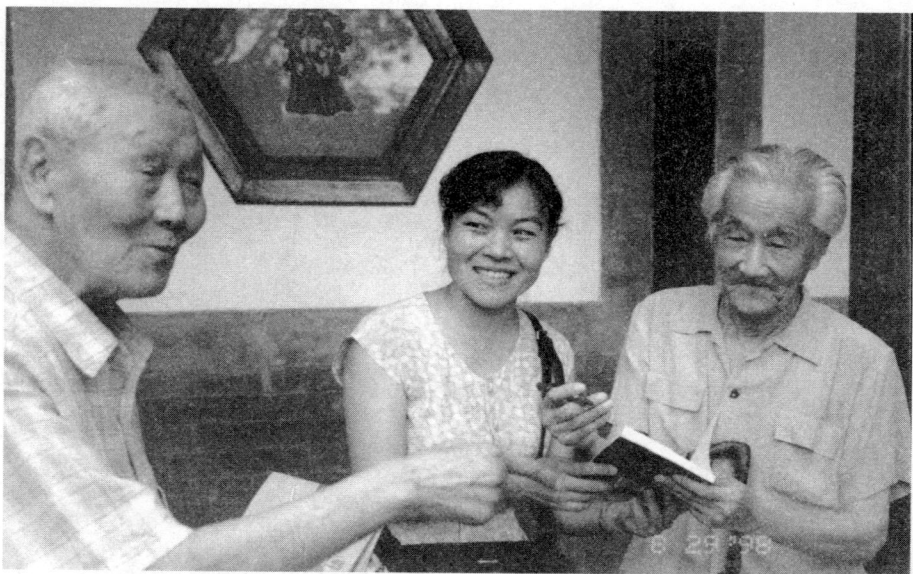

◎ 1998年8月29日，在北京湖广会馆，本书责任编辑庞旸请作者在本书初版本上签字。右一为周汝昌先生。

　　然而，你可知道？这样行文是很苦的事，并不"舒服"——更不"潇洒"。有人说作者之如"行云流水"，是吗？我看他，则只觉字字推敲，句句斟酌，分寸火候，唯虑其不严。——他是以经营缔造为基本功的文家，哪儿又能只见他是"行所无事"呢？

　　我方才学他分析，原因有几，一是啥，二为何。其实他的文章开头大抵是分析法，多的可达好几层。几方面，每方面可分几点，先讲哪方面，又是此方面中先讲哪一点和不讲哪一面哪一点……

　　这种行文，也不是唐宋八大家的土传统，一望而可知，作者学过西洋哲学——那最重分析。

　　这种分析，很科学化，有优点。但不善为文者慎学，因为驾驭不好，活文就都成死笔了。

　　然后才到"本题"。

中国古语：画鬼易，画人难。又道是："画人难画手，画狗难画走。"莫参死句，以为只限在"手""走"上，那是比喻最难画对了而且画活了。"怪物"是人而非鬼，但他既"怪"，则终有"非人"或"近鬼"之特色。所以我以为写怪物比写"一般寻常（或"正常"）人要容易一层。因为什么？因为有"怪"可抓，文章好作。

我为《负暄琐话》作跋（原是命序，一谢而不敢），主要赞赏"颊上三毫"的妙笔；在众多"传人"的佳构中来看，这篇并不是最好的文笔（我最赏者是《汪大娘》，并曾书札、诗句盛赞）。这篇的"传主"本无可传之事，着墨落笔，都不甚"好办"。看来选他，不是为他，是为借花献佛。章法也不奇特，是顺推递进式，推进到结尾，——所画这位非龙，也用点睛法。作者这么一用笔，那怪物竟也"破壁"了。这就是为文的本领，也是他感悟人生的一个特色。

作者的本领还有一点不容不提：他心思细密，考虑周详，鉴于醉醒二种雷公之多，故示处处站稳"立场"，令人觉得无懈可击；口腹之欲，有孔盈的"食色论"，于社会无益，只为"自了汉"，已引了杨朱的"一毛不拔"……依此类推。可知他字字句句有"意"在，不是只为了"用典"见学问。

鉴赏现下时髦，但贵真鉴真赏，不贵粉饰吹捧。我这本鉴赏，只限从随笔文学的角度来着眼立论，别的不及多说，作、阅二"者"均谅可也。

（周汝昌）

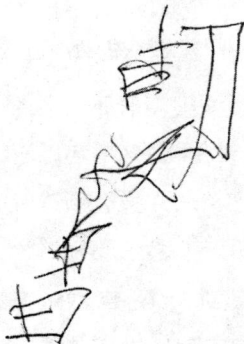

◎ 由于眼疾，周汝昌先生的签名大
而斜，几近"盲签"。

桑榆自语

徬徨是无所归依，所以或自问或人问，我的
老年心境如何，我只能答，是"吾谁与归"。

　　我老了，虽然服老，却没有《庄子·齐物论》南郭子綦那样的修养，"心
固可使如死灰"，或者说，其寝仍梦，其觉有忧。有所思，有所苦，这合起来
可以名为远于道的心理状态。究竟是什么状态？言不尽意，难说。少半由于
有人约写，多半出于自愿化恍兮惚兮为半明半暗，所以决定知难而不退，拿
笔试试。心理状态很杂，想化很难写为较易写，要一，排个由近于理想移向
近于实际的次序；二，尽量少泛论而不避亮自己的（即使是不怎么冠冕的）
色相。内容不少，效浮世损人必列十大罪状之颦，也分十节，以小标题表示
重点说某一方面。称为"自语"，也只是表示不必装扮并可以不求人洗耳恭听
而已。

一　吾谁与归

　　稍知中国文献的人都清楚，这题目来自范仲淹的《岳阳楼记》，在一篇的
末尾，前面还有半句，是"微斯人"。说微斯人，是已经有了斯人；我则只取
后半句，是并没有斯人。有没有，差别很大。盖斯人者，是"先天下之忧而
忧，后天下之乐而乐"的，说轻些是有抱负，说重些是有信仰。这抱负非范
仲淹自创，而是自古以来不少仁人志士所共有。《孟子·离娄下》篇说："禹、
稷、颜回同道，禹思天下有溺者，由（犹）己溺之也，稷思天下有饥者，由
己饥之也，是以如是其急也。禹、稷、颜子，易地则皆然。"这道是自信为有

上世纪40年代初与妻女合影。

○ 博览群书。

○ 书房小憩。

道理的生活之道，如果有追根问柢的兴趣或癖好，还可以学新风，选用进口货，那是边沁主义，其私淑弟子小穆勒也认为可以依从的，具体说是：所谓生活的价值，应该是"最大多数人的最大幸福"。这论断，作为人生哲学的一个信条，知方面问题不少，行方面问题也不少。但是人类有个或天赋或历练而来的大本领，是跳过（甚至视而不见）问题而活得称心如意。于是而某人舍己命救人命，我们赞扬不已，某人拾金不昧，我们也赞扬不已。我呢，所患是常识与哲理常常不能合一的什么症，以拾金不昧为例，依常识，我也觉得不坏，因为拾者积了德，失者得了财。但这只是常识。不幸是哲理常来捣乱，比如它插进来问："德和财的究竟价值是什么？"至少是我，茫然了。这是说，我还不能抓住边沁主义而就安身立命。

说起安身立命，我昔年也曾幻想过。其时还是中年，胆大包天，并有春光易逝、绮梦难偿之痛，于是借用"苦闷的象征"的理论，也想立伟大之言，写小说。已定长篇两部，前者为《中年》，写人在自然定命下的无可奈何；后者为《皈》，写终于知道应该如何，或最好如何，有了归宿。明眼的读者当然可以看出，写无可奈何是有案可查；至于归宿，不过是镜花水月而已。后来终于没有动笔，说句狂妄的话，不是主观没有能力，是客观只许车同轨、书同文，而不许说无可奈何，以及不同于教义的归宿。我是常人，与其他常人一模一样，舍不得安全和生命，于是在保命与"苦闷的象征"之间，我为保命而扔掉象征，这是说，终于没有拿笔。这也好，不然，《中年》完稿以后，面对《皈》，我就会更加无可奈何了吧？

更加无可奈何，是因为找不到心的归宿，即不能心安理得。说心，说理，表明问题或困难不是来自柴米油盐，如想当年那样，"仰不足以事父母，俯不足以畜妻子"。正面说，现在是有饭吃能饱，有衣穿能暖；可是仍有问题，或更大的问题，是吃饱了穿暖了，想知道何所为，穷思冥索，而竟不能知道是何所为。有时还想得更多，因而就扩张，直到爱因斯坦所说有限而无边的宇宙。它在动，在变，能够永在吗？即使能，究竟有什么意义？

○ 鉴赏古玩。

缩小到己身当然就更是这样，由身方面看，再说一遍，我同其他常人一样，也是日出而作，日入而息，吃烤鸭比吃糠秕下咽快，穿羽绒服感到比老羊皮分量轻，以至也，至少是有时，目看时装表演的扭而旋转，耳听昔日梅兰芳，今日毛阿敏的委曲悠扬；不幸是又有别，人家是吃了穿了，看了听了，身心舒适之外，还盼下一次，我则觉得，至多不过尔尔，少呢，那就会大糟其糕，而是心中暗忖，年华逝水，这一切究竟有什么意思？显然，是连时装模特，直到梅兰芳和毛阿敏，也答不上来究竟有什么意思。我有时想，人类，或说人生，就是这样，都在吃，穿，看，听，等等，用旧话说是都在饮食男女，而不知道，也不问，有什么意思。不知，也不问，是"不识不知，顺帝之则"，至少在老庄眼里，是造诣高的人物。我则因为择术不慎，早已堕落而不能高攀，到老年就更甚。情况是身从众而心不能从众，比如见到大家所谓有意思的，领带男士和高跟女士蜂拥而上，我也许尾随其后，或破费或不破费，捞点什么。事过，这诸多男士和女士的所得，大概是"得其所哉"吧？我则力不能及，所以还要加一把劲，心里说："应该不问有什么意思而相信确是有意思。此之谓'自欺'，不能自欺，活下去有什么意思呢？"自欺或者可以算作执著的一种（散漫的）形式，但其根柢是彷徨。彷徨是无所归依，所以或自问或人问，

○ 打太极拳。

我的老年心境如何，我只能答，是"吾谁与归"。但一日阎王老爷不来请就还得活下去，如何变无所归依为有所归依？语云，得病乱投医，以下就用各种处方试试。

二　入　世

入世是和尚从印度经由西域带进来的附产物，因为没有"出世间"就谈不到入世。中国传统的生活之道，由性质（不是由数量）方面可以分为两大类，进和退，或热和冷。这主要是就对利禄的态度说的，以水边垂钓的人为例，姜太公代表热的一群，一旦得有权势者赏识，就扔掉钓竿去帮忙；严子陵代表冷的少数，被征入洛，与高高在上者共同过夜，不在乎，以至客星犯了帝座，其后还是南返，又拿起钓竿，去钓他的鱼。有入官场的机会而不入，虽然数目不多，也是古已有之，如传说的巢父、许由之流。所有这类人物，传统的称呼是隐士，只是不肯做官而不是出世间，因为同一切常人一样，还可以娶妻生子，吃肉喝酒。这样说，本节的小标题就有庞大或模棱的缺点，因为除理想的出世间之外，任何形式的生活，高如发号施令，低如长街乞讨，都是入世。可是一时又想不出另一个既具体又合适的。不得已，只好借用古人常用的解题之法，是所谓入世，不过是顺应时风，用近视之眼看看左近，尽己力之所能及，尾随同群的人之后，人家怎么走，自己紧跟着而已。

题解了，自己看看，所指也还是不够明确。只好继续解，或边述说边解。由时风说起。如人人所眼见耳闻，现在的时风，就最重大的价值观念说，成为单一的，是，钱是一切。这一切中包容很多，如有钱是荣誉，从而阔绰，享乐，以至浪费，也是荣誉。人总是以荣为荣，因而趋之，以辱为辱，因而避之的，于是而弄钱（新潮语曰"发"）成为指导行为的唯一原则，即只要能发，就可以无所不为。有人会说，这也是来自"天命之谓性"，因为人总是趋乐避苦的，而乐，至少是常人的，绝大部分不能不以有钱为条件。所以就是人心古的时候，俗话也说："人敬有钱的，狗咬挎篮的。"这样说，拜金主义

◎ 一生有多少时间是这样度过？

有继承性，并非新创。我也承认有继承性，但也要承认，这继承并非"无改于父之道"。改是变原来的非单一为单一。所谓非单一，以人为例，古代，原宪与子贡对比，一贫一富，大量的书呆子都是高抬原宪而小看子贡。还可以以文为例，六朝有人肯写《高士传》，所谓高士，几乎都是清寒的；至于现在，昔年颂扬高士的笔，有不少变为努力为企业家立传了，因为据说，这会有大的两利。利者，至少在这里，是钱的别称，总之，还是上面说过的话，是为了弄钱，可以无所不为。这样，本节前面说顺应时风，莫非我也要舍掉刺绣文而去倚市门吗？不是。原因不单单是我清高，不屑，而是一，无此能力，虽欲改行而不得；二，所求有限，深信钱超过某限度反而会成为负担。所以前面说顺应时风，后面紧跟着还说看看左近云云。

原话看看左近之后，还有尾随同群的人等等，是想尽量把范围缩小，以便如果自己真就有所欲，也伸手可及，不至于兴望洋之叹。这引"子曰"来助威，就是"君子思不出其位"。但看看左近同群的人，顺应时风的行事，限于以钱取乐、可有可无的，也太多了。为篇幅所限，也怕话絮烦听者会打瞌睡，想只说三项，都是司空见惯而行之者甚感兴趣的，仅仅算作一隅之例。其一可以名为内装修。内，我这里用，包括两种意义：一大，是住房之内；二，位未必小而体积小，是内人之内。这内装修也是古已有之，但确是于今而大烈。还记得当年，迁入新居之前，办法有简繁两种，简只是扫帚一把，顶棚一，墙四面，地一片，过一遍，了事；繁是清扫后兼以粉刷，以求看着净而且白。现在不同了，即如新房交工，净和白自然都不成问题，可是依时风，你问已拿到钥匙的人何时迁入，必答："内部还没装修。"这所谓装修，据说小举是用什么花花绿绿的材料贴片，大举是还要换地的水泥为木条。小举所费数千，大举过万。但不如此则不合时风，也就不足以显示住室主人的讲究。这讲究能够换来亲友的赞叹，主要还是主人因赞叹而收获的心满意足。夫心满意足，"吾谁与归"之对立面也，依理或为利，我应该立即起而效尤。不幸是这时候哲理又来捣乱，以致心里又想，这又有什么意思？算了罢！算了，合于佛门的好事不如无之道，而且省了钱。可是所失甚大，是不能如热心装修者之在贴片或木条上安身立命。内装修的另一桩，旧所谓荆钗，变为手指之上，颈项之围，都金光闪闪，我也觉得没什么意思。且不说费钱，另外还有两个理由是：老随来不美，不会因为金光一闪就变为美，一也；腹中墨水不多，由金光闪闪一反衬，就会像是更少得可怜，二也。所以不如以汉朝的桓少君为师，还是卸掉珠光宝气，去推曳鹿车的好。总而言之，用内装修之法以求心安理得，在我是不能生效；而也就是为了世说"新"语的所谓"效益"，我虽然有意入世，也就碍难从众了。

于是转移到其二，由上文顺流而下，我名之为外装修，即各种形式的游历或旅游。说各种，表明一言难尽，只好举大类之例以明之。曰有远近。远是国外，如罗马、纽约之类。何以不远到南极、北极？因为太冷，不舒服。也可以是国内山水，山如泰山、黄山，水如三峡、西湖，都可以。以上称为远，因为要乘飞机或火车。改为乘公共汽车，甚至骑自行车或步行，如家住北京之登长城、入故宫，等等，都是近。旅游，还有一个大类，因为与钱有血肉联系，更不能不着重说说，是费由谁出。据说，依时风，百分之九十以上是由公家出，所谓公费旅游是也。这且不管，反正游就可以开阔眼界，充实心胸，也就可以取得心满意足，夸而大之，无妨说是也就换来安身立命，纵使是非永久的。可惜这个入世之道，我也碍难从众。责任应该全部由自身负。因为一，是自己已经没有东奔西跑的精力。这还是其小焉者，另有大的两种。其一应该排行第二，是多少年来我一直认为，听景胜过看景，及至看到，会感到不过尔尔。其二应该排行第三，是对于楼太高，饭太贵，人太挤，我一直有些怕，夫战战兢兢，离安身立命就更远了。

◎ 1994 年 5 月下旬在嵩山少林寺。

外装修也不成，自然就转移到其三，是还我书生本色，寄心于书。这像是容易生效；而且有诗为证，是十几年前吧，曾诌一首打油五律，尾联云："残书宜送老，应不觅丹砂。"连丹砂也不想了，可见必足以安身立命。其实，想当年，我也曾是这样，无多余之钱而有多余的精力，于是而四城跑，逛书摊书店，搜求自己认为不贵而又有意思的，幸而得到，高高兴兴拿回家，未必有时间读，可以插架，看着也高兴。高兴，不想其他，正是心有了归宿。诌打油诗，说"宜送老"，就是这样想的。这样想，在某时，对于某些人，应该说并不错。空口无凭，可以请藏书家友人姜君来作证，是他以上好机遇，买到钱（牧斋）柳（如是）的《东山酬和集》，已经过去几个月，同我谈起，还笑得合不上嘴。人生难得开口笑，以此类推，钻故纸，也就可以乐不思蜀了吧？然而，至少是我，就不然。何以故？最重大的原因是觉得，余年日减，精力日减，快用不着了。还有次重大的，是有不少好心人，以己之心度人之心，不收费而送，于是寺未加大而僧日多，先是占满架，继而占满案，仍扩张，截止到执笔之时，又将占满床。这样下去，书就成为侵略性的负担，还谈什么安身立命！

三项顺应时风的生活之道，上面说过，只是一隅之例，古人云，"举一隅而""以三隅反"，推而远之，入室搓麻将，出室进卡拉OK，就可更不在话下了。总而言之，顺应时风是从俗，浅易；次安身立命，涉及命，走浅易的路大概是不成的。

三　信仰

浅易不成，只好走向对面，往深处试试。我的经验或领会，深是抓到信仰，即心有了归宿，自然就一切完事大吉。而说起信仰，就含义说也并不简单。如程度有浅深。我在拙作《负暄续话》里收一篇《祖父张伦》，说他一生致力于兴家，幸而不及见后来的连根烂，这兴家是他的信仰，就是与通常的所谓信仰相比也是浅的。深的种类也很多，如新旧约的信士相信死后可以到上帝身旁安坐，佛门净土宗的信士相信死后可以往生极乐世界，都可以充当典型。就性质说更有多种。如适才说的相信能够坐在上帝身旁，相信能够往生极乐世界，是宗教的。习见的还有政治的，如相信依照某教义革故鼎新，有求必应、心情舒畅的人世天堂就可以很快出现，以及望见教主就顶礼膜拜，视为平生最大幸福，就是此类。有信仰比没有信仰好，因为唯有具备了这个，心才能找到最后的或说最妥靠的归宿，也才能够心安理得，安身立命。这想法还可以引圣贤之言为证。圣是国产的，孔老夫子所说："朝闻道，夕死可矣。"贤是进口的，英国培根所说："伟大的哲学，始于怀疑，终于信仰。"孔老夫子的口气是盼望，如愿以偿没有呢？不知道，因为"七十而从心所欲，不逾矩"，能不能算，难定。至于培根，如果开始连生命的价值也怀疑，最终能够相信如何如何就得其所哉了吗？对于这些，也只能"多闻阙疑"了。

不必疑的是信仰有大价值而取得并不容易。这句总括的话说得嫌含混，还需要分析。有不少人真能像《诗经》说的，"不识不知，顺帝之则"，或老子所想望的，"虚其心，实其腹"。这有如随着人流往前走，而不想问走向哪里，不想，也就用不着来个目标，即所谓信仰，作支柱。也有不少的人想问问，即求有个信仰，以便清夜自思，或弥留之际回光返照，能够如赌徒的大胜而归。这类不少人的取得信仰，有难有易。难易之别由两种渠道来。一种是信仰的性质，这是带或多或少的神秘性而不求（或不能求）理据。程度高者如西方净土，你乘超音速飞机往西飞几日夜也找不到，这是神秘性；如果你不是信士弟子，问是否有西方净土，信士弟子必以为你太可怜，因为将永沉苦海而不自知，这是不求有理据。程度浅的也是如此，比如你对于压在你头上的教义及其魔术般的功效有怀疑，并敢表示，得到的答复必是思想反动，急需改造。难易之别的另一个渠道是个人的气质或心态方面的条件。这也不简单，大致说，是头脑中知较多并遇事喜欢追问其所以然的，取得信仰就较难，反之就较易。记得过去谈这类问题，曾举我的外祖母为例。她不识字，信一种所谓道门，主旨大致是，信而有善言善行必可得善报，善报之一或最显著者是死后魂灵进土地庙，连土地老爷也要起身让座。其时我已经受了西学的"污染"，不信有灵魂，更不信有土地老爷，有一次，胆大并喜多言，说了这个意思，惹来的是充满大慈悲心的大怒，因为她既不怀疑自己的道门，又不愿意她的外孙一旦呜呼，会受小鬼和土地老爷的折磨。

很遗憾，我竟辜负了外祖母的慈心，是直到现在，不要说土地老爷，就是高出千寻万寻的，写在纸面上，庄"说""论""主义"之类收尾的，仍是"吾斯之未能信"。我说这话，丝毫没有自负自夸之意；如果一定让我承认是自什么，那就最好说是自伤，因为我一直，或说越来越觉得，"伟大的哲学"确是应该"终于信仰"。没有信仰，等于前行赶路而没有目的地，不只可笑，而且可怜。我的可怜来于知之而未能行，或加重说，热切希望得到而终于尚未实现。关于这方面，近几年来我写过两篇文章，《怀疑与信仰》和《我与读书》，较详地说了望道而未之见的情况及其原因，内容多而杂，不便重复。这里想从另一个角度，或说理的角度，说说欲求而难得的情况。所谓理，是追问信仰的根柢，即所求究竟是什么。这显然应该由"天命之谓性"说起。也可以简而明地说，人，胡里胡涂地有了生，就无理由（儒家说得好听，是"率性"）地乐生。一切活动，由小到描眉，大到成家立业，一切希望甚至幻想，由小到上车不挤，大到长生不老，都来于乐生。信仰，寻求信仰，也是人生的一种活动，其本源当然也是乐生。于是由这里，我们就可以推出信仰的最深沉的所求，这是：上，不灭，往生极乐世界之类是也；中，不朽，人过留名之类是也；下，觉得怎么样活就最有意思，大至动手建造乌托邦，小至提笼架鸟，皆是也。

到此，由泛论收缩到己身，文章就好作了。具体说是，我之未能树立信仰，是对于这上中下三种，都不能不问理据而就接受。而一问理据，不幸我受了多种异道多种杂说的熏染，总是认为，这一切之所以看似有价值，都要以能自欺为条件。正面说，不灭是十足的幻想，事实是人死如灯灭；不朽云云确是事实，可惜是得不朽之名的本主已经不能知道；至于再世俗，以为如何如何就意义重大，至少是有趣，自欺的意味就更加浓厚。总而言之，我确信，如果能够像我外祖母那样就真是有福了，可是我苦于做不到。

可是还活着，总当想想办法吧？办法是由李笠翁那里学来的，曰退一步。或者说得冠冕些，取《礼记·中庸》的头部以下，即只要"率性之谓道"而不管"天命之谓性"。天命，只有天知道，不问可以省心。不只省心，如果不惮烦，还可以穿堂入户，也琢磨出一些说东道西的所谓议论。也就是本此，不久之前，我还不自量力，写了一本讲生活之道的书，取名《顺生论》。顺生者，即率性也。严格说，这够不上信仰，因为容纳自欺成分是有意的。但也无妨宽厚一些，称为信仰，因为"安"于自欺，能安，有了实效，也就不愧称为信仰。到此，借宽厚之助，我也算是有了信仰。也就靠有了这个退一步的"率性之谓道"式的信仰，以下的若干节才好写下去。

四　山林精舍

请不要误会，我不是想升高官，或发大财，也在庐山之类的胜地来一所别墅，以便有时，带着如意之人，到那里住一个时期。精舍是佛教名称，专心修行者之舍，如印度的祇园精舍，中国通名为寺为庵者是也。这样，以山林精舍标题，莫非我也有意出家吗？一言难尽，因为非简单的"是"或"否"能够说明白。话要由远处说起。昔年我杂览，也看过一些有关佛教的书。又以某种机缘，与四众中的二众（比丘和优婆塞）有些交往。不与另外二众（比丘尼和优婆夷）有交往，并非有歧视之意，而是因为中国之圣，依礼，印度之佛，依戒，都要慎而远之。且说读了书，亲其人，对其生活之道就不免略有所知，并进一步，不免有所见。何所见？又是一言难尽。不得已，就多唠

◎ 2000 年春，室内太极。

叨几句。还是由信和疑说起。记得不只一次，有人问，我是不是居士，意思是我信不信佛教。我说，在这方面，名实有点合不拢，比如，我写过有关佛学的文章，编过有关佛学的期刊，有些人，主要是佛门的信士弟子，望文生义，呼我为居士，我不便声辩，也就顺口答音，表示承认。而其实，我不是信士弟子，也就不能入四众之列。不入，不是不肯或不屑，是不配。不配，是因为在信的方面我不具备条件。什么条件？恕我仍安于保守，不能尾随有些所谓信士弟子之后，高喊合时宜的口号，以求能生存，或快腾达。这保守的所守是佛门的基本教义：人生是苦，应以四圣谛法求证涅槃，以脱离苦海。如果是"真"的信士弟子，就应该"真"信这样的基本教义，然后是奉行。我呢，不要说奉行，是连信受也做不到。做不到，自然是因为有不同的想法。比如人生是苦，你问我是不是这样，而限定必须一言以蔽之，我只好答，不知道。如果许多说几句，麻烦就来了，就是取总括而避具体，也要说，因时、因地、因人、因事等的各异，而看法必有种种不同。时、地、人、事、看法等都上场，就证明我们难于一言以蔽之。其中的事就更有走向反面的大力，比如不少已经出了家的，不是也常含笑，吃高级素菜，喝杭州龙井吗？然后说涅槃，与人生对衬，是不生不灭之境，我是常人，脑子里装的是常识，总觉得太玄妙，恐怕只能存于想象中。如果竟是这样，四圣谛法的"灭"成为水中之月，其余"道"无用，讲"苦"和"集"也就没有意义了。

以上是说，如果严格要求，我不能入佛门，称为信士弟子。但任何事物都可以分等次，严格之下有凑合，如果也容纳凑合，我就不能在长安大慈恩寺，甚至曹溪宝林寺，至少是山门之外，徘徊一阵子吗？我反躬自省，因为"山门"之下还有"之外"，我就无妨胆大一些，说："总可以算作在信徒与异教之间吧？"这正面由心情方面说是虽不能之而心向往之。向往什么？又是说来话长。长话短说，我是部分地或重要部分地同意佛家对人生的看法：是人生确是有苦，就是不走佛家斩草除根的路，也要承认，有不少刺心因而难忍的苦，是来于情欲。国产的道家也有类似的看法，如《庄子·大宗师》篇曾说:"其耆(嗜)欲深者其天机浅。"天机指与生俱来的资质,庄子分上下,恰好与常见相反,以红楼中人物为例,是傻大姐上,林黛玉下。佛家平等看人,认为都有情欲,因而就都有苦。治病要除病源,所以佛家的灭苦之道是扔掉情欲,戒律数百条,所求不过如此。这看法和办法,问题不少,而且不小。只说两项:一轻,这做得到吗?另一重,假定情欲能够除尽,那还能够称为人生吗?在这方面,我一直觉得,还是儒家玄想成分少,不问"性"之所自来,以及好不好,设计生活之道,安于"率性"。率性会出毛病,或危及个人,或危及社会,要补救,办法是"修",或说以礼节之。佛家除病心切,或说去苦心狠,不满足于修,主张砍掉。这难度大,但是,至少我觉得,值得天机浅的人参考,或进一步,引以为师。我自己衡量,实事求是,属于天机浅(或很浅)那一类,于是,为了安身立命,至少为了心境平和,就宜于不停止于儒家的修,而进一步,兼到佛门去讨些对症药。到此,可以话归本题,是有时,甚至常常,我也想扔开笔砚,到山林精舍去面壁,撞钟。佛家的顿悟,道家的坐忘,我不敢想,原因之一仍是天机浅,之二是境界过高,疑为恐非人为所能及,但退一步,只求于静寂的环境和生活中,思减少,情减弱,心境由波涛起伏变为清且涟漪,也就可以安身立命了吧?

但是这也有困难,不是来自理想,而是来自现实。现实有比较明显的,来于客观。这可以分作两个方面。一方面是已经没有这样的山林精舍。原因是,大革命之后,一些幸存的都是赫赫有名的,趋钱第一的新潮,辟为旅游点,于是山林就变为比市井更加市井,住进去,求心静就办不到了。另一方面,即使有这样的山林精舍,会容纳我这样的信徒与异教之间的人吗?现实还有比较隐蔽的,来于主观,是入山林精舍,求静寂,如果天机浅的本性执拗不变,还会有忍受静寂的能力吗?至少是未必。这就会使想象的心向往之化为肥皂泡,五光十色,只是一刹那就成为空无。不得已,只好把一度飞向天空的心猿意马收回,改为想想坐而能言、起而能行的。

五　玉楼香泽

这个题目，或者不当写，因为玉楼中人是红颜的，不宜于像我这样白发的人，哪怕只是平视一下。也实在难写，情境幽微，就是在所感中并不微弱也嫌形质恍惚，难于用语言捉住，一也；勉强捉，言不尽意，甚至言不称意，就难免惯于巧思的人见清辉而推想必有玉臂之寒，二也。可是再思之后，还是决定勉为其难，是因为实生活中有此一境，躲过，有违应以真面目见人之义。真面目是什么？姑且算作泛论，是桑榆晚景，与玉楼香泽，也还是会有剪不断、理还乱的多种牵连。干脆就沿着泛论说下去。孟老夫子说："人之所以异于禽兽者几希。"几希是不多，但终归是有，我这里借古语表今意，是这不多之中，就应该包括"情爱"的远离生育之根而蔚为大国。为大国，是独立了，可以表现为多种形式。说重大的。一种是希腊哲人柏拉图所想象的，情离开欲而独自飘摇于清净的精神世界。这或者是惯于玄想的哲学家的愿望，就算是愿望，估计禽兽是不会有的，所以也就无妨聊备一说。一种是衡量人生中各种事物的价值，至少是西学占上风之后，除某种教义的信徒以外，都把情爱举到上位。还有一种，与本题关系更密切，是老境的岑寂，至少是为数不少的人，感到或兼认为，是来于情爱的渐渐远去。

感到岑寂是有所失，或有所缺，要补偿。但这很难，只好拉一些可能的充数。想不知为不知，限于男本位。先说现实的。旧时代，男尊女卑，男，天机浅而地位不低的，白发而愿近红颜不难，如白乐天，而且不只一个，有樊素和小蛮。可是这近之中有不少力的成分，非纯的情爱，能够算数吗？至少是并非满宫满调，有白自己的诗为证，曰："永丰坊里东南角，尽日无人属阿谁？"这是不免于"冯唐易老"之叹。其后，也是有名的文人，钱牧斋或者可以算数，得二十四岁的才女柳如是，是女方自己找上门的。东山酬和，不只自己得意，还为其时及其后的不少老书呆子所艳羡。以上白和钱都是实得，即情爱有了寄托之所。退一步，不得而情爱仍有所寄托，可能不可能呢？

◎ 1938年，夫人抱着一岁大的女儿。

斋志异》所写，意中人真就自天而降，那就真如《庄子》所说，"是且暮遇之也。"现实难，还有幻想的路。可以分为清晰和模胡两个级别。清晰的，可以举堂·吉诃德为代表，持长枪，骑瘦马，带着忠实的仆人桑丘·潘沙出征，心里时时想着有美丽的杜尔西内娅小姐呵护，就既有信心可以打败一切魔鬼，又可以虽处处碰壁而心情舒畅。写到此，禁不住要喊，美丽的杜尔西内娅万岁！可是喊，如果没有堂·吉诃德那样的痴迷气，这条路必是坎坷而难通。于是不少书呆子就甘心，或不得不再退一步，安于得个模胡的，而且大多是顷刻之间的。这是指读某些诗文，依傍纸面上的文字，添油加醋，以描画其形，体会其情。如真就盼情爱如饥渴，读下面这样的诗词，就会似有所得，或慰情聊胜无吧？

　　昨夜星辰昨夜风，画楼西畔桂堂东。身无彩凤双飞翼，心有灵犀

一点通。隔座送钩春酒暖，分曹射覆蜡灯红。嗟余听鼓应官去，走马兰台类转蓬。（李商隐《无题》）

　　落日逢迎朱雀街，共乘青舫度秦淮，笑拈飞絮贾金钗。洞户华灯归别馆，碧梧红药掩萧斋，愿随明月入君怀。（贺铸《掩萧斋》）

两首"写"的境都会使人感到飘飘然，这是其所长。但也有所短，是前一首，终于"嗟"，后一首，终于"愿"。可见幻想不管如何美妙，变为现实终归是可欲而难求的。

　　泛论论得差不多了，图穷而匕首现，不得不现身说法，即对于玉楼香泽，我是什么态度，也应该说说。说，也不是三言两语所能讲明白。原因是一，我是常人，而且是天机浅的常人，就不能不与常人一样，去日苦多而有时仍不免于有玉楼香泽之思；二，幸或不幸，我念过《庄子》，并觉得"其耆（嗜）欲深者其天机浅"的看法大有道理，又接近过佛门，并觉得苦来于情欲的看法也大有道理，觉得是"知"，如果是真知，或良知，照王阳明的理论，我就应该并能够修不净观、效颜回的坐忘而大有所获吧？可惜我天机过浅，不只如胡博士所说，陷于"知难，行亦不易"，而且加了码，成为"知难，行益不易"。不能行，则不净观、坐忘等等就成为天边的彩虹，虽然美，可是抓不着。在这方面，我还有自知之明，是文字般若之后，就不再想抓。这是说，至少是单看行，就坦然走率性一条路，即有玉楼香泽之思就任其有。有是存，会变为放，这见于形迹，就成为住地震棚时作的打油诗，并收入拙作《负暄琐话》的《神异拾零》篇。诗云：

　　西风送叶积棚阶，促织清吟亦可哀。仍有嫦娥移影去，更无狐鬼入门来。

推想会有力争上游并具大悲心的好事者要说，《聊斋志异》不只多写狐鬼，也不少写仙女，你为什么期望狐鬼入门而不期望仙女入门？答曰，非不期望也，乃不敢奢望也。提起奢望，又想起一首打油诗，是：

　　几度微闻剥啄声，相依锦瑟梦中情。何当一整钗头凤，共倚屏山对月明。

这像是仙女不只入门，而且"犹恐相逢是梦中"了。真会有这样的梦吗？无论如何，由桑榆而走到玉楼香泽，而仙女之梦，总是跑得太远了。其实本意不过是想说，由情思方面看，老年的生活，常常并不像他们形貌所表现的那样单调。人生只此一次，在即将离去之前，也许正应该不这样单调吧？

六 事 业

玉楼香泽在天上，可望而不可及，应该赶紧收视反听，回到地面之上。于是未能免俗，也想想事业。何谓事业？表现形式万端，本质则很简单，不过是求多占有而已。多占有，旧时代所谓富有天下，是拔了尖儿的，诸葛亮《出师表》所谓"先帝创业"之业是也。这样的业缺少时代气息，又依照什么规律，四海之内不只一个孤家寡人，人人求多占有就不能不争，争则不能不

◎ 1999 年 7 月 5 日在书房中。

有胜败。于是而必有刘邦的享受朝仪之乐，项羽的乌江自刎之苦。乐，苦，有别，其别，用枝节的眼看，可能来于多种条件的差异；用整体的眼看就不同，而是总会有不少倒霉的。所以古往今来，道不同，有的人，如庄子，就主张宁可"曳尾于涂（途）中"。但庄子也要吃饭，有"贷粟于监河侯"为证；也娶妻，有"鼓盆而歌"为证。这是说，不管如何谦退，也不能一点不占有；何况花花世界，又有几个人肯谦退呢。

所以，至少是就常人说，大前提，就不得不承认事业的必要性。其下的问题是最好创什么业。这也可以分为理想的和现实的两个级别。理想，当然是最可意的，像是问题不多，或不大，其实不然，主要原因是人心之不同，各如其面。各个，一言难尽，只好还是由概括方面下口。概括不能离开常人，创业的所求是什么呢？不过是多占有，以期有生之年多享受，百年之后得不朽而已。可是说到享受，说到不朽，又是各式各样，而人心之不同，又各如其面。总之，就是限于理想，事业以何者为上也不好说。不得已，只好扔开理想，谈现实。现实，限于现时的，也可以概论。如人人所眼见耳闻，求多占有，择术，要利于多拿权，多拿钱（指不违法败德的）。但由此概论就不得不立刻跳到具体，即所谓个人，或更切近，己身的条件。比如己身是小民，离权十万八千里，走多拿权的路就必不通；同理，多财善贾，如果既不多财又不善贾，想走多拿钱的路也就难上加难。但天无绝人之路，客观，事业有大小，主观，所求有多少，即如蝼蚁之微，只要锲而不舍，也会有所建树吧？

有所建树，是乐观的大话；我的本意还是泛说，但依理，泛说就不排除己身，我是否想以此为由，自己也跳出来，大吹一通？曰，不敢，也不配。也许有的宽厚的相知会说："古有三不朽之说，曰立德立功立言，单说立言，你手勤，这些年写了不少，还不是事业上有了成就吗？"我说，写了不少是事实，但能否算作事业，至少还是仁者见仁，智者见智。且不管仁者智者，我说我自己的。未必能够算作事业，理由很多，可以统于一纲，曰并非主动。任何人都知道，看做事业，都是要，或说有浓厚的兴致大举出击，如为权之竞选，为钱之大作广告，就是好例。我呢，提到手勤的写就不怎么堂皇。记得几年以前，知道赵丽雅女士是投切西瓜之刀而改为执笔以后，我曾表示惋惜，并把此意写入一首打油五律，尾联云："何如新择术，巷口卖西瓜。"但终于没有改行，原因很简单，是除拿笔涂涂抹抹以外，什么也不会。自然，其他不会，也可以不写；而勤于写，不正好证明是主动吗？曰，仍是不然。理由，由远到近可以举出三种。其一，又须扯到"天命之谓性"，我多年来喜欢杂览，览，就难免把别人的各式各样的所知和所见收揽到自己的脑子里，然后是经过自己思考，也吵架也融合，竟生长出一些自己的。而仍由本性来，没有孔老夫子"予欲无言"那样的弘愿和修养，于是有所知所见，就禁不住想说，或想拿笔。依时间顺序就过渡到其二，是年至不惑，躬逢说话会犯罪的特殊时代，于是由故纸堆中找出"既明且哲，以保其身"的破烂儿，藏之心中；说藏，表明就不再说，更不写。但正如俗话所说，"十年河东，十年河西"，风有变，法也有变，不少人张口了，拿笔了，我见猎心喜，又因为饥者易为食，正如所谓三年天灾时期之忽然碰到容许放开肚皮吃的炸油饼，天理人情，自然就难免狼吞虎咽。这是说，多写一些是时势使然，动力并非皆由己出。还有其三，是我老了，既然还活着，就不能不干点什么。干什么呢？入卡拉OK之类，不会舞，不欣赏唱，更怕挤；远游之类，没有精力。而上天以平等待人，一昼夜同样是二十四小时，如何遣此长日？左思右想，还是只有铺上稿纸，涂涂抹抹一条路，这情况，仿古话说就是，因为日暮途远，所以才执笔为文。

这样成的文，我自己看，还有两种难于高攀称为事业的缺点。一种是无计划，也就可见并没有什么像样的大志。以《禅外说禅》和《诗词读写丛话》两种拙作为例，费时费力不少，而说起写的原因，前者不过是受老友玄翁的一激，后者不过是受上海扐翁的一促，激和促都是他力，也就是并非主动。这还是主题有定的，至于《负暄琐话》之类，就下降到篱下去闲谈，离"藏之名山"就更远了。另一种是所说都未必能够合于圣道，通于世风，此一己之私也，用新潮的算盘核计，会有什么社会效益吗？这后一种缺点来于旧习的不会作时文，其更深的来由也许竟是如苏东坡之一肚子不合时宜，夫装束的人面不入时，尚且没有人愿意看，况纸面上之文乎！

可是，有的评论来于恕道，有的评论来于世道，说我写成书，灾了梨枣，并引出一些读者口袋里的钱，正是事业方面有了成就。据说灶王老爷上天，好话多说，连玉皇大帝都听信，我乃匹夫编户之民，何必顽固不化，而不顺水推舟呢？也好，如果天假以年，我还要写，而执笔之时，竟至相信这就是自己的事业，其后随来的也许就是世风吹来的胜利、光荣之类吧？谢谢。

七　友　谊

人要活，可是活并不容易，所以希望，或说需要，从多方面得到帮助。多方面，其中重要的一方面是朋友。可以引旧话为证，是"在家靠父母，出门靠朋友"。也可以引新话为证，是难办的事，拍拍肩膀，叫一声"哥们"，就会变成易办。正是友之时义大矣哉！但同是大，我的体会，程度又会因年龄的差异而有不同。记得一年以前吧，在电视上看《人到老年》连续剧，有些感触，也因为演老年之一的韩善续是熟人，就写了一篇评介。主要知见是同意剧的主旨，老年人都有难以消除的孤寂之感，可怜。写评介不能止于此，于是进一步，由天道兼人道下笔，说老年心境上的这种情况，是由于先是天弃之（身和心都下降），然后才是人弃之（轻而远之）。这样说，姑且假定衣食等等物方面的条件都不成问题，老年的可怜仍是来于定命，命也，又有什么办法？

两条路。一条是认命，虽然如《庄子·大宗师》篇所设想，是无上妙法，可是由常人看就成为没有办法。没有办法之法是忍受。另一条路是至圣先师的"知其不可而为"，或更积极些，如荀子所想望，人定胜天。胜天也要有办法。办法像是同样不少，我想其中之一，或重要的之一，应该是于友谊中求安慰，求喜悦，甚至求心安理得。友谊有各种情况。如东汉的张劭和范式，是最上等的，其下由上中到下下，说也说不尽。单说以老年为本位，专从年龄方面着眼的，可以是忘年交的小友，也可以是年龄不相上下的老友。我的经验或偏见，如果容许挑选，那就还是要年龄不相上下，并且交往多年的。因为，且不说易于心心相印，只说记得经历的旧事多，翻翻旧账，哪怕其中有不少忆及会脸红的，说说，也会大有意思。

　　写到此，不由得想到老友之一的刘佛谛。可惜他在60年代后期，本性并不整饬而竟不能忍，过早地自动去见上帝了。列他为老友之（第）一，是因为他具有相交时间长、一同过过穷日子、谈得来、住得近几个条件。这样的一个人离我而去，当时的心情动荡，主要还是为他而悲痛，为世事而感慨。这是说，没有多从自己方面考虑。何以故？原因有主要的，是自己还不很老，也就还没有彰明较著的天弃之、人弃之的感觉。原因还有次要的，是自顾不暇，想别人的余力已经不再有。是将近二十年之后，我有了自顾之暇，虽然天弃之、人弃之的感觉还不很明显，孤寂之情（以及之实）却渐渐滋长。这

◎ 五十年代末照于北京后海北岸，身旁为刘佛谛。——行公自署

◎ 20世纪30年代末与唐兰（左二）、李九魁（左三）、厉祖漠（左四）在中山公园合影。

使我不能不想到老友，尤其是不能再对面谈笑的他。这怀念之情写入《负暄琐话》的《刘佛谛》一篇，开头一段是这样：

> 周末总是很快地来到，昔日晚饭的欢娱已经多年不见了，可是忘却也难。对饮一两杯，佐以闲谈的朋友不过三两个，其中最使人怀念的是刘佛谛。

怀念属于望梅止渴一类，为了真能止渴，应该把目光移向健在的。这在80年代早期，写怀念刘佛谛文章的时候，也还有几位，可惜绝大部分不住在北京，不能像刘君那样，差不多每逢周末，就推门而入。还有更可惜的，是这一些人之中，又有几位先我而去，于是到目前，借友情以破孤寂的希望就更加渺茫。天命如此，我还能做什么呢？也只是翻腾一些旧事，以表示曾经不孤寂而已。旧事不少，想只说两个人的：一远，是天津齐君，三年前逝世的；一近，是北京裴君，五年前逝世的。重点是说靠友情以破老年孤寂的难于如愿，所以多说近年。

齐君名璞，字蕴堂，长我一岁。同乡，所以20年代中期起就认识。他先在家乡教小学，其后一直在天津工作，我们交往不少。最后由中学退休。年趋古稀，一次骑车被人撞倒，骨受伤。其后走路就不能灵便。曰他那方面说，病而不富，就更加思念老友。我当然理解这种心情，何况也多有这种心情，他的生辰是中秋节，所以成为惯例，我和老伴每年秋天到天津去看亲友，总是中秋节前一两天到，节日那天中午到他家，共酒共饭。见面时间不长，可是所得不少，是感到并没有被世间所有的人都忘掉。是他去世前一年的中秋节，我们同往年一样，又聚会。看得出来，他的健康情况明显下降，消瘦，咳嗽，精神不振。席散的时候，他说："能不能春天也来一次？"我还没想好怎样答，他小声说，像是自言自语："还见得着吗？"我大概把常态看得太牢固了，没有在意，而来年的初夏，离中秋节还有四个月左右，他果然等不及，就走了。

另一位是裴君，名庆昌，字世五，长我两岁。我们关系更近，因为一，不只同乡，而且邻村；二，同时上小学，在同一个课桌上念共和国教科书；三，由启蒙老师主盟，结为金兰兄弟；四，由30年代起，又相聚于北京，连续五十多年，住在一城之内，常常见面，直到送他到八宝山，几乎没有分离过。以下专说这第四的长相聚。他来北京比我早，是上中学。只念了两年，因为家境突降，必须自己谋生，改为在街头卖早点。在外城菜市口一带，与两位表兄住在一起，共吃而分别卖自己的豆浆、杏仁茶之类。他忙，下午备货，早晨挑担出去，所以聚会总是在他的住处，对着灯火共酒饭。酒总是白干，饭常是小米面窝头，家常菜一两品。可是觉得好吃。更有意思的是裴君记性好，健谈，两三杯酒下咽，面红耳热，追述当年旧事，能使我暂时忘掉生活的坎坷，感到世间还有温暖。就像这样，连续几十年，一年聚会几十次，就使我们的友情不同于一般。怎么不同？难于说清楚。我认识人不算很少，自然也就间或有交往，交往中会感到善意，甚至亲切，可是与裴君相比，就像是远远不够。一般的友谊，比喻是花，与裴君的是家常饭，花可以没有，家常饭就不能离开。可是他终于先我而去，一年四季，晚上还是至时必来，我常常想到昔日的聚会，也就禁不住背诵《庄子·徐无鬼》篇的话："自夫子之死也，吾无以为质矣，吾无与言之矣！"话归本题，"老者安之"，安，也靠友谊，可是这个处方不难，买到高效药却大不易。

八　为无益之事

这题目是从清代词人项莲生《忆云词》的序里借来的，说全了是"不为无益之事，何以遣有涯之生"。这类意思，就我的记忆所及，西方的名人也说过。早的有莎士比亚，忘记哪一个剧本里有这样的话："连乞丐身上也有几件没用的。"（我想插一句话，是项上有金链、指上多金环的女士闻之，可以更理直气壮矣。）晚的有罗素，曾著文（原为一篇，后即以之为一文集之书名），题目是 In Praise of Idleness（商务印书馆有译本，名《赞闲》，其实"懒散"较"闲"义更近），歌颂懒散，不急功近利，而又不能身心如止水，也就难免为无益之事了。这里所谓益，可以大，指国计民生，可以小，指个人名利；显然，无益，就既无关于国计民生，又无关于己身名利。但习惯用法，也要无害。年轻人是不是需要这样呢？项莲生年未至不惑就死了，他所谓无益之事是填词，可见始作俑者是认为年轻人也需要的。他需要，是遣有涯之生，如果他真有这种实感，像我这样年龄比他不只加倍的，就更宜于用他这个妙法，因为不只是遣有涯之生，而且是遣更有涯并深知必不能再有所作为之生。这是来日无几之实加上俗话所说老了不中用之实，如果不为无益之事，生活就该更少欢趣了吧？我要挣扎，死马当活马医，于是，算作自欺也好，就随机，碰到无益之事，只要是性之所近，为之就会换来或多或少欢趣的，就为。为了贴近题目完篇，有两个问题需要先说明一下。一是上文提到的涂

◎ 张中行与张守义在一起赏玩收藏品。

涂抹抹，算不算无益之事。我想不算，因为算，推想必有人反驳，说那是事业，而且换来稿酬。抬杠与为无益之事的精神不合，以息事宁人为是。二是好事者会想知道，这无益之事，单说我乐于为之的，究竟有哪些。哎呀！这是大革命办法，让我交代。我怕，所以想避难就易，只说由现前抓到的三个，我孜孜为之，并直到目前还未感到烦腻的。依《颜氏家训·涉务》的精神排列，这三个是：集砚，刻闲章，诌打油诗。

由排头说起。我年轻时候误入歧途，由有禾草味的家乡出来，而通县师范，而北京大学，所近之地为课堂和图书馆，所近之人为老老少少书呆子。近朱者赤，近墨者黑，渐渐，于各种学之外，还迷上法书。说法书，不说书法，因为书法要兼动手，如我敬重的启功先生就是，只迷法书，就可以君子动眼不动手。其后是由法书连类而及，也喜欢砚。喜欢，人之常情，如佳人，就愿意筑金屋藏之，砚也当准此。幸而砚比佳人体积小，且不食不动，没有金屋也可以藏，于是先是想买，继而真买。起初不辨佳劣，上当次数不少；借阮囊羞涩之助，损失不多。九折肱者成良医，渐渐也就能够辨质的佳劣，款识的真伪。眼力好转，但得佳砚，还要靠有多余之钱，天助之缘，所以总计半个世纪，所得，能够摆上桌面，让同好看看的，为数很少。至于总数，由手头过的不算少，可是有些送了人，有些在大革命中扔掉，直到目前，才烦王玉书先生刻一半自慰半自吹的闲章，曰"半百砚田老农"。这半百中包括一些新得的歙砚，家住歙县的一位中年友人寄来的。由这条路收些新砚，也可以模仿时文八股，罗列意义多种。其一是旧而佳之砚已不可见，万一遇见也买不起。其二，新而佳的端砚，如出于老坑的，小则数千，大则逾万，也买不起。其三是没有和尚，秃子也未尝不可充数，此李笠翁之贫贱行乐法也。其四，何况寄来之砚，有眉子甚至金星等花样，做工也不坏，颇可以玩玩。其五，说起雕刻之工，是出于一女砚工之手，我求顾二娘不得，也乐得遇见今代顾二娘，于是求赵丽雅女士用《十三行》式闺秀小楷，书"新安杏珍女史造"几个字，寄去，其后寄砚，有的居然就刻上这样的款识。总之，我用这个为无益之事的办法，费精力不很多而所得不少。老年，"戒之在得"，是圣训，可是在这类事情上，还是为无益之事实惠，那就暂时不管圣训也好。

其次说刻闲章。刻闲章要先有图章石。买石藏石，我也未必没兴趣，只是因为好的，即使小也很贵，不敢问津，所以直到现在，也几乎没有能够上桌面的。又所以不敢上追米颠，爱而拜之，而只是利用它，并揩相知的篆刻家之油，刻上几个字，以过自我陶醉之瘾。多少年来，闲章刻了一些，文不当离题，只说成于近年并认为值得说说的与佛门有关的两方，一是"炉行者"，另一是"十一方行者"。先说这炉行者的一方，为上海扽翁所刻，这关系不大。关系大的是文字的含意，计值得大书特书的共有三项。其一，我虽然没有出家，却曾长时期在山门内外徘徊，称为行者，自信可当之无愧。其二，炉者，因为在干校曾受命烧锅炉数月也。其三，说来会使禅门的信士弟子并惯于耳食的肃然起敬，因为六祖慧能，得五祖衣钵之后，广州法性寺剃度之前，也只能称为"卢行者"。这会有假冒之嫌吗？管它呢，反正得这么个大号心里舒服。再说另一方的十一方行者，为北京让翁所刻。取义既简单又明确，是：和尚吃十方，曾有不少次，和尚招待我吃素斋，我比他们多吃一方，故成为十一方，凡事以多为胜，我自己觉得也就占上风了。

最后说诌打油诗。我的旧家风，间或读诗词，决不写诗词，因为自知无此才此学。不幸这旧家风也被大革命革了命，是由干校放还之后，闲情难忍，万不得已，才乞援于平平仄仄平，以期还能够活下去。尝试，也积累一些经验，其中最能产生（人生的）经济效益的是：想自讨苦吃，写正经的；想取乐，写打油的。昔人昔事也可以为证，如杜公子美，不打油，总是写《羌村三首》之类，自然就不免于"歌罢仰天叹，四座泪纵横"了。前事不忘，后事之师，加以为安老，我拿起笔，常常喜欢打油，也就从其中捞到不少油水。为篇幅所限，只举五言的绝和律各一首为例：

> 有梦思穿壁，无缘听盖棺。南华寻坐忘，未废日三餐。

> 无缘飞异域，有幸住中华。路女多重底，山妻欲戴花。

> 风云归你老，世事管他妈。睡醒寻诗兴，爬墙看日斜。

思穿壁，没有真穿，无益；骂完管他妈，上公交车仍不能不用力挤，也无益。但这类无益一时能使我眉飞色舞，人生难得开口笑，敝帚自珍也罢。

九　衣褐还乡

这题目有远祖，是别姬的项羽所说："富贵不归故乡，如衣锦夜行。"有次远祖，是舍身同泰寺的萧衍所说："卿衣锦还乡，朕无西顾之忧矣。"可是承嗣不能照抄，因为我既未富又未贵，只是思故土的心意一点通，所以用了换字之法，说是衣"褐"还乡。这说的还乡还同于贺知章的"少小离家老大回"，简而明地说，是到风烛之年，才更有故土难离之感。关于这种情怀，不久前我写了两篇小文，一篇是《吃家乡饭》，说一日三餐，总是想吃幼年在家乡吃的那些；一篇是《狐死首丘》，说大有结庐在乡土之意，而多方牵扯，事实难于做到。这次写，像是没有什么新意好说，但既然要坦白老年的心境，略去则不舍为文的体例，所以不避旧话重提之嫌，再唠叨一次。

　　说起家乡，一言难尽。这言，有离乡之人共同的，用情意最深重的话说，是叶落要归根。有我独有的，是这根竟有了变动。如何变？为了偷懒，抄《狐死首丘》那篇写的：

　　　　说就不得不从头。为不知者道，先要说家乡。这也不简单，因为应该是一个（指出生地），而现在是两个。我出生地，就出生时说，是京东香河县的南端，北距运河支流青龙湾十里，西北距香河县城五十里。这出生地的家乡受了两次严重打击。一次是解放之后，政治区划变动，青龙湾以南划归武清县。另一次是1976年唐山大地震，家乡的老屋全部倒塌，家中早已无人，砖瓦木料充公，地基改为通道。我只好放弃这个出生地的家乡，原因之一是无房可住，关系较小；之二关系大，是改说为武清县人，心情难以接受。但无家可归也不好过。恰好这时候与香河县城的一些人士有了交往，他们有救困扶穷的雅量，说欢迎我把县城看做家乡，并且叮嘱，何时填写籍贯，要写香河县。我不胜感激涕零之至，并每有机会填写籍贯，必大书香河县，以表示至死不渝的忠心。

两个，关系不同，情况不同，因而唤起的感触也不尽同，总的说是，前者失多得少，后者失少得多。以下分说常常浮现于记忆中的得和失。

　　前一个，入世后的最初十几年是在那里过的，可怀念的当然不会少。就是现在脚踏实地，或只是在想象中，也还会碰到不少熟识的形貌，大到街巷的格局，小到亲串的名号。可是遗憾的是，必伴来强烈的禾黍之思。举家内和家外各两种为例。说起家，最值得伤痛的是这个家已经化为空无，于是幼年生活的许多欢娱，如年时的提灯放炮，冬夜的围坐吃炒花生，以至外出晚

归之受到狗的欢迎，等等，都成为更加镜花水月。村西端的场地兼菜园没有了，想到当年，秋风过后的清晨，到枣树下拾落枣的情形，也不免于怅惘。村外，东北行约二里的药王庙，是小学所在地，当年曾在后殿观音大士旁过夜，现在是小学仍在，不要说坐莲花的观音大士，是连殿也没有了。由药王庙东南行到镇中心，路南有关帝庙，年底卖年画的地方，风景的，故事的，都曾使我儿时的心灵飞向另一充满奇妙的世界，现在也是都没有了。不幸是记忆以及伴随的怀念之情并不因现实之变而变，于是这个家乡，如果容许我评价，就具有两重性，是既可亲近又不可亲近。

不得已，我也只好接受韩非子的理论，"时移则世异，世异则备变"，忍痛扔开前一个，只取后一个。这后一个，如上面所说，只是情谊的接纳，并没有定居，如何成为家，至少是看做家？曰，因为有热情的东道主，也就有了安适的食宿之地。人人皆知，在异地有食宿之地，要靠人事的因缘。这因缘，牵涉面广，琐碎，幸而不说也关系不大，决定循前一个家乡之例，多说自己的感受。显然也只能说一点点印象最深的。由近及远，先说家门之内，是一日三餐，可以吃地道的家乡饭。这家乡饭，并不像都市高级餐馆，菜要精致，有名堂，而是朴厚，实惠，但是至少我觉得，更好吃；而且有口腹之外或说精神方面的获得，请孟老夫子代为说明，是"王何必曰利，亦有仁义而已矣"。再说家门之外，大宗是散步于大街小巷，逛集市，那就可以看乡里人，听乡音，以掠取"纵使是衣褐还乡，也终归是还乡了"的满足。美中不足的是，当年常见并印象深的，如方正完整的砖城，城中心的观音阁，东门以北城上的魁星楼，都不见了。语云，在劫难逃，想开了也就罢了。

还有想不开的，是因为把它看做家乡，就觉得连青菜都比其他地方长得肥嫩，好吃，就是有了难以理喻的留恋之情。这情会产生叶落归根的想望，也许正是来于叶落归根的想望。说起叶落归根，中国的传统办法是先下手为强，比如有官位，致仕，就立即衣锦还乡；无官位，在外混得差不多了，或得意或失意，也要及时返故里，无事可做，可以废物利用，看孩子。现在不同了，是哪里领粮票哪里就是家。可是历史是连续的，有不少遗老遗少，或只是仍珍藏遗老遗少思想的，还是愿意叶落归根，先下手为强有困难，就弥留之际叮嘱下一代，千万把骨灰送回去，如我的业师死于台湾的钱穆先生就是这样。我非遗老遗少，又凡事惯于甘居下游，可是也竟有纵使模胡却并不微弱的叶落归根的情怀，而且有时像是真想先下手为强，趁仍能室内看《卧游录》、出门挤公交车的时候，衣褐还乡。这是说，听从幻想，我就会迁入家乡的某一个小院，换面对稿纸的生活为伏枕听鸡鸣犬吠，出门踏乡土，听乡音，吃家乡产的豆腐脑之类。显然，这一切美妙是来于幻想！另一面还有力大无边的现实，即多种组成无形纽带的社会关系，想动，就必是"蜀道之难，难于上青天"。一面是想，一面是难，如何处理？还是只能用李笠翁的退一步法，可以大举，是忙里偷闲，乘车东行，小住三两日；可以小举，仍是秀才人情纸半张，如曾诌《己巳荷月述梦》一首，说，"幽怀记取故园瓜，欲出东门路苦赊。月落天街同此夜，也曾寻梦到梨花。"写思而不得之感，就是。总而言之，家乡虽然是理想的安老之地，却思而难得，人生不如意事常十八九，可叹。

十　随所寓而安

《庄子·大宗师》篇说，道家心目中的圣人"其寝不梦，其觉无忧"，后一句郭象注："随所寓而安。"其意是，因为能够随所寓而安，所以睡醒以后才无忧无虑。说所寓，不说所遇，是表示在任何处境中都心情平静，意义更深。这里取此为题，是因为以上说了（我的）老年心境或说安老设想的许多方面，都是处方不少而疗效不大，现在到该结束的时候，譬如作战失利，一退再退，已经退到必须背水的地方，只好由庄子那里讨个法宝，孤注一掷，试试能不能有点转机。

　我天资不行，思而不学，就连"师姑元是女人作"也不能悟入；正面说，是所有关于人生之道的所说所想，都是偷来的。被偷的老财有离家门远的，如边沁、罗素之流；只说离家门近的，是儒、道、释。范围还要缩小，限于本篇会用到的，是"老者安之"，他们有没有办法呢？儒之圣，孔子，说自己的修养所得，是"七十而从心所欲，不逾矩"，但这是所得，至于取得之方，可惜没有简而明地一言以蔽之，于是，至少是对于我，就用处不大。勉强搜寻，"戒之在得"一句还值得思考一下。剩下道与释，释主张用灭情欲之法以驱除烦恼，还是我看，与道的任运相比就难得占上风。说理由，一方面是行，太难，且躲开实事，只看戏剧所扮演，已入门的，有的下山了，有的思凡了，可见情欲，不要说灭，就是减又谈何容易！另一方面是理，释求灭是来于怕苦，又连带而殃及情欲，都不免于执著，或说放不开；至于道，就把这一切都看做无所谓，采取来者不拒、去者不追的态度，所以风格更高。随所寓而安就是来者不拒，去者不追，由道家看，人生于世，时时应该这样，由我看，至少是老年，可以这样。所以，为了安老，乞援于道释，我的想法，无妨以道为主，加一点点释。

以道为主的生活态度会引来非议，只说两种。一种来自争上游，可以是哲理的，说不如走荀子的路，求人定胜天；可以是社会的，说不如走陈胜、吴广的路，求变不可忍为可忍。上游，也许很好或较好，但是，正如《左传》僖公三十年烛之武所说："臣之壮也，犹不如人；今老矣，无能为也已。"无能为而仍不能不活，所以只好退守，安于居下游。另一种来自考实际，说长此心安是幻想，因为可遇之境千差万别，总有些境，如饥渴、病苦、刑罚之类，是难得心安的。这说得不错，以之为根据评论道之为道，是应该承认，失之把客观的影响看得太轻了，把主观的力量看得太大了。但我们也要承认，太大失实，并不蕴涵缩小也失实，比喻为真药，大病未必能治，治小病也许还可以吧？佛家说境由心造，也是不免夸大，但常识也承认情人眼里出西施，可见主观也不是总不起作用。这样，我想仍用退一步法，把随所寓而安的"所寓"限定为不过于恶劣的，用道家之道，看看能不能取得"而安"。

这道，有"行"方面的表现，是任运，或加细说，不求得，不患失。得，失，指常识认定的，如贫富，富是得，贫是失，荣辱，荣是得，辱是失，穷（用古义）达，达是得，穷是失，聚散，聚是得，散是失，大到生死，生是得，死是失，小到与人有小接触，所得为笑脸，是得，所得为咒骂，是失，等等，都是。得会带来乐的情绪，失会带来苦的情绪。道家的所求，所谓心安，主要是对付失，以及带来的苦。其意境是视失为无所谓，也就不以为苦。这是内功，借用佛家的话说，是对境心不起，显然不容易，因为不容易，也许有时还需要"理"来帮助，这理是一，一切都是自然的，就无妨冤亲平等；二，一切都没有究极价值，因而求什么，舍什么，就都不值得。显然，如果我们能够坚信此理，并惯于视得失（或小得小失）为无所谓，至少是有些烦恼，可以消除至少是减轻些吧？

所以在道理上，尤其是近年，我重视这随所寓而安的道，并很想试行之而真有所得。是否真有所得呢？可惜无处去买可以衡量这种情况的秤，称一称。也就仍不得不请问自身的主观印象。答复竟是恍兮惚兮，因为目光向某处，像是颇有所得，比如多年聚集的长物，书籍、书画等所谓文房之物，近年来失散不少，想到，我就曾以道家之道为算盘，说这样也好，居可以少占地方，搬家可以省车钱，心里同样感到飘飘然。可是这所得终归有个限度，比如贫富，如果经济情况坏到无力买烤白薯，聚散，真有佛家所谓爱别离苦，以及一旦阎王老爷派小鬼来请，我都能够'而安'吗？至少还要走着瞧。可见"道也者"，虽然"不可须臾离也"，至于能否通行，就还要靠自己的天资和修养。想到这些，我还是不能不为自己的天机过浅而慨叹。

该结束了，回顾一下，唠唠叨叨说了超过两封万言书，关于老年的心境，除杂乱以外，还有什么呢？或进一步问，开头说"吾谁与归"，到结尾，能够改为说"微斯道，吾谁与归"了吗？虽然没有这样的信心。没信心，可见是折腾如清仓，而终于毫无所获了。但细想想，也不尽然，因为，借用时风的说法，既已反省又检查，总可以增加一点点自知之明吧？这也好。

赏析

谁云桑榆晚景孤寂，神采远飞处正目不暇接也。

　　人生在世，总有个追索之想，即令到了老年，路途已走了十之七八，却依旧有不易消散的憧憬，甚至比年少时还强烈些。原因无他，不过是因为剩下的时日无多，日逐生活于烦心的纷扰之中，至静夜扪心，就不免有"吾谁与归"的自问自答。老人景况不一，老者中知识分子与企业家心想不同，市民与农民的指望也有异，身经百战的老战士与浮沉于政治风云中的老干部的气概也不尽一致。但在某一点上又可能是相同的，即是在有限的晚景中去寻求一个惬意的归宿。

　　知识分子的想望不免要复杂一点，价值观会超越于常人，事业的追求之外还有纷至沓来的虽属渺茫却是心向往之以至梦寐以求的种种精神追索，虽属老年，精神的自我显现尚未终止，有不少多年来曾熟思为欲得之而未得的人生美事，此刻迅如风卷残云般地映现于脑际而不能去。晚景心态，有其乐更有其烦恼方面，乐时如入太虚幻境，思绪云骞；烦恼时难免如白云空飞，徒然剩下一声慨叹。虽然于知识分子之老者中，胸怀多半是豁达的，人世过半，总为不以物喜，不以己悲自况，但思绪之涌来却无法阻遏，于是不期然地会生发出自怨自艾、患得患失的情态来。

　　然而中行先生的《桑榆自语》却与此高出一筹，他善于将种种思绪给以缕析，如剥笋般一层层剥去，然后显出真情，也由此窥见作者的见解及其价值观。其次，作者思路宽广，于纷繁交错的人生百态中，竟为自己清理出十个可供安身立命的人生境域来。

　　开宗明义首先要说的是"入世"式，生活于现代社会，出世是梦想，毫无着落，

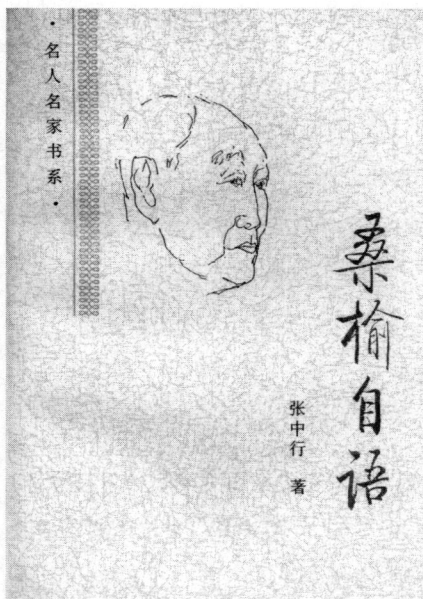

○《桑榆自语》封面。

柴米油盐都得从市场经济而来，支付手段的金钱不出自工资、退休金，便是从卖稿换钱中获得补充，一句话，一点也离不开脚踏着的社会。而入世之谓，作者认为不过是"顺应时风"，以当前的生活趋势说，人们追索的不外乎是"内装修"（房屋修饰之日趋豪华）与"外装修"（旅游、出国、遨游天下）。然而于一个清苦的知识分子说，一则难以做到，二则无此志趣，三则觉得也不过如此。本来这只是"入世"式之表层显现，深层的追索自然是在精神领域了。作者自己也说，"顺应时风是从俗，浅易；求安身立命，涉及命，走浅易的路大概是不成的"。

深层的精神领域之追索莫过于信仰。如今文化领域倡导理想主义之风大盛，这自然是好的，人之无理想，至多是安分守己，等而下之则为行尸走肉。然而理想之域大致有二，一类是不尽的上下求索，以为日新、日日新、又日新之精神毅力奋发向上，唯服膺真理是尚，发人世终极关怀为心志，易言之，也就是如今人们常说的人文精神之追索。另一种则是以某些固定的系统和教义所构成，为获得未来境域之实现而共同为之奋斗不息的理想信仰，这信仰的体现，每以宗教或文献的形式证实其不朽，因坚信其不朽，信仰者自可获致不朽之名。但是对于不朽的检验，远非人的一生所能目睹，就如作者所云"可惜是得不朽之名的本主已经不能知道"，这不朽已是虚幻的了。至于对信仰之是否坚定，须视其是否有怀疑精神而定，倘信仰者铁心皈依，那还好办；倘"头脑中知较多并遇事喜欢追问其所以然的，取得信仰就难"。因为任何教义再完整严密，总不致达到天衣无缝，好事者每在事实面前证实其未必然而有所追问时，好个信仰便弄得毫无根据了。

于是退而求其次，寻求静境，便有作者的山林精舍之思，作入佛门之想，不过仔细想来也觉平淡而至索然。"佛家平等看人，认为都有情欲，因而就都有苦。治病要治病源，所以佛家的灭苦之道是扔掉情欲，戒律数百条，所求不过如此"。事情是经不起追问的，"假定情欲能够除尽，那还能称为人生吗？"可谓一语破的，非人们所能为，也不必如此为。今日之入佛门者几希，我知道的曾有某君下海，财物输亏净尽，走投无路，悲而削发入空门。另外听到的是一痴情女子，因郎君负心，识破红尘而为尼。大凡走这条路的，大抵是对人生已绝望了的，至于一个老者，并无为世道摒弃，好端端的入什么空门？这于理无据的事，似不必列入"吾谁与归"之范畴内。

还有一条也无庸细论的，就是玉楼香泽之说。作者坦然认为，"桑榆晚景，与玉楼香泽，也还是会有剪不断、理还乱的多种牵连"。人孰无情？慨叹的是，"来于爱情的渐渐远去"，执著的是，"有时不免于有玉楼香泽之思"，明知难能，只寄情于诗词的梦幻之间，"犹恐相逢是梦中"。说来说去，得即不能，失又不甘，这矛盾状态永远是一个难解的死结。愚意此事可不予细论，人的一生各有一笔账，到老来账目未清，魂牵梦萦，欲解脱而未有计，各人隐私的苦果各人自行吞下可也。

老年疗孤寂之苦的良剂唯有友谊而已。百无聊赖之际，到老友家里坐一下，或者只通一个电话，天南地北聊一阵，胸中苦迷之块顿消。老人之交友，可以是老者，也可以是年轻的，只要谈得来，年轻人即忘年交是也。张老交友不少，我就知道有几位青年人，对此我感到他心胸是宽阔的，毫无褊狭之意，倚老卖老之态一扫而空，此点我最感兴趣，欲效之而不逮。不过友人一多，应接不暇，接之不及，拒之不恭，亦苦恼事。因之于繁多的交友活动中，不免有侧重，不免有亲疏之分，作者文中所写的刘君、齐君和裴君，大约是作者与之交往日久，属于贵相知心的老友了。可惜的是他们这几位老友都已亡故。而作者仍是至今不忘的。虽说"靠友情以破老年孤寂的难于如愿"，此三友之深情，证实了人生得一知己足矣的不谬，但知己已走了，而重觅友情的机缘却是不会穷尽的，窃以为张老的"天命如此"说，似不必作为一

◎ 1946 年与妻女合影。

◎ 九十年代初照于通州师范仅存之教室前。——行公自署

种断语。

　　至于将"为无益之事"列为一项，无非说着作者的个人所爱，此来无伤大雅之事，况且所说之爱，原属文人雅事，搜集砚台，喜刻图章，此雅事也。一个人总不能整日价做自认为是最有益的事，所以这类事看之似无益，仍然是一种文化浸染，其实是有益的。"衣褐还乡"一说，作者将故乡风光写得如此百般美好，于"吾谁与归"之终极要求说来，不失为叶落归根并可以落实的一个去处。但是原有的故居已荡然无存，今日归去即令有安身之处，也不过是吃吃豆腐脑，伏枕听鸡鸣犬吠而已。天天过着一样的日子，听着同样的声音，日复一日，周而复始，就不若在城中每天有不同信息的报纸杂志可看，不同层次和年龄的朋友来访。故乡住久了，返城之想必将油然而生。此点作者未详说，我想是不言可喻的。倒是他的"忙里偷闲，乘车东行，小住三两日"之举正好道出了此中消息，而且此举也较切实可行。

　　这样，"随所寓而安"也就成为不可动摇之一着了。既如此，心态必须理顺，作者的准则是来者不拒，去者不追，他自称有道家味，得何足喜，失何足忧，"一切都是自然的","一切都没有究极价值"。这是老者涉世良久目击世变后随年龄增长而逐渐形成的一种自然的心态。年轻人对此不可解，抱负有宏大理想者自然也不会感兴趣，但是人的想望，原是不必相强的，并存最为合理，同样是社会的一员，对人生想往的归宿，何必也不可能强求一致，不容物是一种最褊狭的管见，有容量之精神乃社会走向兴旺之象。

张老文中的第六项事业，我觉得似宜移之于最后为宜。作者自谦写作是否可算作事业，撇开个人说，写作有益于文化之建设，不消说是可归入于社会文化建设的事业中而无疑了。但于个人说，写作动机往往并不出于此，有的出于癖好，写作癖于作家尤甚，一天不写点什么如同没有吃过饭一样。有的出于骨鲠在喉，别人说了什么，觉得自己也有话可说，于是就写。也有出于一种夙愿，或为研究，或为创作，多年来蓄之于心，总以写出来才觉得还了愿，如此等等。人至老境，不论为哪一种动机，凡于此有志趣者，便是一种极好的寄托，有好的归宿，至于是否是事业云云，不必细究，可能为后人留点什么，也可能只是些眼下烟云，都不必计较，而必须计较者，是所写的是否能发愚者千虑之一，是否能有助益于公众，是否会误人子弟，是否只管写而出门不认货等等。在这里达到心安理得，我觉得是"吾谁与归"之最佳层次了。

《桑榆自语》的十境说，可谓海阔天空浮想联翩之作，人生之得矢，几无不涉及，岂是一人所能具备？是以与其说是自我解剖，无宁说是对人世作一普泛的审视与想象，凡进入老境者，莫不可从中窥见与自身相似的种种隐秘。其中不乏善言，也每多嘲讽，读之自可反复咀嚼，得之者还因此足以引发新意。谁云桑榆晚景孤寂，神采逸飞处正目不暇接也。

（洁　泯）

情意和诗境

人，生存、活动于实况，却不满足于实况，于
是而常常产生一种幽微的情意。

○ 1999 年在苏州东山宾馆晨练。

　　上一个题目谈诗词有表达幽微的情意之用，而语焉不详，因为没有进一
步谈为什么会有这等事，这次谈是补上次之遗；但附庸不得不蔚为大国，因
为问题大而玄远，辟为专题还怕讲不清楚。为了化隐微为显著，先说想解决
什么疑难，是：什么是幽微的情意，何以会有，得表达有什么好处；好处，

由"能"感方面说是内，即所谓诗意，由"所"感方面说是外，即所谓诗境，它的性质是什么，在人生中占什么地位（创作、欣赏、神游之类）。内容不见得很复杂，只是因为植根于人生，它就重，又因为情意、感受、诗境等是无形体、抓不着的，所以就不容易讲明白。勉为其难之前，先说几句有关题目的话。情意指什么心理状态，不好说；这里指幽微的那一些，什么是幽微的，与不幽微的如何分界，更不好说。先浅说一下，例如买东西上了当，生气是情，知道上了当是意，这情意不是幽微的，一般说不宜于入诗词，除非是打油体；读，或不读，而有"别巷寂寥人散后，望残烟草低迷"那样的情怀，甚至也眼泪汪汪，这情意是幽微的，宜于用诗词表达的。所以，这里暂用懒人的避难就易法，说本篇所谓情意，是指宜于用、经常用诗词表达的那一类。再说诗境，这境近于王国维《人间词话》所谓境界；说近于，因为不知道王氏的境界是否也包括少数或极少数不幽微的。诗境不能包括不幽微的（或不引人起怜爱之心的）。诗境可以不表现为语言文字，如不会写也未必肯说的，大量佳人的伤春悲秋，甚至想望之极成为白日梦，都是。表现，也不限定必用诗词的形式；从正面说，是一切艺术作品都能表现某种诗境。但君子思不出其位，本书既然是谈诗词，所谓诗境当然是指诗词所表现的。境兼诗词，而只说诗，因为诗有习惯的广义用法，指抒情而美妙的种种，所以就请它兼差了。以下入正文。

诗词是人写的，要由人谈起。人，只要一息尚存，用观物的眼看，很复杂；用观心的眼看，即使不是更加复杂，也总是较难了解，较难说明。专说心的方面，如何动，向哪里，古人也颇注意，想明白是怎么回事。他们称这为人之性，于是研究、讨论人性问题。述而不评的办法，泛说是"天命之谓性"，指实说是"食色，性也"，"饮食男女，人之大欲存焉"。追到欲，是一针见血之论，或说擒贼先擒王。欲有大力，是活动的原动力；而活动，必产生影响，或效果。效果有使人欣慰的，有使人头疼的，于是就联想到性的评价问题。孟子多看到恻隐之心，说人性善；荀子多看到由欲而求，由求而争，由争而乱，说人性恶。这笔糊涂账，中间经过韩愈、李翱等，直到谭嗣同也没有算清。现在看，参考西方人生哲学以及弗洛伊德学派的看法，还是告子的主张合理，那是性无善恶，说透彻些是：善恶是对意志的行为说的；性，例如饮食男女，来于天命，非人的意志力所能左右，就不该说它是善或恶。天命，至少是那些表现在最根本方面的，与生俱来，我们无力选择，所以只能顺受。即以饮食男女而论，饮食是欲，有目的，是延长生命，己身的，也是种族的，男女是欲，有目的，是延长生命，种族的，也是己身的，这分着说是两件大事，我们都在躬行而不问为什么必须躬行；问也没有用，因为一是不会有人人都满意的答案，二是不管有了什么答案，之后还是不得不饮食男女。这样，总而言之，或追根问柢，我们看人生，就会发现两个最根本的，也是力量最大的，由原动力方面看是"欲"，由目的方面看是"活"。

欲和活也可以合二为一，说生活是求扩充（量多，质优）的一种趋势。例如，由总体方面看，多生殖是这种趋势的表现；由个体方面看，舍不得死，碌碌一生，用尽力量求活得如意（即各方面各种形式的所得多），也是这种趋势的表现。这种趋势，说是天命也好，说是人性也好，它表现为欲，为求，力量很大，抗拒是很难的，或者说是做不到，因为抗拒的力也只能来于欲和求。难于抗拒，还因为它有个强悍的助手，曰"情"。求是欲的具体化，求而得就满足，不得就不满足，满足和不满足都会伴随着情的波动。情表现为苦乐，就成为推动求的力量。这样，欲和求，加上情就如虎添翼，力量就大得可怕了。可怕，因为一方面是难于抗拒，另一方面又不能任它为所欲为。所谓人生，经常是处在这样的两难的夹缝中。

这深追到形而上，谈天道，甚至可以说是老天爷有意恶作剧，一方面给我们情欲，一方面又不给我们有求必应的条件。其结果是，我们要饮食，不能想吃什么什么就上桌面；要男女，不能爱哪位哪位就含笑应命；等等。求而不得，继而来的可以是大打出手，于是而己所不欲施于人，以至于触犯刑律，与本篇关系不大，可以不管。继而来的另一种是保守型的，情随之而来，

◎ 1999年2月4日，北师大出版社举办《说梦草》首发式。前排右起：王世襄、启功、钟敬文。

化为苦，存于心，引满而待发。也本于人性，不能不求减少或消灭。苦由求而不得来，于是怎样对付欲就成为人生以及人生哲学的大问题。小力法无限之多，大路子也不少，为了减少头绪，只举中土有的三个大户为例。儒家代表人群的绝大多数，原于天道，本诸人情，主张以礼节之，或说疏导。这样，如饮食，说民以食为天，鼓励富庶，却又崇尚节俭；男女，提倡内无怨女，外无旷夫，却又宣扬（一般关系的）男女授受不亲。儒家务实际，却也不少理想成分，因而大则不能完全止乱，小则不能完全灭苦。道家希望不小而魄力不大，于是闭门而观内，主张少思寡欲（老子），或更阿Q，视苦为无所谓（庄子）。这行吗？少数人未必不行，但成就总有个限度，就是至人也难得百分之百。佛家索价最高，要"灭"苦。他们洞察人心或人性，知道一切苦都来于情欲，所以灭苦之法只能是除尽情欲。这想得不错，问题在实行时是否可通。在这方面，他们费力不小，由万法皆空到唯识，由渐修到顿悟，由士大夫的亲禅到老太太的念南无阿弥陀佛，可谓百花齐放。而结果呢，其上者或者真就获得心情淡泊，欲和求大大减少。但灭是不可能的，即如得禅悟的六祖慧能，也还是于圆寂前造塔，这是没有忘记俗世的不朽。至于一般自称佛弟子口宣佛号的，十之九不过是穿印度服（或不穿）的中国俗人而已。总而言之，生而为人，不接受天命之谓性是办不到的。

◎《诗词读写丛话》封面。

张中行 著

办不到，只好承认欲、求、情的合法地位。也不能不承认求而不得的合法地位。这都是抛弃幻想而接受实际。但实际中隐藏着难于协调的多种情况，总的性质是，不能无求（活就是有所求），求又未必能得。怎么办？要针对求的性质选定对应的办法。而说到求的性质，真是一言难尽。刘、项不读书，所求却是做皇帝。犬儒学派的哲人，所求不过是，皇帝的车驾不挡他晒太阳的阳光。中间的，男女老少，三教九流，彼时此时，所求自然是无限之多，伴随求而不得的情也是无限之多。为了扣紧本题，只好缩小范围，取其所需，说求可以分为两类，情也可以分为两类：一类偏于硬邦邦，一类偏于软绵绵。禄位，财富，分而言之，如一件毛料外衣、一尾活鲤鱼，等等，是硬邦邦的，就是说，求的对象抓得着，不得之后的情也抓得着，如毛之有皮可附。有的求就不然，如：

前不见古人，后不见来者，念天地之悠悠，独怆然而涕下。（陈子昂《登幽州台歌》）

帘影移香，池痕浸渌，重到藏春朱户。小立墙阴，犹认旧题诗句。记西园扑蝶（读仄声）归来，又南浦片帆初去。料如今尘满窗纱，佳期回首碧云暮。　华年浑似流水，还怕啼鹃催老，乱莺无主。一样东风，吹送两边愁绪。正画阑红药飘残，是前度玉人凭处。剩空庭烟草凄迷，黄昏吹暗雨。（项廷纪《绮罗香》）

一个是怆然而涕下，一个是有愁绪，为什么？概括说容易，是有所求，求而不得。具体说就太难，因为所求不是毛料外衣、活鲤鱼之类，抓不着，甚至作者本人也难于说清楚。这类求和这类情的特点也有看来不能协调的两个方面：一方面是非生活所必需，像是可有可无，由这个角度看，它是闲事，是闲情；另一方面，正如许多闲事闲情一样，像是同样难于割舍，就有些人说，也许更难割舍。不过无论如何，与硬邦邦的那些相比，它总是隐蔽、细微、柔婉的，所以说它是软绵绵，也就是幽微的。

幽微的，力量却未必小。何以故？又要翻上面的旧账，曰来于生活的本性，即求扩充的趋势。"生年不满百，常怀千岁忧"（叹人生有限），"故国（读仄声）不堪回首月明中"（叹逝者不再来），"百草千花寒食（读仄声）路，香车系在谁家树？"（遐思），"平林漠漠烟如织（读仄声），寒山一带伤心碧"（闲愁），以至安坐书斋，忽然一阵觉得无聊，等等，都是扩充不能如愿而表现为情的波动，即产生某种幽微的情意。这样的情意，与想升官发财等相比，虽然幽微，抓不着，却同样来头大，因为也植根于欲。欲就不能无求，求什么？总的说是不满足于实况，希望变少为多，变贫乏为充实，变冷为热，变坏为好，变丑为美，等等，甚至可以用个形而上的说法，变有限为无限。这类的求，表现为情意，是幽微的；求而不得，表现为情意，也是幽微的。幽微而有力，是因为如鬼附身，总是驱之不去。更遗憾的是，片时驱遣了、不久会又来，因为生活的本性要扩充，既然活着，就永远不会满足，所谓做了皇帝还想成仙是也。且不说皇帝，只说痴男怨女的春恨秋愁，由物方面说本非活不了的大事，由心方面说也许并不比缺吃少穿为较易忍受。这也是天命之谓性带来的问题。有问题就不能不想办法处理。

诗词是可用的一种处理办法。不是唯一的处理办法，因为还可以用其他艺术形式，如小说、戏剧等，就是欣赏别人所作、所演，也可以取得"苦闷的象征"的效果。还可以用艺术以外的办法，如上面所提到，道家是用少思寡欲法，佛家是用灭欲法。就街头巷尾的常人说，既没有力又没有胆量（也想不到）向欲挑战，就只能顺受，与幽微的情意以合法地位，或说出路。具体怎么办？我们的祖先，有不少是乞援于诗词（作和读）。诗词之用是表达幽微的情意。而说起这用，方便说，还可以分为浅深（或说消极、积极）两种。

一种浅的是泼妇骂街型。疑惑孩子吃了亏，或什么人偷了她鸡蛋，气愤难忍，于是走出家门，由街东头骂到街西头，再由街西头骂到街东头，推想已经取得全街人的赞许，郁闷清除，回家，可以吃一顿安心饭，睡一个安心觉。有些诗词之作可以作如是观，如：

> 落魄江湖载酒行，楚腰纤细掌中轻。十年一觉（读仄声）扬州梦，赢得（读仄声）青楼薄幸名。（杜牧《遣怀》）

> 西陆蝉声唱，南冠客思（读仄声）深。不堪玄鬓影，来对白（读bò）头吟。露重飞难进，风多响易沉。无人信高洁（读仄声），谁为表予心？（骆宾王《在狱咏蝉》）

> 记得（读仄声）那年花下，深夜，初识（读仄声）谢娘时。水堂西面画帘垂，携手暗相期。　惆怅晓莺残月，相别（读仄声），从此隔（读仄声）音尘。如今俱是异乡人，相见更无因。（韦庄《荷叶杯》）

> 四十（读仄声）年来家国（读仄声），三千里地山河。凤阁（读仄声）龙楼连霄汉，琼枝玉树作烟萝，几曾识（读仄声）干戈？一旦归为臣虏，沈腰潘鬓消磨。最是仓皇辞庙日，教坊犹奏别（读仄声）离歌，挥泪对宫娥。（李煜《破阵子》）

说是类似泼妇骂街，实际当然比泼妇骂街深沉。且不说雅俗的性质不同，深沉还表现在两个方面。一方面是幽微的情意，由渺茫无定化为明朗固定，或者说，本来是抓不着的，变为抓得着了。另一方面，因为变为明朗固定，就作者说，就可以取得一吐而快的好处。还不只此也，因为已经定形于纸面，作者就可以再读，重温一吐而快的旧梦；读者呢，人心之不同，有的可以同病相怜，无病的，也可以能近取譬，像是也取得某种程度的一吐而快（甚解或欣赏）。

另一种深的是邯郸旅梦型。人，置身于实况，经常不满足，有遐想。想就不能无求。求满足遐想，一般说，靠身不大行，只好靠心（指思想感情的活动）创造并体验能够满足遐想的境。从某一个角度看，诗词就经常在创造这种境，如：

> 远上寒山石径斜，白云生处有人家。停车坐爱枫林晚，霜叶红于二月花。（杜牧《山行》）

> 国破山河在，城春草木深。感时花溅泪，恨别（读仄声）鸟惊心。烽火连三月，家书抵万金。白头搔更短，浑欲不胜（读平声）簪。杜甫《春望》）

> 西塞山前白鹭飞，桃花流水鳜鱼肥。青箬笠，绿蓑衣，斜风细雨不须归。（张志和《渔歌子》）

> 郁孤台下清江水，中间多少行人泪。西北望长安，可怜无数山。 青山遮不住，毕竟东流去。江晚正愁予，山深闻鹧鸪。（辛弃疾《菩萨蛮》）

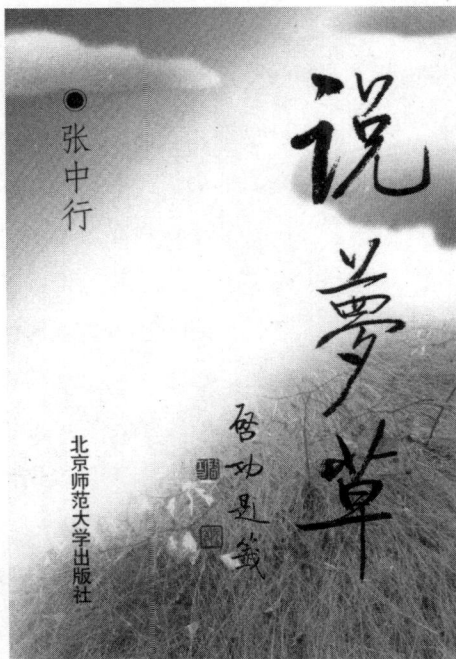

◎《说梦草》封面。

每一首都在创造一种境，形体或在山间，或在水上；心情或悲或喜。对情意而言，这类境是画出来的，数目可以多到无限。画的境有自己的优越性。实的境（实况）是身的活动所经历的，经常是杂而不纯，或不醇。入画、经过选择，渲染，甚至夸张，就变为既纯又醇，自成为一个小天地，即所谓诗境。

上面说，分为泼妇骂街型和邯郸旅梦型是方便说，其实两者没有分明的界限。所以也可以说，两者，即一切诗词，所创造的境都是诗境，因为都自成为一个小天地，容许心的活动去神游。

关于诗境的性质，还可以进一步说说。人，生存、活动于实况，却不满足于实况，于是而常常产生一种幽微的情意。这种情意有所求，是处于十字街头而向往象牙之塔，或者说，希望用象牙之塔来调剂、补充十字街头的生活。这样的情意是诗情。本此情而创造各种形式的象牙之塔，所创造是诗境。

诗情诗境关系密切，浅而言之，诗情中有诗境，只是还欠明朗，欠固定；诗境画成，欣赏，神游，心情的感受仍是诗情。深而言之，诗境像是在外，却只有变为在内时才能成为现实，因为，如"白云生处有人家"，其一，实况中有，是实境，不入诗句，就不能具有想象中的纯粹而明晰的美；其二，诗句只是文字，须经过领会、感受才能成为诗境。因此，谈诗词，有时兼顾内情外境，可以总称为诗的意境。意境是心所想见的一切境，包括不美的和不适意的。诗的意境是意境的一部分，也许是一小部分，它不能是不美的，不适意的。

人所经历，如果都称为境，主要可分为三种：实境、梦境和意境（为了话不离题，以下只说诗的意境）。午饭吃烤鸭是实境，夜里梦见吃烤鸭是梦境。实境自然是最大户，但清规戒律多，如烤鸭，钱袋空空不能吃；梦境就可以，想望的，不想望的，甚至不可能的，如庄周梦为胡蝶，都可以。但梦境有个大缺点，是醒前欠明晰，醒后就断灭，以吃烤鸭为例，醒之后必是腹内空空。为什么还要做？这要由心理学家去解释，反正它是不请还自来，我们也只能顺受。实境与梦境的分别，用常识的话说，前者实而后者虚，前者外而后者内。本诸这样的分别，如果为诗的意境找个适当的位置，我们似乎就不能不说，它离实境较远，离梦境较近，因为它也不在外而在内。但它与梦境又有大分别。首先，诗的意境是人所造，梦境不是。其二，因为是人所造，它就可以从心所欲，取适意的，舍不适意的；梦就不然，例如你不想丢掉心爱的什么，却偏偏梦见丢掉了。其三，诗的意境是选择之后经过组织的，所以简洁而明晰；梦境如何构成，我们不知道，只知道它经常常是迷离恍惚。其四，诗的意境有我们知道的大作用，零碎说，时间短的，吟"骑马倚斜桥，满楼红袖招"，心里会一阵子飘飘然，时间长的，有些所谓高士真就踏雪寻梅去了；总的说，如果没有诗的意境，生活至少总当枯燥得多吧？梦境想当也有作用，但我们不觉得，也就可有可无了。这样，为诗的意境定性，我们也未尝不可以说它是"现实的梦"。

人，就有时（或常常）因什么什么而不免于怅惘甚至流泪的时候说，都是性高于天、命薄如纸的。生涯只此一度，实况中无能为力，就只好做梦，以求慰情聊胜无。黑夜梦太渺茫，所以要白日的，即现实的梦。诗词，作或读，都是在做现实的梦。这或者是可怜的，但"天地不仁，以万物为刍狗"，希求而不能有既是常事，就只好退而安于其次，作或念念"鱼龙寂寞秋江冷，故国（读仄声）平居有所思"，以至"春花秋月何时了，往事知多少"之类，以求"恰似一江春水向东流"的愁苦短时间能够"化"。化是移情。移情就是移境（由实境而移入诗境），比如读"姑苏城外寒山寺，夜半钟声到客船"，"今宵剩把银釭照，犹恐相逢是梦中"之类，短时间因念彼而忘此的情况就更加明显。由人生的角度看，诗词的大用就在于帮助痴男怨女取得这种变。变的情况是枯燥冷酷的实境化为若无，温馨适意的意境化为若有（纵使只是片时的"境由心造"）。

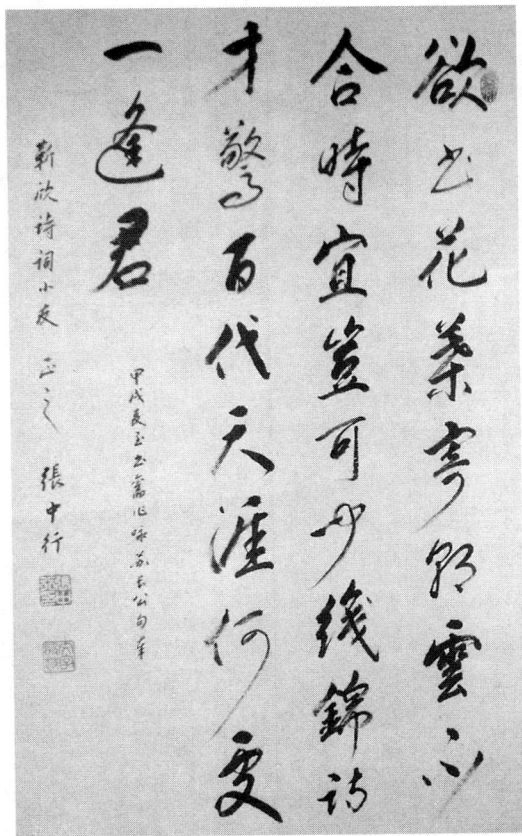

○ 张中行给靳欣的诗。

赏析

人活着，带着或享有诗意，精神才丰满。

　　接编者小蕙同志函，邀我写一篇赏析中行先生论诗的文章，我着实感到很作难。中行先生就我国古典诗词的情意与诗境两个相关的问题阐述了他的许多独到的见解。而我，尽管在求索诗的途程中苦苦跋涉了半个世纪之久，却一直写的是"五四"兴起的白话诗，就是常说的新诗。对我国的古典诗词不过是一个普通的读者，从未写过有关古典诗词的文章，哪怕只有几百字。这是我的第一个作难处。其次，我对诗论（无论古今中外）一向不专心，不求甚解，一直跟理论这门大学问亲热不起来，这或许是多年来被某些理论弄伤了胃口的缘故。第三个难处是，中行先生的诗观是他对于人生和艺术进行哲学思辨的一个精辟的部分，必须全面了解了他的学术体系，才能把捉到他的诗论的真谛。对我来说，难度太大。第四个难处，不应当单一地学究气地咀嚼他的诗论。也许有人认为，谈论中行先生就该"学究"些。我可不这么看。近年来，我与中行先生有点交往，乍一见面，端的是个"学究"：对襟衬衣，半旧中山装，浅口布鞋。但一席晤谈，不必"过后"，已感到"学究"根本不是中行先生本真的风骨。他的这篇诗论就十分地旷达和洒脱，哪里有一点点"呆"或"迂"？在我看，他不仅是位朴实而清纯的学者，而且本质上是很"现代"的。这第四个新颖的难处，是我所没有料到的，因而更难。但最后的这一难，却强烈地撞击起我探究他的诗论的兴趣和激情，激情使上面说的那些顾虑和困难都变得次要了。实在说，这"激情"常常是我的弱点和片面性，所谓凭感情行事，但没有激情，我又什么文

◎ 牛汉与张中行在一起。

章都写不出来。还有一点，虽不属"难"的系列，也得说说清楚：不论从概念还是本质来论，古典的并非是旧的，古典诗词也并非是旧诗词，对于诗来说，一千年前的诗有的到现在还觉得很新，而当今的新诗，有不少一诞生却已陈旧不堪。这正是艾略特说的"不但要了解过去的过去性，而且还要理解过去的现存性"。废名先生在30年代时也说过："不是学外国诗才能写出新诗，学中国古典诗的传统就必定成为旧的诗。"（大意）这都是很有道理的。中行先生的诗论与这些大师们的论点是很一致的。诗的新或旧主要体现在诗的审美意境与诗人的情操之中。基于上述的这些观点，赏析中行先生的诗论没有时空的限制，可能联系外国的诗和诗论，也可能涉及当今中国的新诗。

中行先生的这篇论说诗的情意和诗境的文章，不是孤立地讲说有关的知识或教义式的道理，他把诗词置放在一个广阔的人生境域，不是一上来就粘在幽微的情意和可见的诗境上面，也不是简单地为他的诗论定位。他说："诗词是人写的，要由人谈起。"是的，没有人，没有人生，没有人生的苦乐，欲求和梦，哪来的诗？所以，他先说明"人之性"，人性本来并无善恶，是来于天命，非意志力所能左右。对于诗也应当这么理解它的存在的自然性。他说："我们看人生，就会发现两个最根本的、也是力量最大的，由原动力方面看是'欲'，由目的方面看是'活'"。因此，他说一首诗，内容不见得复杂，情意和诗境都很幽微，"只是因为植根于人生，它就重"。又说：诗天然地存在于人间，可以表现为语言文字，也可以不形成为语言。正如德国诗人荷尔德林所说："人诗意地活着"，人活着，带着或享有诗意，精神才丰满。"想望之极成为白日梦"，在中行先生看，也是真实的诗境。中行先生的这个观点很现代，与 20 世纪最行时的海德格尔的一些论点，如"人们必须理解语言的天性"也是很相近的。这里并没有把中行先生"拔高"或有意"美化"，他的文章在，大家可以冷静地领略和欣赏。

没有人的欲和求，没有它的强悍的助手"情"，以及"情欲"，便生发不出诗来。因此谈诗不能离开人生，人性，人情，人欲。人生是复杂而矛盾的，情也如此。大体上说，情分两类，一类偏于硬邦邦，一类偏于软绵绵。硬梆梆的，太实，因为追求世俗的名利，古今中外，这类诗很多，甚至很能行时，且可因此而获得禄位和财富，但是由于以功利为主，流传终归不会久远。可是有人这么写，也是人之常情，谁也无力禁止。然而人的欲求，也并非都看中了世利，还有高洁的人品和美好的欲求。这里说的欲求，近似理想或梦想。情意即使幽微，也显得凝重，情境大都是高远的。如陈子昂的《登幽州台歌》："前不见古人，后不见来者，念天地之悠悠，独怆然而涕下。"抒发了诗人对人生的深深感触，如无高远的理想，决不会有此慨叹。这首诗蕴藉着多么空灵而旷远的诗境和博大的情怀，以及石破天惊的气韵！它的通体都内射出了人类的美好的情愫。作者还举了项连纪词《绮罗香》，它的情境与《登幽州台歌》成显明的对比。尽管大家对人生都怀着难以排解的悲凄和感慨，吐诉委婉而隐蔽的愁绪，陈子昂也难免"怆然而涕下"，可《登幽州台歌》之中却有一个"独"字，独立的孤独的巨大的人格，耸立为一峰赫然可见的诗的（也是人生的）境界。从陈子昂，可以见出直抒大志壮情也有着潜在的幽微内涵，而绵软的《绮罗香》情感也并不见得轻小，同样具有感染心灵的力度。中行先生说"幽微的力量却未必小。"所谓诗情的粗细、轻重、硬软、显微、雅俗之分，都是体现于诗的审美要求，亥大声疾呼，也得大声疾呼。如果只图利禄，并无真的诗的情意，那只能是硬邦邦的什么东西了，即使自作多情，也是假的。

人有欲求不见得都显露为功名利禄。"求而不得，表现为情意，也是幽微的，幽微而有力，因为如鬼附身，总是驱之不去。"这个"鬼"字下得有神，且这个鬼总是"驱之不去"，因为欲和诗来自天命，是天道所赐予的。谁都无法"少思寡欲"（道家的办法）或"灭欲"（佛家的办法）。如若天下人间的欲全灭尽了，诗当然也得绝灭。这是违反自然规律的，权势再大的人，也无法把诗情诗境灭绝。

"幽微的情意，由渺茫无定化为明朗固定，或者说本来抓不着的变为抓得着了。另一方面，因为变得明朗固定，就作者说，就可以取得一吐而快的好处。"还可以一再诵读，"重温一吐而快的旧梦"。这就必须得体验并创造能够满足退想的诗境。真正的诗词就经常创造着这种白日梦式的诗境。每首诗都有一个成为小天地的境域。"容许心的活动去神游。"中行先生列举了许多大家熟悉的古典名作，如杜牧《山行》，杜甫的《春望》等。这些诗都创造了一个个可以让心灵神游的诗境。"五四"以来的新诗也有不少这样情境的诗，如闻一多的《死水》、卞之琳的《断章》、艾青的《鱼化石》、曾卓的《悬崖边的树》等，以及当今许多年轻诗人的诗。诗情诗境绝不会绝灭的，这是天理人情。

"诗情诗境关系密切。"中行先生进一步说："诗情中有诗境，只是欠明朗，欠固定；诗境画成，欣赏，神游，心情的感受仍是诗情。深而言之，诗境像是在外，却只有变成在内时才能成为现实。"因此，中行先生为诗境定为"现实的梦"。我以为这是十分确切的一个说法。比朱光潜说的"诗是人生世相的返照'要更符合诗的本性。"返照"一词是平面的，静的，未能体现出诗的创造精神。"黑夜的梦太渺茫，所以要白日的，即现实的梦。"梦，由于创造的诗境，才具有了现实感，才能移情于诗境。因此，诗使人类的精神领域大大地拓展了。

（牛　汉）

汪大娘

她的正直、质朴、宽厚，只顾别人、不顾自
己的少见的形象，总在我们心中徘徊。

我既冠之年来北京，认识旗下人不算少。印象呢，也是说来话长。扬州
十日，嘉定三屠，我知道。但这也不好就以之为证来个一边倒的论断，因为
据李圭《思痛记》一类书所记，创点天灯之沄、以杀妇孺为乐的并不是旗下
人，而是炎黄子孙。根据法律前人人平等的原则，至多也只能判各打五十大
板。在这类事情上，我们最好还是，或说不得不，依圣人之道，既往不咎。
那就说"来"。高高在上的，雍正皇帝，乾隆皇帝，都够厉害，但无论如何，
与朱元璋及其公子朱棣相比，总是小巫见大巫。这样，也就可以轻轻放过。
还是往下看，男如纳兰成德，女如顾太清，说句不怕人耻笑的话，我都很喜
欢。再往下，就碰到余及见之的一些人，取其大略而言，生活态度，举止风
度，都偏于细致，雅驯；也不能不柴米油盐，但大多有超过柴米油盐的所好；
待人温和有礼，却像是出于本然；总而提高言之，是有王谢气。

有王谢气，也许就值得写入《世说新语》。我前几年写《负暄琐话》，东
施效颦，笔下也曾出现一些旗下人。但那都是有或略有社会之名的。清一色，
就可能引来希图文以人传甚至势利眼之讥。所以要补救，写一些无社会之名
的，哪怕一位也好。搜罗，由近而远，第一个在记忆中出现的就是这位汪大
娘。但写她也有困难，是超过日常生活的事迹太少。怎么办？还是决定写。
理由有二：一来于兵家，曰出奇制胜，很多大手笔写大人大事，我偏写小人
小事；二来于小说家，曰有话即长，无话即短。

　　言归正传，且说这位汪大娘是我城内故居主人李家的用人，只管做饭的用人。汪后加大娘，推想姓是男家的。我30年代末由西城一友人家借住迁入北城李家，开始认识汪大娘，那时她四十多岁。人中等身材，偏于瘦；朴实，没有一点聪明精干气；很少嬉笑，但持重中隐藏着不少的温和。目力不好，听说曾经把抹布煮在粥锅里。像有些妇女一样，过日子有舍身精神，永远不闲着。不记得她有请假回家的事，大概男人早已作古了吧。后来知道有个女儿，住在永定门外，像是也很少来往。李家人不少，夫妇之外，子二女三，逐渐都成婚传代，三顿饭，活儿不轻。活儿轻重是小事，还有大的。李家是汉族，夫妇都是进士之后，门第不低。不过不管门第如何高，这出身总是旗下人的皇帝所赐。而今，旗下人成为用人，并且依世俗之例，呼家主人夫妇为老爷、太太，子为少爷，女为小姐，子妇为少奶奶，真是翻了天，覆了地，使人不禁想到杜老《哀王孙》的诗，"但道困苦乞为奴"，不能不感慨系之了。

　　以下更归正传，说汪大娘的行事。勤勉，不希奇，可不在话下。希奇的是身分为外人却丝毫不见外。她主一家衣食住行的食政，食要怎样安排，仿佛指导原则不是主人夫妇的意愿，而是她心中的常理。她觉得她同样是家中的一员，食，她管，别人可以发表意见，可以共同商讨，但最后要由她做主。具体说，是离开常轨不成，浪费不成。她刚来的时候，推想家里人可能感到不习惯，但汪大娘是只注意常理不管别人习惯的，日久天长，杂七杂八的习惯终于被她的正气憨气压服，只好都依她。两三年前，我们夫妇往天津，见到李家的长媳张玉婷，汪大娘呼为大少奶奶的，闲谈，说到汪大娘，她说："我们都怕她，到厨房去拿个碗，不问她也不敢拿。孩子们更不成，如果淘气，她看不过，还打呢。所以孩子们都不敢到厨房去闹。她人真好，一辈子没见过比她更直的。"

　　李家房子多，自己住正院，其余前院、后院、东西跨院的房子，大部分出租。门户多，住时间长的，跟汪大娘熟了，家里有什么事，她也管。当然都是善意的。比如有个时期，我不知道肠胃出了什么毛病，不喜欢吃饺子。情况传到汪大娘那里，她有意见，说："还有比煮饽饽（旗下人称水饺）更好

◎ 张中行在故乡青龙湾。

吃的？不爱吃，真怪！"我，至少口头上，习惯也被她的正气和憨气压服，让家里人告诉她，是一时有点胃病，过些日子会好的。

汪大娘也有使人费心的时候。是一年夏天，卫生的要求紧起来，街道主其事的人挨门挨户传达，要防四种病。如何防，第一，也许是唯一的要求，是记牢那四种病名，而且过两三天一定来查问。李家上上下下着了慌，是唯恐汪大娘记不住。解救之道同于应付高考，是抓紧时间温习。小姐，少奶奶，以及上了学的孩子们，车轮战法，帮助汪大娘背。费了很大力量，都认为可以了。不想查问的人晚来一两天，偏偏先到厨房去问她。她以为这必是关系重大，一急，忘了。由严重的病入手想，好容易想起一种，说："大头嗡。"查问的人化严厉为大笑，一个难关总算度过去。

还有更大的难关，是她因年高辞谢到女儿家养老、文革的暴风刮起来的时候。李家是匹夫无罪，怀璧其罪，当然要深入调查罪状。汪大娘曾经是用人，依常情，会有仇恨，知道得多，自然是最理想的询问对象。听街道的人说，去了不只一次。不幸这位汪大娘没学过阶级斗争的理论，又不识时务，所以总是所答非所求。比如人家带有启发性地问："你伺候他们，总吃了不少苦吧？"她答："一点不苦。我们老爷太太待我很好。他们都是好人。连孩子们也不坏，他们不敢到厨房淘气。"不但启发没有收效，连早已教她不要再称呼的"老爷太太"也冒出来了。煞费苦心启发的人哭笑不得，最终确认她竟不像留侯那样"孺子可教"，只好不再来，又一个难关平安地度过去。

最后说说年高辞谢，严格说是被动的，她舍不得走，全院的人也都舍不得她走。但人的年寿和精力是有限的，到必须休息的时候就不能不休息。为了表示欢送，李家除了给她一些钱之外，还让孩子们带她到附近的名胜逛逛。一问，才知道她年及古稀，还没到过故宫。我吃了比她多读几本书的亏，听到这件事，反而有些轻微的黍离、麦秀之思，秀才人情，心里叨念一句："汪大娘不识字，有福了！"那几天，汪大娘将要离去成为全院的大事，太太们和老太太们都找她去闲谈，问她女儿的住址，说有机会一定去看她。

我们也抄来住址。但不凑巧，还没鼓起勇气前往的时候，文革的大风暴来了。其后是自顾不暇，几乎连去看看的念头也消灭了。一晃十几年过去，风停雨霁，人人有了明天还可以喝清茶看明月的安全感，我们不由得又想到这位可敬的汪大娘，她还健在吗？还住在她女儿那里吗？因为已经有了几次叩门"人面不知何处去"的伤痛经验，我们没有敢去。但她的正直、质朴、宽厚，只顾别人、不顾自己的少见的形象，总在我们心中徘徊；还常常使我想到一个问题，是：常说的所谓读书明理，它的可信程度究竟有多大呢？

赏析

很多大手笔写大人大事，我偏写小人小事。

◎ 1998 年 5 月 20 日，在香河孟大姐小院东房葡萄架下。——行公自署

　　《汪大娘》写人物，用字不多，信手拈来，博闻多识，随心所欲，要言不烦，无疑是一篇笔记小说，也就是短篇小说，但现今的短篇小说拉长了，它太短，当属小小说流。

　　小说难在画人物，特别在一两千字内、巴掌尺幅中。张中行先生在《汪大娘》里透露了他的消息。他写道："但写她也有困难,是超过日常生活的事迹太少。怎么办?还是决定写。理由有二:一来于兵家,曰出奇制胜,很多大手笔写大人大事,我偏写小人小事;二来于小说家,曰有话即长,无话即短。"

对了,"出奇制胜",这的确是笔记小说的又一个秘密武器。张先生说奇就奇在"写小人小事",其实,奇就奇在写"小人小事"的"希奇"和写"希奇"的"小人小事"。所以,张先生先对汪大娘只作粗线条地勾勒,介绍她是一个好用人,尽管她出身于曾经阔过的旗人;介绍她偏瘦,没有灵气,不识字,不苟言笑,而且眼神不好,把抹布煮在锅里。这里,他已经用"希奇"吊人胃口了。还得吊。"勤勉,不希奇。可不在话下,希奇的是身份为外人却丝毫不见外。"然后挑选了她的几桩奇事来写。大少奶奶说她:"我们都怕她,到厨房去拿个碗,不问她也不敢拿……她人真好,一辈子没见过比她更直的。"文革中汪大娘对外调人员说:"一点不苦。我们老爷太太待我很好。他们都是好人。连孩子们也不坏,他们不敢到厨房淘气。"汪大娘"身份为外人却丝毫不见外",俨然反奴为主,然而,她仍然是个奴才,一个忠实到以主家为己任生死与共从严治家的义奴、酷奴。这事确有"希奇"之处,所以给人的印象很深。

一篇笔记小说至此可以收笔,可是,作者发感慨了,说什么有些轻微的黍离、麦秀之思:"汪大娘不识字,有福了!""常说的读书明理,它的可信程度究竟有多大呢?"这些议论要是对照开头一大段"闲话"首尾相析(什么雍正乾隆厉害,但与朱元璋朱棣父子相比,总是小巫见大巫;什么纳兰成德、顾太清,"我都很喜欢";还有些个旗人,细致、雅驯,有王谢气,值得写入《世说新语》云云),妙笔成趣,味道可好了。

"闲话"不闲,在笔记小说里它是活跃分子。

"大头嗡"可能"大头瘟"之误,我家醴泉也拿头脸肿大的丹毒如此称呼。

(阎纲)

银闸人物

他们是住在离尘世较远的诗化的或说幻想的世界里，虽然生涯近于捕风捉影，但是经常望影而想捕，也是不无可取的吧？

　　银闸是北京邻近紫禁城东北角的一条小巷，北口外是大家熟知的"沙滩"，即北京大学所在地；曲折向东南，东口外是北河沿，推想原来一定有水闸在某处，早已没有遗迹了。那是30年代初，我住在巷内路南一个小院落里。宅舍是北京下层居民的规格，方形的小庭院，北房三间，西端有门道，东西房各两间，自然都是平房。我住在西房，大概有两年吧，柴米油盐，喜怒恩怨，大部分化为云烟，只有邻居的两个人，多年来影子一直在记忆中晃动。

　　一个是湖南人，男性，二十多岁，姓邓，因为同院人都叫他老邓，所以连名字也不记得了。他比我来这院较晚，住在北房东头一间。大概是来北京找点出路，所以并未上学。生活费用由老家供应，不多，而且时间不准，所以常常贫乏。他的特点是十足的憨气，脸上总是很严肃，即使别人同他开玩笑甚至耍戏他的时候也是这样。他还没结婚，有人问他想娶个什么样的，他说一要美丽，二要长发梳头，三要缠脚，四要会诗词歌赋。听的人立刻想到，他心目中的如意佳人是崔莺莺、杜丽娘之流，不禁在背后暗笑。可是他很认真，说不是这样的就终身不娶。

　　北房西头住着一对夫妇。男的姓王，资本家的子弟，还在大学上学。女的姓吴，江南人，青楼出身，明媚俏丽，颇有河东君的风度，只是天足而不缠脚，更不会诗词歌赋。王为人马马虎虎，一切无所谓。吴有些孩气，开朗，喜欢开开玩笑取乐。于是不知出于有意还是无意，吴向老邓表示，她不想再同王混下去，如果老邓愿意，她可以扔开王，同老邓白头到老。老邓立刻信以为真，于是作娶吴的准备，还常常同邻居谈他的香甜计划。有一次，同邻居的某人谈这件事，某人说，吴长得不坏，人也爽快，只是有缺点。他问什么缺点，某人说，发太短，脚太大，而且不会诗词歌赋。他直着眼痴呆了一会，没说什么。可是进取之心并没减少，常常问吴什么时候可以舍旧奔新。有一次，是当着我的面催促吴，吴说："老王还有半袋面，等吃完了办理，咱们可以省一点。"我回到自己屋，同妻谈起这些话，两个人都大笑。可是老邓似乎完全相信，仍在痴心地等着。后来，半袋面吃完了，吴终于告诉他，是"前言戏之耳"，这个玩笑才以悲剧告终。

推想老邓受的打击不小。有一天，他吃醉酒回来，将近半夜，全院听见他在屋里高声自语："现在什么时候？现在十八点。再来一杯。"这样反复说，足有个把钟头吧，才沉寂了。我同妻说，老邓准是醉后昏迷了。第二天早晨，大家忙着去看他，他不改常态，仍然那么严肃，深思的样子，问他，才知道喝的是水。

此后不久，他就迁走了，听别人说是住在东城某胡同。又过了不久，接到他某日在某饭庄结婚的请贴。到那天，我恰巧有事，不能去祝贺。老王去了，我问老王新娘怎么样。老王说，相当难看，而且短发大脚，没有什么文化。又不久，也许因为事与愿违，心灰意冷吧，听说他回湖南老家了。他没有来辞行，我们就这样分别了。又过了几年，听一个由湖南来的谁说，老邓作古了。死前生活怎么样，何因致死，都不知道；可以推知的是仍然怀有永远不会成为现实的幻想。"百岁应多未了缘"（清徐大椿诗），人生不过如此，也只好这样安息了。

再说另一个，女性，也是二十多岁，在我的记忆里是昙花一现的人物，姓什么不知道，从哪里来到哪里去也不知道。只记得中等身材，消瘦，衣服样式有些特别，性情冷寞，很少出屋，几乎没有同邻人说过话。她有男人，

◎《负暄续话》封面.

◎《负暄三话》封面.

三十多岁的样子，有些土气，像是塞外什么地方来的，也不同邻人说话。他们租住东房，不过一两个月就迁走了。用北京人好客好闲谈的标准衡量，这家人"死硬"，外地气重，简直是格格不入。这样过了些日子，有一天，我回来，妻急着告诉我，说同东房那个女的谈了话，真把人笑死。我问是什么话，妻说："她家男人出去了，看我一个人在院里，就叫我进她屋，请我坐下。然后她坐在我面前，恭恭敬敬地说：'请问这位娘子尊姓大名，仙乡何处。'我几乎笑出来，胡乱应酬几句赶紧跑出来。"我听了，也觉得有些可笑，但更多的是感到惊疑，她是个什么样的人呢？显然，她自以为还是住在章回小说和杂剧传奇的世界里，自己是小说戏剧里的，街头巷尾的所遇也应该是小说戏剧里的。可是，我们惭愧，是世俗人，离小说戏剧太远，因而就不敢再去交谈。不久，他们离开这院落，正如暗夜的流星，一闪，无影无踪了。

寄寓京华超过半个世纪，我接触的人不少，像这两位银闸人物还是希有的。他们是住在离尘世较远的诗化的或说幻想的世界里，虽然生涯近于捕风捉影，但是经常望影而想捕，也是不无可取的吧？这有时使我想到塞万提斯笔下的堂吉诃德和桑丘·潘沙，堂吉诃德持长枪，骑瘦马，时时在向"理想"世界冲，桑丘·潘沙则处处告诫主人，这个世界是"现实"的，并没有什么神奇，究竟是主人对呢还是仆人对呢？可惜这两位银闸人物往矣，听听他们高论的机会不再有了。

◎（右图）1998年冬.

赏析

"这个世界是'现实'的，并没有什么神奇……"这就是张中行的深刻。

所谓"银闸人物"，就是作者30年代初居住银闸巷内的两个邻居，因此，作者先把银闸这个地方介绍几笔，隐隐约约地透露出作者当年上北大住公寓妻做伴的一些背景。接着，述说二人的行事。

第一个是湖南人，"他的特点是十足的憨气"，最后，早死于老家，"百岁应多未了缘"。

第二个是不知来历去向的年轻女子，消瘦冷寞，不和人过话，不久，如暗夜的流星一闪，无踪无影，也是个悲剧人物。

张老先生形容湖南人的憨，只举出他择偶的四条标准，一要美丽，二要长发梳头，三要缠脚，四要会诗词歌赋，不然，终身不娶。他写那位江南女子，"青楼出身，明媚俏丽"，用"半袋面"把湖南人给耍了。他写不知去向的女子，"性情冷寞，很少出屋，几乎没有同邻人说过话。"可是，和妻只说出几句话，竟"把人笑死"，旋即令人惊疑。

两个人物已经写完，作者兴犹未尽，发感慨说："堂吉诃德持长枪，骑瘦马，时时在向'理想'世界冲，桑丘·潘沙则处处告诫主人，这个世界是'现实'的，并没有什么神奇"。

短幅作品不宜发议论，尤其是过多的议论，可是张先生"多嘴多舌"，随处可见，究其原因，没有别的，入木三分罢了。

笔记小说篇幅短，要写人，当然惜墨如金，但又要自然出之，行文洒脱，面目

◎ 权代家乡，九十年代初
照于青龙湾河道上。
——行公自署

可亲，这就要看根底功夫。这个功夫就是抓特征，即张老自己所说的"他的特点是……"同时选取至少一个表现力很强的细节或事件突出这一特点。虽则是粗线条的勾勒，倒也准确简洁，像是一个钉子揳进木头，揳进去就拔不出来了。但请注意，张先生此类作品，特别注重一个"奇"字。他说过，要"出奇制胜"，又说过，要"希奇"，"不希奇，可不在话下"。就是在写这篇《银闸人物》时，他还说："寄寓京华超过半个世纪，我接触的人不少，像这两位银闸人物还是希有的。"又一个"希有"！

然而，正如以上介绍，作者着意于"希有"，却在文尾加添说："这个世界是'现实'的，并没有什么神奇……"这就是张中行的深刻。

（阎　纲）

自省

不为尊者讳，为社会，尤其为将来，有大好处。

　　一年结尾，从今日排首位的商业的习惯，应该结一下账。清人徐大椿诗云，"一生那（哪）有真闲日，百岁应多未了缘"，可见宜于结一下账的，任何人都不只一种。我这里想结的只是一种，执笔一年，写了些不三不四的文章，究竟得失如何。所谓得失，还要略加解释。先从反面下手，是不指稿酬的多少，原因之一是记不清；之二，记不清也好，如果记得清，而结，而看，而比，确知不如到街头去卖烤白薯，或不免于大灰其心吧？再说正面的，那就还得主观唯心论，就是限定自己的感受。这也有原因，很简单，不过是有没有社会效益，不知道而已。

　　不管社会效益，只写自己感受，容易。但又不尽然，是因为多而杂，既要选择，又要认得清。只好不管难与易，试着来。得失，得排在前面，那就不避自我陶醉之嫌，先说得。搜索枯肠，也只能凑两种。一种是，遣了不少有闲的长日。我老了，不会下棋。不会跳舞，不愿意钓鱼，不愿意养鸟，不能登山玩水，不能进卡拉OK，等等，而旧的胡思乱想习惯不改，如果眼前没有纸笔，那就真会成为度日如年吧？执笔在手，使可能长如四季的一天仍旧等于一昼夜，岂可不歌其功颂其德哉。另一种是，扪心自问，虽然所说不痛不痒，大多无益于国计民生，进德修业，却没有动笔前先看看四面八方，然后说并非出自本心、估计有些人听了会高兴的。

　　得一点点，转而说失，那就多了。为了有较大的说服力，由旁观者清说

◎ 老书桌、老藤椅、老木床，行公是在自省吗？

起。是不远不近的以前，《读书》杂志送来一封本来可以不转给我的读者来信，因为信是写给编者的。信中说我的文章都是废话，毫无内容，不该刊用。以下并提出警告，说以后如果再登我的文章，他就把这几页撕下来寄还。我看了，当然要虚心反省。可是如何处理呢？一时真是进退两难。问编者，是不是间接通知我此后不再刊用，说不是，并且说，有些读者来信是表示愿意看的。这之后又曾刊用我的文章，我问是否照警告所说寄还，说未见。我推测，这是索性连《读书》也不买了。我当然很不好过。可是又有什么办法呢？我，如上面所说，胡思乱想的旧习不改，而又除涂涂抹抹以外毫无所能，也就只好仍旧写些不三不四的。唯一的补救之道是，予这封读者来信以特殊待遇，不只保存，而且经常置之案头，以期自己知所警惕。

再说一件，也是属于旁观者清的，可是牵涉的问题复杂得多。几乎快一年了，我看见电视中播《无极之路》，歌颂好官，心里很不是滋味。因为这同歌颂包拯、海瑞一样，实际是表示，小民一直在无保障的苦难中挣扎，为了能活，万不得已，才寄希望于碰上个好官，得一点天外飞来的公道。心中有话，想说，可是笔跟不上新时代的开放精神，很费力才凑成一篇《月是异邦明》，写时用了一点魔术技巧，即不开门见山，而把主要的意思夹在唠唠叨叨的叙述里。这主要的意思是，自古以来，小民寄希望于天道、仁政、清官、鬼神等都是乞怜，乞怜不是民主，非民主的人治不是法治；想生活有保障，要读点异邦的书，在均权、限权方面想想办法。这篇在去年《读书》九月号刊出以后，编者告诉我，有个江南的某先生来信，说文中的这点意思，用几十个字就够了。这批评是否包括连这点意思也很平常，用不着说之意，我不知道；但另一点想是确定的，是行文未能简洁明快。记得我的师辈某先生曾说："写文章能够短就好了，可惜没这个本事。"师且如此，况其徒乎！所以我很希望某先生坐而可言，起而能行，写几篇都不超过几十字的文章，供惯于唠叨的人欣赏并学习。

简捷，没本事，做不到。明快呢？一言难尽。也许连小学生都知道，我们说话，有多种不许明言的情况。《打渔杀家》中，河上饮酒不许说"干"是一类，幽会要美言为"香囊暗解，罗带轻分"，是另一类。还有量最大的一类，是皇帝奸淫要说"幸"，断气完蛋要说"晏驾"。这最后一类还有个名堂，曰"为尊者讳"。这是刑不上大夫的更上一层楼，是只要拿到大权，就无往而不是。事实是权大而无限就必多不是，怎么办？两种办法：一种最高妙，是把臭的说成香的；另一种次高妙，是最上者一贯香，间或有臭味，是由其下的什么人放出来。可是，如果小民嗅觉未失，分明觉得臭味是来自上方，怎么办？所以又须补充一种，曰不许说。两种，加补充一种，共三种，都是古已有之，于今为烈。这就为率尔操觚中的有些人带来麻烦，是言为心声，有时就此路不通。不通，如行路见"此巷不通行"的牌子，不往前走也就罢了，只是有关拿笔之事，就会碰到困难。一方面是理的，我一直认为，不为尊者讳，为社会，尤其为将来，有大好处，浅说为前事不忘，后事之师，深说为

◎ 1992 年，张中行先生与他称作是"六朝人物"的老画家梁树年先生同游密云。

指明病情，才可以找出病源根治。而一讳，好处就会成为殊少希望。另一方面是情的，即"情动于中"而不能"形于言"，未免憋得慌。顾念这理和情，理论上，明快也许是上策吧？我惭愧，经常是走不明快的路，具体说是，虽然为尊者讳的三条妙法，并未倍受奉行，却没有像王婆骂街那样干脆，走出柴门，指名道姓。引亚圣之语说明，是在"舍生而取义"与"不得罪于巨室"之间，我的经验是避前趋后，所以也就不免于"见笑于大方之家"了。

自知

这"独善"还可以包括道德学和诗学两种意义。

◎ 1998 年 11 月 21 日，北京入冬第一场雪后，从孟大姐家（华严北里）回自家的路上。

——行公自署

　　老杜句："文章千古事，得失寸心知。"不记得哪里拾来这样两句："落拓谁相问，平生我自知。"后者不限于文章，意思合用，就以之为题，说说书生的自知之明。这也有来由，是不久前，一个老弟子的儿子来，问他职业，是开出租汽车，问收入，是月七百。我用残余的数学技能算一下，除以四，得一百七十五，恰好等于不老的大学教授一月之所得。几乎所有的科学家都相信，事出有因。这因是什么？"君子思不出其位"，只当在自己身上找。

而一找就找到，是有"能"和"不能"两个方面。先说能，也可分为两个方面，都属于充其量的，或说达则如何如何的。如何呢？曰：或则走江总一条路，帮闲；或则走姚广孝一条路，帮忙。但能帮究竟是极少数，绝大多数还是只能走蒲松龄或马二先生一条路，或者在设想的狐鬼身上过过遐想之瘾，或者到书坊（今日出版社）门口讨些残羹剩饭。再说不能，是不能与"合成阿Q"（quán 权加 qián 钱）拉上关系，因而就只好背诵"穷则独善其身"了。

我想，这"独善"还可以包括道德学和诗学两种意义。道德学是"贫贱不能移"，至少是身在魏阙而有江湖山泽之思，都是干巴巴的。不甘于干巴巴，可以向诗学靠拢，那就大有回旋余地。可以偏于稳重，如老杜的设想"香雾云鬟湿，清辉玉臂寒"，闲情没离开老伴。也可以偏于不稳重，如韦庄的设想"骑马倚斜桥，满楼红袖招"，闲情跑了野马，离老伴远了。

可怜的是，这都是书生的雕虫小技。我也曾想，但更可怜，如歪词《调笑令（本意）》一首所表现：

书蠹书蠹，日日年年章句。搜寻故纸雕虫，不计山妻腹空。空腹空腹，默诵灯红酒绿。

试想，默诵灯红酒绿之时，身旁既无红灯，又无绿酒，只有山妻大喊其饿，是如何杀风景的事。

语云，车到山前自有路，于是，据说，有些小学教师兜售冰棍了，有些中学教师收额外学生了，有些大学教师写什么挣稿费了。这大概都不容易。专说挣稿费，不久前看某刊上一篇散文，叫书生之苦连天且不说，最后还加个希望，是稿酬从重从快，可见重和快也是稀有的。这也稀有，那也稀有，难道书生就什么也没有了吗？曰，有一宗还是颇可珍重的，即自知之明是也。

自嘲

讽刺自己的幽默才是自嘲，讽刺他人不是。两者都是用慧眼看到的，因为看自己要跳到身外，所以是大智慧。

自嘲可以有二解。一种肤面的、字典式的释义，是跟自己开个小玩笑。一种入骨的，是以大智慧观照世间，冤亲平等，也就看到并表明自己的可怜可笑。专说后一义，这有好处或说很必要，是因为人都有自大狂的老病，位、财、貌、艺、学等本钱多的可能病较重，反之可能病较轻。有没有绝无此病的人呢？我认为没有；如果有人自以为我独无，那他（或她）就是在这方面也太自大了，正是有病而且不轻的铁证。有病宜于及时治疗，而药，不能到医院和药店去求，只能反求诸己，即由深的自知而上升为自嘲。至于自嘲的疗效，也不可夸大，如广告惯用的手法，说经过什么什么权威机构鉴定，全愈者达百分之九十九以上；要实事求是，说善于自嘲，就有可能使自大狂的热度降些温。

为什么忽而说起这些呢？是因为偶然翻翻《笑林广记》，觉得其中《腐流部》的一些故事颇有意思。有意思，主要不是因为故事中的人物可笑，而是因为，至少我这样看，故事中人和编写的人，大概不是对立的而是同群，于是持镜自照，就看见自己可怜可笑的一面，这目力就来自超常的智慧，而写出来，用现在流行的话说，就有教育意义。本诸陶公"奇文共欣赏"之义，先抄出几则看看（据旧刻本，因系不登大雅之堂的书，多误字，少数字以意定之）。

（1）腹内全无：一秀才将试，日夜忧郁不已。妻乃慰之曰："看你作文如此之难，好似奴生产一般。"夫曰："还是你每（们）生子容易。"妻曰："怎见得？"夫曰："你是有在肚里的，我是没在肚里的。"

（2）识气：一瞎子双目不明，善能闻香识气。有秀才拿一《西厢》本与他闻，曰："《西厢记》。"问何以知之，答曰："有些脂粉气。"又拿《三国志（演义）》与他闻，曰："《三国志》。"又问何以知之，答曰："有些刀兵气。"秀才以为奇异，却将自做的文字与他闻，瞎子曰："此是你的佳作。"问："你怎知？"答曰："有些屁气。"

（3）穷秀才：有初死见冥王者，王谓其生前受用太过，判来生去做一秀才，与以五子。鬼吏禀曰："此人罪重，不应如此善遣。"王笑曰："正惟罪重，我要处他一个穷秀才，把（给）他许多儿子，活活累杀他罢了。"

（4）问馆：乞儿制一新竹筒，众丐沽酒欢贺，每饮毕辄呼曰："庆新管，酒干！"一师正在觅馆，偶经过闻之，误听以为庆新馆也，急向前揖之曰："列位既有了新馆，把这旧馆让与学生罢。"

前两则是嘲笑秀才之流不文，后两则是嘲笑秀才之流穷苦，如果我的推断不错，都是秀才之流自编，那不大有意思。这意思，如果用宋儒解经的办法，就大有文章可作。但那会失之玄远，不亲切，所以不如只说说自己的感受。我青少年时期犯了路线错误，不倚市门而入了洋学堂，古今中外，念了不少乱七八糟的，结果就不得不加入秀才之群。虽然也如《颜氏家训》所讥，"上车不落则著作（断章取义，原义为著作郎，官名）"，可是一直写不出登大雅之堂的，更不要说藏之名山的。我有个老友，有学能文，可是很少动笔，有人劝他著述，他说："在这方面，献丑的人已经不少，何必再多我一个！"我每次拿笔就想到他这句话，可是老病难于根治，只好心里说两次"惭愧"敷衍过去。再说另一面。我是芸芸众生的一分子，与其他芸芸众生一样，也毫不犹豫地接受定命，衣食住行，找伴侣，生孩子。自己要吃饭，伴侣要吃饭，孩子还是要吃饭，可是饭要用钱换，而钱，总是姗姗其来迟，而且比所需的

◎ 2000 年 8 月 25 日，庭院纳凉。

数少。这样，无文，无钱，两面夹攻一秀才，苦就不免有万端。可是可以自求一大乐，就是翻看《笑林广记·腐流部》，如上面引的那些，如果还有锦上添花的雅兴，可以向曾是红颜今已不红颜的荆妇借一面小镜，看一则，端相一下镜内的尊容，于是所得就可以远远超过看戏剧、电影，还是避玄远只说感受，用俚语说是真过瘾，用雅语说是岂不快哉。

　　以上可算是不惜以金针度人了。以下说为什么这是金针。提纲挈领地说，这是由自知而更上一层楼。还要略加解释。先说自知。俗语说，人苦于不自知。这是由希求方面立论；如果追根，说事实，应该是人惯于不自知。男士、女士，十之九确信自己为今世之潘安、飞燕，这是切盼有求必应时的不得已，可以谅解。不可谅解的更多，小者如盗窃而以为必不败露，大者如一发动什么而以为必利国利民，等等都是。哲人就比较高明。据说有个所谓先知问苏格拉底，神说苏格拉底是最聪明的人，为什么，苏格拉底答，想是因为他明白有些事他还不明白。中国的孔老夫子说"不知为不知,"大概也是这个意思。患自大狂病的人就不这样想,而是以为无所不知;有时病加重,还会举起刀,劈不同意自己之知的人,甚至抡起板斧,劈不可知论。其结果呢,自然是事与愿违,只能证明自封的无所不知恰恰是无知。所以,回到上文,确是应该说,人苦于不自知。换为积极的说法,是人应该有自知之明。自知之明包括两个方面,一方面是知己之所能或所长,一方面是知己之所不能或所短。自知所能或所长,容易,但也容易失实,因为有自大狂的老病在阴暗处作祟;自知所不能或所短,不容易,也因为有自大狂的老病在阴暗处作祟。所以一旦自知了,就证明已经冲破自大狂的藩篱,智慧占了上风。接着说自嘲,怎么是更上一层楼呢?是因为这要跳到身外,用悲天悯人的眼睛看生活在人群中的自己。这眼睛射出的光里含有怜悯,但旁观者清,并不妨害有强的透射力。于是一射而透,就看见自己的可怜可笑的一面:原来以为才高八斗,实则充其量不过一升半升;原来以为力能扛鼎,实则不过仅能缚鸡;原来以为美比潘安、飞燕,实则充其量不过貌仅中人;等等。这样,如果曾经向上爬而跌下,著文而无处肯发表,甚至十分钟情而受到冷遇,也就可以视为当然而一笑置之了。这笑是大智慧所生。笑也能生,所生不只是心情的平静,而且是心情的享受,还是用前面的话形容,真是岂不快哉。

顺势说下去之前,还要先说几句谨防假冒的话。其一,自嘲与自谦大不同。街头常闻、纸面常见的"鄙人才疏学浅……",是依惯例,等待答话"客气,客气"的说法,这是自负从另一个渠道放出来,如果联宗,就只能去找自大。其二,与牢骚也大不同,因为牢骚中有自负的成分,而且显然并没有跳到身外。其三,与幽默的关系,是有同也有异。于郑重中看到轻松的一面,是同。异呢,以小说为例,果戈理的《死魂灵》和夏目漱石的《我是猫》,我们读,都能看到含泪的微笑,可是前者,作者不是现身说法,后者是,我们说前者是讽刺他人的幽默,后者是讽刺自己的幽默。讽刺自己的幽默才是自嘲,讽刺他人不是。两者都是用慧眼看到的,因为看自己要跳到身外,所以是大智慧。

大智慧，稀有。也许就是因此，想洗耳听听自嘲，拭目看看自嘲，就太难。长期跳到身外的人大概没有吧？那就来个一霎时也好。可惜这也不多见，尤其货真价实的。以鲁迅的《自嘲》诗为例：

> 运交华盖欲何求，未敢翻身已碰头。横眉冷对千夫指，俯首甘为孺子牛。破帽遮颜过闹市，漏船载酒泛中流。躲进小楼成一统，管他冬夏与春秋。

这名为自嘲，其实情意的主要成分还是牢骚，那就不能算是真正老王麻子。

像是可以到故纸堆里找找。可惜我昔日念的，几乎忘光了。搜索枯肠，只想到作《酒德颂》的一位，且抄旧文：

> （刘）伶处天地间，悠悠荡荡，无所用心。尝与俗士相忤，其人攘袂而起，欲必筑（拳击）之。伶和其色曰："鸡肋岂足以当尊拳。"其人不觉废然而返。（《世说新语·文学》注引《竹林七贤论》）

与战败而仍坚信"非战之罪也"的项王相比，自知为鸡肋就高明多了。

往昔不易求得，那就看看现在。果然就跃出两位，就说这两位。一位是我的大学同学某君，在我的同行辈中最善于并乐于自嘲的。值得谈的不少，只举二事，都是当做他的轶事告诉我的。一件是：（在日本）他去理发，见个理发馆就进去，坐在先来的人之后，等。一个一个叫，他后边的人也叫了，还不叫他。他发怒，站起来大声责问。女店主来前，道歉之后，让他出去看着招牌。他出去一看，原来是女子理发馆，只好自认胡涂。另一件是：更年轻的时候，他也谈情说爱，自以为完全胜利了，昼夜飘飘然。一个偶然的机会，得知女方正在买结婚用物，就更飘飘然。又一个偶然的机会，得知女方的心目中人原来不是自己。就这样，他说："又失望一次。"他说这些，真像《我是猫》中猫和主人那样，既慧眼，又大度，所以我许为自嘲的真正老王麻子。

另一位是大名鼎鼎的启功先生，也要长话短说，只抄一首《沁园春》为例：

　　检点平生，往日全非，百事无聊。计幼时孤露，中年坎坷，如今渐老，百事俱抛。半世生涯，教书卖画，不过闲吹乞食萧。谁似我，这有名无实，饭桶脓包。偶然弄些蹊跷。像博学多闻见解超。笑左翻右找，东拼西凑，繁繁琐琐，絮絮叨叨。那样文章，人人会作，惭愧篇篇稿费高。从此后，定收摊歇业，再不胡抄。（据手迹，《启功丛稿·前言》引小异）

启功先生告诉我，单是这种内容的《沁园春》，他作了十首。我希望他抄给我，以便快读，换取"真过瘾"。可惜他能者多劳还引来能者多苦，连抄几首词的余裕、余兴也很少，所以直到写此文的时候，我还是只能欣赏这一首真正老王麻子。

　　闲话该结束了，忽然想到，读者中不乏好事者，也许要问："你自己如何？也自嘲吗？"答复是也曾附庸风雅，写了一些。为节省篇幅，只抄一首最短的《调笑令》凑凑热闹：

　　书蠹，书蠹，日日年年章句。搜寻故纸雕虫，不省山妻腹空。空腹，空腹，默诵灯红酒绿。

其实，我自己知道，这不过是文字般苦。祖师禅呢，一言难尽。我曾经有理想，或幻想，于是，有时候在某些方面就不能不痴迷。其结果，如我那位同学所领悟，就常常是失误，是幻灭。怅惘，苦恼，无济于事；自知最好还是走自嘲的路，变在内的感慨为在外的欣赏。但是惭愧，为天和人所限，常常是知之而未能行。不能行，自嘲的金针如匏瓜，系而不食，可惜，所以宁愿度与有缘的读者诸君，也借一面小镜，对着《笑林广记·腐流部》照照自己吧。

赏析

人生，到了自由无碍，便是至境；文章，到了
至味，也就接近于无味。

　　张中行的文字，我陆陆续续从报章杂志上读过不少，买过他的几本集子，新近正在看他的《顺生论》。他学问好，见多识广，对社会历史、宇宙人生，都有自己独特的看法。作文"言必己出"，因为没有党八股的腔调，不入代言体的模式，而在90年代日见兴盛的随笔创作格局中自标一格，为众多的读者所喜爱。用"雅俗共赏"来形容，大约不算过誉。

　　《自省》、《自知》和《自嘲》三篇文章，是郗小蕙寄给我的。她和靳飞正在编一本张中行作品的赏析集，可能觉得这三篇作品性质比较接近，且有某种内在联系，所以一并寄来。其实，就我所见，同类性质的文章还有一篇，这就是《顺生论》的第三七论：《自我》。此文虽处于一本专著的逻辑网络之中，却可以单独成篇。文中谈及自我如何以积极的态度对待命运问题时，曾提出四条"以人力补天然"的原则。那第二条原则便是"自知"，恰与小蕙推荐来的一篇题目相同。加起来，该是四篇了。

　　我不很确知《自省》、《自知》、《自嘲》这三篇作品的具体写作时序，但从其内在的逻辑思路来看，当是先有"自省"，而后，在不断的"自省"中获得"自知"，"自知"经过提升，便达到更高一级的"自嘲"境界。至于《自我》一篇，在《顺生论》中，它是《己身》编二十四题的首题，有了"自我"，其他有关"己身"的论题才有所凭附，才便于展开。另外，从哲理层面来说，《自我》之所论，也可以看做是对《自省》、《自知》、《自嘲》中"自"的界定，即对"省"、"知"、"嘲"的主体的阐释。这阐释，包括了哲学、心理学、社会学、伦理学等不同角度，均以深入浅出的笔墨临

之。行文明白晓畅，通俗易懂。

《自省》一文，是作者在岁尾对当年写作生涯的回顾，包含了得失的自我评估和心灵历程的自我省察。起笔于商家年终结账的联想，引了清人徐大格的两句诗"一生那有真闲日，百岁应多未了缘"，便颇见情趣地铺叙、议论开来。在得失的评估上，作者是先说得，而后说失的。其得有二，一是因写作而帮他遣走了有闲的长日，使他活得充实；二是他的所写，虽说"不痛不痒，大多无益于国计民生"，却是出自本心。文章的重点是说失，共三个大的自然段：第一段写了一封批评性的读者来信的前前后后，结果是把那封信常置案头，以为警惕；第二段是对一位江南读者指称张文未能做到"简洁明快"的回应，其结尾处说"我很希望某先生坐而能言，起而能行，写几篇都不超过几十字的文章，供惯于唠叨的人欣赏并学习"，反唇相讥的"将一军"的声口是相当明显的；第三段申说自己"不为尊者讳"的一贯主张，然而自己却做不到，只能在"舍生取义"和"不得罪于巨室"之间，"避前趋后"，从而不免见笑于大方之家。

这篇文章虽说题为《自省》，但真正刻骨铭心的自我省察并不很多，倒是涉笔成趣之处常见真意蕴、真精神，这是阅读时不可不留意的。在谈及自己《月是异邦明》的写法时，张中行说："写时用了一点魔术技巧，即不开门见山，而把主要的意思夹在唠唠叨叨的叙述里"。《自省》在写法上略近于此。比如他对看风使舵，以文邀宠一类角色的不齿，对于"歌颂好官，心里很不是滋味"；认为"乞怜不是民主，非民主的人治不是法治，想生活有保障，要读点异邦的书，在均权、限权方面想想办法"；反对"为尊者讳"，不以"只要拿到大权，就无往而不是"的霸道观念为然；反对曲意"把臭的说成香的"，或说成"在上者一贯香，间或有臭味，是由其下的什么人放出来的"等等，才是他真正想说的话。如果对此视而不见，只在题目上胶柱鼓瑟，从而指责作者没有严格的自我解剖精神，或自省一点也不深刻，那就只能怪尊目欠明，并且衡文低能了。

《自知》是三篇随笔中型制最短的一篇，望文生义，会以为这是专门提醒包括作者自己在内的知识分子必须要有自知之明。不能说没有这层意思，但这决不是文章主要命意之所在。倒是作者信手引用的"落拓谁相问，平生我自知"，传达了全文的题旨：希望"从重从快"解决知识分子待遇偏低和生活过于清苦的问题。因为在作者看来，由"脑体倒挂"而产生的社会不公，已经达到了十分荒谬的程度。文中引用了作者自嘲的一阕《调笑令》："书蠹书蠹，日日年年章句。搜寻故纸雕虫，不计山妻腹空。空腹空腹，默诵灯红酒绿。"一方面是书生在默诵着并不存在于眼前的红灯绿酒，一方面是就在身旁的妻子饿得哇哇叫，于是形成一种极其强烈的心理对比和反差，活画出读书人酸楚的可怜境况。

《自嘲》一开篇便是命题的释义，以两义释之，而专主后一义，即"自嘲"的张中行称为"入骨"的一层意思："是以大智慧观照世间，冤亲平等，也就看到并表明自己的可笑可怜。"往后，他对自嘲还作了进一步的阐释，如认为自嘲是以"大悲悯的眼光看生活在人群中的自己"，"讽刺自己的幽默才是自嘲"等等。据他诊断，人都有自大狂的老病，举几位、财、貌、艺、学等，均有可能成为自大的本钱。位愈重，财愈大，貌愈美，艺愈高，学愈深，本钱也就愈多，则自大狂的几率也将随之升高。在他看来，其救治之法，只有经由自知而上升到自嘲一途。那办法就是持镜自照，而后见自己的尊容，见可笑可怜的灵魂。为此，张中行从《笑林广记·腐流部》选来四则小故事作为借镜。故事无非是嘲笑秀才者流的不学无文和穷措大相的。他认定，这四则笑话的编者也必是秀才无疑。如果把秀才者流作为一个群体，则可以把这四则笑话看做是秀才群体的一种自嘲。虽说辛辣，却也一针见血，煞是可爱。

在这篇《自嘲》中，张中行确实把自己摆了进去，现身说法，半是玩笑，半是嘲讽，半是自宽地披露了他的临鉴和临鉴的感受。他说是"真过瘾"，"岂不快哉"，但因为字里行间时时流泻出难以掩尽的辛酸，而往往让读者"快哉"不起来。

然而，《自嘲》并不止于只嘲笑作为创作主体的张中行自己，那样也就低估了作者警世的苦心。事实上，嘲笑的锋芒也不时指向作者身外不同类型的无自知之明者，自大狂者。作者说，患自大狂者往往自"以为无所不知，有时病加重，还会举起刀，劈不同意自己之知的人，甚至抡起板斧，劈不可知论。其结果呢，自然是事与愿违，只能证明自封的无所不知恰恰是无知。"话虽然讲得刻薄了点，却是无法抹去的实情。对于一切自以为是，唯我独尊，唯我独革的权力者和非权力者，文人和非文人来说，这都是一面镜子。

《自省》、《自知》、《自嘲》，只是到了《自嘲》，才进入了境界，既是自戒，同时戒人。然而，以技法论，则《自省》似略高一筹，委曲宛转，跌宕腾挪，可谓藏露得宜，开阖有致。

我很喜欢张中行的文字，不以其文辞的考究，不以其思辨的玄远，而以其所传达出的人生境界和精神境界。这是一种自由的、放松的境界，大俗的、大雅的境界。

许多文化人都是"少年文藻发天葩"，"少年忧乐过于人"，早年成名；而张中行，却是真正的"大器晚成"，晚到了一般学人多不容易达到的耄耋之年。许多文化人到了这个年岁，学问也有了，阅历也够了，只是没有了健朗的体格，没有了清明的思维。而他，则不同。年过八旬之后，他才开始了创作的喷涌和人生的辉煌。"庾信文章老更成"。这是他的特点，更是他的优长。

不是说，他的每一篇文稿都已经完美到无可挑剔，但他确实给人以举重若轻，游刃有余的感觉，他并不刻意打磨每一句话，每一个字，有时甚至显得过于随意，然而正是在这随意中见出他人生的历练，见出他的老而不失其真，以及更为难得的炉火纯青。

人生，到了自由无碍，便是至境；文章，到了至味，也就接近于无味。唯愿中行老人健康、长寿，这无论对他，对文学，对读者，都是弥足珍贵的。

（何西来）

梦 的 杂 想

人生，大道多歧，如绿窗灯影，小院箫声，是"梦"的歧路。

    我老伴老了，说话更惯于重复，其中在我耳边响得最勤的是：又梦见什么人在什么地方，清清楚楚，真怕醒。对于我老伴的所说，正如她所抱怨，我完全接受的不多，可是关于梦却例外，不只完全接受，而且继以赞叹，因为我也是怕梦断派，同病就不能不相怜。严冬无事，篱下太冷，只好在屋里写，——不是写梦，是写关于梦的胡思乱想。

    古人人心古，相信梦与现实有密切关系。如孔子所说，"久矣吾不复梦见周公"，这就不只有密切关系，而且有治国平天下的重大密切关系。因为相信有关系，所以有占梦之举，并进而有占梦的行业，以及专家。不过文献所记，梦，占，而真就应验的，大都出于梦与现实密切相关的信徒之手，如果以此为依据，以要求自己之梦，比如夜梦下水或缘木而得鱼，就以为白天会中奖，是百分之百要失望的。

    也许就因为真应验的太少或没有，人不能不务实，把梦看做空无的渐渐占了上风。苏东坡的慨叹可为代表，是："人间如梦，一尊还酹江月。"如梦，意思是终归是一场空。不知由谁发明，一场空还有教育意义，于是唐人就以梦的故事表人生哲学，写《枕中记》之不足，还继以《南柯太守传》，反复说明，荣华富贵是梦，到头来不过一场空而已。显然，这是酸葡萄心理的产物，就是说，是渴望荣华富贵而终于不能得的人写的，如果能得、已得，那就要白天忙于鸣锣开道，夜里安享红袖添香，连写的事也想不到了。蒲公留仙可以出来为这种看法作证，他如果有幸，棘闱连捷，金榜题名，进而连升三级，出入于左右掖门，那就即使还有写《续黄粱》之暇，也没有之心了。所以穷也不是毫无好处，如他，写了《续黄粱》，纵使不能有经济效益（因为其时还没有稿酬制度），总可以有，而且是大的社会效益。再说这位蒲公，坐在聊斋，写《志异》，得梦的助益不少，《凤阳士人》的梦以奇胜，《王桂庵》的梦以巧胜，《画壁》的梦级别更高，同于《牡丹亭》，是既迷离又实在，能使读者慨叹之馀还会生或多或少的羡慕之心。

　　人生如梦派有大影响。专说梦之内，是一般人，即使照样背诵"久矣吾不复梦见周公"，相信梦见就可以恢复文、武之治的，几乎没有了。但梦之为梦，终归是事实，怎么回事？常人的对付办法是习以为常，不管它。自然，管，问来由，答，使人人满意，很不容易。还是洋鬼子多事，据我所知，弗罗伊德学派就在这方面费了很多力量，写了不少这方面的文章。以我的孤陋寡闻，也买到过一本书，名《论梦》（ON DREAM）。书的大意是，人有欲求，白日不能满足，憋着不好受，不得已，开辟这样一个退一步的路，在脑子里如此这般动一番，像是满足了，以求放出去。这种看法也许不免片面，因为梦中所遇，也间或有不适意的，且不管它，如果可以成一家之言，那就不能不引出这样一个结论：梦不只是空，而且是苦，因为起因是求之不得。

　　这也许竟是事实。但察见渊鱼者不祥，为实利，我以为，还是换上另一种眼镜看的好。这另一种眼镜，就是我老伴经常戴的，姑且信（适意的）以为真，或不管真假，且吟味一番。她经历简单，所谓适意的，不过是与已故的姑姨姐妹等相聚，谈当年的家常。这也好，因为也是有所愿，白日不得，梦中得了，结果当然是一厢欢喜。我不懂以生理为基础的心理学，譬如梦

◎《禅外说禅》封面。

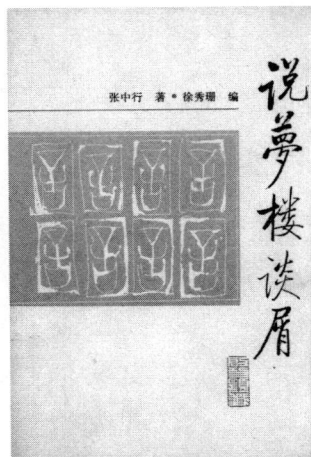

◎《说梦楼谈屑》封面。

中见姑姨姐妹的欣喜，神经系统自然也会有所动，与白日欣喜的有所动，质和量，究竟有什么不同？如果竟有一些甚至不很少的相似，那我老伴就胜利了，因为她确是有所得。我在这方面也有所得，甚至比她更多，因为我还有个区别对待的理论，是适意的梦，保留享用，不适意的，判定其为空无，可以不怕。

但是可惜，能使自己有所得的梦，我们只能等，不能求。比如渴望见面的是某一位朱颜的，迷离恍惚，却来了某一位白发的，或竟至无梦。补救之道，或敝帚化为千金之道，是移梦之理于白日，即视"某种"适意的现实，尤其想望，为梦，享受其迷离恍惚。这奥秘也是古人早已发现。先说已然的"现实"。青春浪漫，白首无成，回首当年，不能不有幻灭之感，于是就想到"过去"的适意的某一种现实如梦。如杜牧的"十年一觉扬州梦"，周邦彦的"沉思前事，似梦里，泪暗滴"，就是这样。其后如张宗子，是明朝遗民，有商女不知之恨，这样的感慨更多，以至集成书，名《陶庵梦忆》和《西湖梦寻》。再说"想望"。这虽然一般不称为梦，却更多。为了避免破坏梦的诗情画意，柴米油盐以至升官发财等与"利"直接相关的都赶出去。剩下的是什么呢？想借用彭泽令陶公的命名，是有之大好、没有也能活下去的"闲情"。且说这位陶公渊明，归去来兮之后，喝酒不少，躬耕，有时还到东篱下看看南山，也相当忙，可是还有闲情，写《闲情赋》，说"愿在衣而为领"，承华首之馀芳"等等，这就是在作想望的白日梦。

某些已然的适意的现实，往者已矣，不如多说说想望的白日梦。这最有群众基础，几乎是人人有，时时有，分别只在于量有多少，清晰的程度有深浅。想望，不能不与"实现"拉上关系，为了"必也正名"我们称所想为"梦思"，所得为"梦境"。这两者的关系相当奇特，简而明地说，是前者总是非常多而后者总是非常少。原因，省事的说法是，此梦之所以为梦。也可以费点事说明。其一，白日梦可以很小，很渺茫，而且突如其来，如忽而念及"雨打梨花深闭门"，禁不住眼泪汪汪，就是这样。但就是眼泪汪汪，一会儿听到钟声还是要去上班或上工，因为吃饭问题究竟比不知在哪里的深闭门，既实质又迫切。这就表示，白日梦虽然多，常常是乍生乍灭，还没接近实现就一笔勾销了。其二，还有更重要的原因，是实现了，如有那么一天或一时，现实之境确是使人心醉，简直可以说是梦境，不幸现实有独揽性，它霸占了经历者的身和心，使他想不到此时的自己已经入梦，于是这宝贵的梦境就虽有如无了。在这种地方，杜老究竟不愧为诗圣，他能够不错过机会，及时抓住这样的梦境，如"夜阑更秉烛，相对如梦寐"所写，所得真是太多了。

在现实中抓住梦境，很难。还有补救之道，是古人早已发明、近时始明其理的《苦闷的象征》法，即用笔写想望的梦思兼实现的梦境。文学作品，散文，诗，尤其小说、戏剧，常常在耍这样的把戏，希望弄假成真，以期作者和读者都能过入梦之瘾。这是妄想吗？也不然，即如到现代化的今日，不是还不难找到陪着林黛玉落泪的人吗？依影子内阁命名之例？我们可以称这样的梦为"影子梦"。

歌颂的话说得太多了，应该转转身，看看有没有反对派。古今都有。古可以举庄子，他说"圣人无梦"。由此推论，有梦就是修养不够。但这说法，恐怕弗洛伊德学派不同意，因为那等于说，世上还有无欲或有而皆得满足因而就不再有求的人。少梦是可能的，如比我年长很多、今已作古的倪表兄，只是关于睡就有两事高不可及，一是能够头向枕而尚未触及的一瞬间入睡，二是常常终夜无梦。可是也没有高到永远无梦。就是庄子也没有高到这程度，因为他曾梦为胡蝶。但他究竟是哲人，没有因梦而想到诗意的飘飘然，却想到："不知周之梦为胡蝶与？胡蝶之梦为周与？"跑到形而上，去追问实虚了。道不同不相为谋，我们只好不管这些。

今的反对派务实，说"梦境"常常靠不住，因而也就最好不"梦思"。靠不住包括两种情况：一是"当下"，实质未必如想象的那么好；二是"过后"，诗情画意可能不久就烟消云散。这大概是真的，我自己也不乏这样的经验。不过话又说回来，水至清则无鱼，至清也是一种梦断。人生，大道多歧，如绿窗灯影，小院疏篱，是"梦"的歧路，人去楼空，葬花焚稿，是"梦断"的歧路，如果还容许选择，就我们常人说，有几个人会甘心走梦断的歧路呢？

蓬山远近

蓬山有人间味，仙山远离人世……人要人间
味；请青鸟探看，就为的是这人间味。

人生有多种境，其中一种，像是可人之意，缥缈而并不无力，情况颇为难说。但知难而退，心里难免有些慊然。所以决定知其不可而为，试着说说。

早的记不清了，由李义山说起。他写了不很少的"无题"诗，其中一首七律尾联云："蓬山此去无多路，青鸟殷勤为探看（读阴平）。"这是他落网之后的一种想望呢，还是欲入网而不得时的一种想望呢？他写而不愿标题，是不想明说，我们也就不能确知。但有一点是可以推知的，是他不安于户牖之内，渴想蓬山"身无彩凤双飞翼"，所以才呼天唤地，希望青鸟有助人的雅兴，成人之美。也许青鸟终于没来吧？于是在另一首《无题》中禁不住涕泣了，也是尾联云："刘郎已恨蓬山远，更隔蓬山一万重。"看来是"道之不行，已知之矣。"（有人以为这都是表现求官不得的心情，真大杀风景。）

但是人，只要还有一口气，心是不会冷却的。又，人与人，尤其"民吾同胞"的，血脉相通，放大了说，所谓"天地与我并生，万物与我为一"。李义山写完无题，掷笔而去，而幽思也未尝不可由异代的同病以心传心。说起这同病，也许真有缘，或有幸，于是就出现了这样的故事：

宋子京（北宋宋祁）尝过繁台街，遇内家（宫里）车子数两（辆），适不及避。忽有褰帘者曰："小宋（有兄为宋庠）也。"子京惊讶不已，归赋《鹧鸪天》云："画毂雕鞍狭路逢，一声肠断绣帘中。身无彩凤双飞翼，心有灵犀一点通。

金作屋,玉为枑,车如流水马如龙。刘郎已恨蓬山远,更隔蓬山几
万重。"词传,达于禁中,仁宗知之,因问第几车子何人呼小宋。有内人
(宫内服侍之女子)自陈云:"顷因内宴,见宣翰林学士,左右内臣皆曰
'小宋',时在车中偶见之,呼一声尔。"上召子京,从容语及。子京惶悚
无地。上笑曰:"蓬山不远。"即以内人赐之。(《本事词》卷上)

如果这故事不是"创作的"故事,这位撰《新唐书》的宋学士就真是有缘:
先是"法外"想到蓬山,后是"意外"走入蓬山。总之,如金口玉言所说,
世间真就有了蓬山,而且能够一霎时移到眼前。

但是,内人褰帘呼名,皇帝移天外蓬山于眼前,终归是可想象而难遇因
而也就不可求的。至晚是中古时期,有经验之士就明察及此。但人总是人,
蓬山的想望不会因明察而断灭。对应之道有退和进两种。道和释,至少是理
想中或口头上,走退一条路,安于蓬山之远,甚至唯恐其移近。在世间,我
们朝夕见到的是凡人,就难于做到。但望而不见,怎么补救?于是如佛门之
设想彼岸,——那太远,或太渺茫,不如就用土生土长的,曰"神仙"。神仙
变幻不测,可以远,但也可以倏忽移到眼前。这样的神仙倏忽移到眼前的故
事,我们的文献库中很多,只举两个时间较早,不少男士念念不忘的。其一,
抄原文:

汉明帝永平五年,剡县刘晨、阮肇共入天台山取谷皮(一种药材),
迷不得返,经十三日,粮食乏尽,饥馁殆死。遥望山上有一桃树,大有
子实,而绝岩邃涧,永无登路。攀援藤葛,乃得至上,各啖数枚,而饥
止体充。复下山,持杯取水,欲盥漱。见芜菁叶从山腹流出,甚鲜新,
复一杯流出,有胡麻饭糁,相谓曰:"此知去人径不远。"便共没水,逆
流二三里,得度山出一大溪。溪边有二女子,姿质妙绝,见二人持杯出,
便笑曰:"刘、阮二郎捉向所失流杯来。"晨、肇既不识之,缘二女便呼
其姓,如似有旧,刀相见忻喜。问:"来何晚邪?"因邀还家。其家铜
(筒)瓦屋,南壁乃东壁下各有一大床,皆施绛罗帐,帐角悬铃,金银交

错。床头各有十侍婢，敕云："刘、阮二郎经涉山岨，向虽得琼实，犹尚虚弊，可速作食。"食胡麻饭、山羊脯、牛肉，甚甘美。食毕行酒，有一群女来，各持五三桃子，笑而言："贺汝婿来。"酒酣作乐，刘、阮忻怖交并。至暮，令各就一帐宿，女往就之，言声清婉，令人忘忧。……
（鲁迅《古小说钩沉》辑刘义庆《幽明录》）

其二是唐朝裴铏所写裴航遇仙的故事（见《太平广记》卷五十），原文过长，只好转述：

> 唐穆宗长庆年间，有个秀才名裴航，由武昌回长安。坐船，同船有个樊夫人，很美。裴有爱慕之心，写一首诗，烦婢女送去。夫人不理会。又送珍贵食品，才得相见。夫人说她丈夫想弃官修道，她来此诀别，心灰意冷。其后给裴一首诗，是："一饮琼浆百感生，玄霜捣尽见云英。蓝桥便是神仙窟，何必崎岖上玉清。"裴不解其意。船到襄阳，夫人没辞别，下船走了。裴各处寻访，没有踪迹，只好回长安。路过蓝桥驿，口渴，想找点水喝。路旁有几间茅屋，一个老妇人在里面绩麻，裴去求。妇人喊："云英，拿碗浆来。"裴听到云英二字，想到樊夫人的诗，很惊讶。接着看见个年轻女子，美极了。裴舍不得走，要求暂住，并表示愿意娶云英之意。妇人说有神仙赠给她仙药，吃了可以长生，但要用玉杵臼捣一百天才可以服用，谁能找来玉杵，就把云英嫁给他。裴请妇人等他一百天。于是回长安，费很大力，花很多钱，终于得到玉杵臼。赶回蓝桥，帮助捣药一百天，妇人吃了仙药，才为他们准备婚事。其后是入山成婚，又见到樊夫人，才知道她是云英的姐姐云翘夫人，也是仙女。再其后当然是裴航如愿以偿，并得内助，也成了仙。

成了仙，要住仙山。仙山在哪里？白乐天说，"在虚无缥缈间"，纵使在其中可以如鱼得水，终是太远了。

远之外，还有个更大的问题，是神话的仙山与想望的蓬山大概性质有别，主要是，蓬山有人间味，仙山远离人世，可能没有吧？人要人间味；请青鸟探看，就为的是这人间味。专就这一点说，仙就不如有血有肉的人。而人，容易蓬山远，所谓"盈盈一水间，脉脉不得语"。怎么办？有的多幻想之士又想出遇仙之外的路，曰白日梦，于是而汤若士写了《牡丹亭·惊梦》，人出现了，一个唱：

> 没乱里春情难道，蓦地里怀人幽怨。则为俺生小婵娟，拣名门一例、一例里神仙眷。甚良缘，把青春抛的远！俺的睡情谁见？则索因循腼腆。想幽梦谁边，和春光暗流转？迁延，这衷怀那处言！
>
> 淹煎，泼残生，除问天！

另一个唱：

> 则为你如花美眷，似水流年，是答儿闲寻遍。在幽闺自怜。

◎1999年6月3日，南浔小莲庄。

也于是而蒲留仙写了《聊斋志异·画壁》，其中说：

> ……朱孝廉客都中，偶涉一兰若，殿宇……东壁画散花天女，内一垂髫者拈花微笑，樱唇欲动，眼波将流。朱注目久，不觉神摇意夺。恍然凝思，身忽飘飘，如驾云雾，已到壁上。……遂飘忽自壁而下。

这是梦，优点是易得，缺点是易断，断就顷刻成为一场空，照应题目说，是蓬山似近而实远，可有而常无。

在似水流年中，蓬山能不能"真"近？如果不能，那仙和梦也就成为无源之水。幸而世间是既质实又神秘，有时神秘到实和梦混在一起，成为梦的实，实的梦。东坡词有句云："天涯何处无芳草？"这是设想实的梦并不难遇。于是，就真可能，有那么一天，在某一个地方，出乎意料，有缘的，就走入实的梦，也就是蓬山倏忽移到眼前。这移近，由霎时看是大易，由毕生看是至难。还有更大的难，是"逝者如斯夫"。逝，可以来于实的变，也可以来于梦的淡。总之，常常是，以为蓬山还在眼前，它却已经远了。这或者也是定命，花开花谢的定命。定命不可抗，但任其逝者如斯也未免可惜。所以还要尽人力，求虽远而换个方式移近。这是指心造的只可自怡悦的诗境，举例说，可以有两种：一是追想蓬山之近，曰"解释春风无限恨"；另一是遥望蓬山之远，曰"此恨绵绵无绝期"。虽然都不免于"恨"，总的精神却是珍重。珍重来于"有"，也能产生"有"。这是自慰呢，还是自欺呢？可以不管。重要的是，既然生，有时就不能不想想一生。而说起一生，日日，月月，年年，身家禄位，柴米油盐，也许不异于在沙漠中跋涉吧？但这些也是"逝者如斯夫"，到朱颜变为白发，回首当年，失多于得，悲多于喜，很可能，只有蓬山，近也罢，远也罢，如果曾经闪现，是最值得怀念的吧？如果竟是这样，那就怀念，连远近也不必问了。

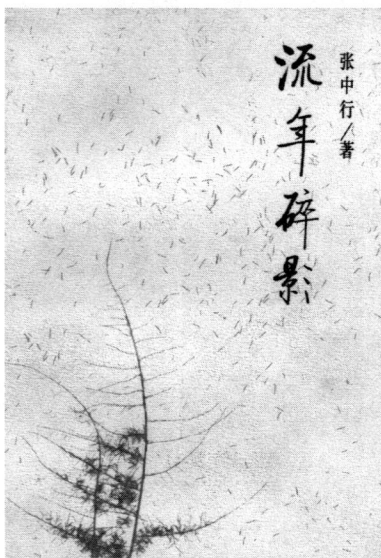

○《流年碎影》封面。

赏析

中行先生的文章，半是庄生半是蝶，离我们很
近，又在悟性上高于我们甚远，大可一读。

平日不敢读中行先生文，缘其近禅。彼此都是禅家，弃"有"参"无"，自然是件畅快事，也是件轻松事。招来个尘俗之辈听禅，有如仰颈读天，临潭照影，不仅难有所得，也不敢有所得。前者缘愚，后者缘怯。怯者，不敢眼睁睁看一看自己的"真形"之谓也。

庄子哲学的三大概念曰"无"，曰"忘"，曰"化"。其中的"忘"，所指对象就是"形"。"得意忘形"被庄子第一次使用时，不仅是百分之百的褒义词，而且所构筑的是一个无比高妙的境界——"纯"精神世界。

庄子本人曾为了进入这个境界，做过十分艰苦的试验，这就是"化蝶"，意指化掉被人世折磨得又苦又累的"形"，回归自然、本原之"意"。

但是在实际上，庄子失败了。如若他在天有灵，俯视人间，看到的大约仍是如蝇似蚁的"形"们在自谋生存、互相碰撞，烟尘滚滚地延续了两千多年。

"忘形"于人，近乎不可能，于是一切过奢的"忘形"之文，善意的是欺己，恶意的是欺人，用现代术语来说，就是"违反人性"。

读中行先生《梦》、《蓬》二文之前，先有所惧，生怕先生太"禅"，行的是"忘形"之文，把俗人吓跑，而诱集的"雅人"又未必真的"忘形"。

有幸得很，读罢先生的两篇力作，首先体会到的是对尘世芸芸众生的宽谅，对"形"的认可和尊重。

作者和读者近了，有如庄子飘然而下，把哲学语言译得饱含人间朴气。如此，先

◎ 1995年，中行先生在北京安贞医院。

生的大雅，就获得了首先的认可。

说"梦"，既讲"梦"之该有，"梦"之诱人，又讲"梦"不是人的实有故乡或可信轨迹，只可偶尔借宿不可永久定居，只可做"意"的行程而不能代替"形"的跋涉。说"蓬山"，既讲它是人类精神世界中应有的景观，必有的胜境，一经消亡必将使现实人世陷入荒凉和褴褛，又讲它的可望而不可触，可趋而不可入，一触、一入便顿时把它推向更遥远、更缥缈。

先生肯定了"形"。

行大雅之文，不做"忘形"奢言，不强逼读者进入"忘形"苦境（也是虚境），这是中行先生的真雅处，也是由"虚禅"而更进一步悟出"实禅"处。当然，也是对庄子的悲剧式徘徊做出的实在导引。

上面的话，说到了中行先生两则文章优点的一半。

人类基于"形"而做各种行为演示，淡于提高"意"的质量，同样会活得很不幸，也会活得很干渴。在这个意义上，先生呼吁世人建设"梦"，建设"蓬山"。而这一切建设中，首先的一条是建设人们的"建设意识"质量。

遗憾的是，人们逐"梦"，神往"蓬山"，那"意识流"的成色总是上乘者少，俗浊者众。求"梦"者中，有求"夜中梦"者，有求"白日梦"者。前者想在"虚梦"

中得其"实有"，后者想在"实梦"中忘其"虚幻"。无论入梦、造梦、佯梦、品梦，大都是为"形"所虚拟的逍遥，或是在感到为"形"所累之后的呻吟。

在朝拜"蓬山"的队列中，大都拖着沉重的"祈利"意识，敢于一个心思去投入"蓬山"本体的不多，更多的是神往于在"蓬山"中划定自己的堂皇岩穴，提前虚构自己的神仙府邸。由于这是在虚实二界中做出的无奈徘徊，故而演示出的也大都是种种绚丽的苍凉，迂回的浅近，兼之以甜美的虚奢，缠绵的空洞。

在"醒"与"梦"之间，在人们心造的"蓬山"和本体的"蓬山"之间，中行先生未置放任何权威的路标，未做出任何铁定的指令。虽然偶有一两句导游式的碎语，但也只此而已，再无多言。这是先生的诚实处，也是先生的敦厚处。大千世界，混沌至今，万千众生仍习惯地做着无序运动，地球上的建筑材料——无论是物质材料还是精神材料——尚不具备铺设"终极通途"的数量和质量，真正的学者和作家又何必虚画"最佳航线"？

中行先生既不超"形"而构虚言，又不弃"意"而溺浊世。"形"与"意"的"综合运算"在有些作家的笔下，很像是从电脑中提取结论，只需几句格言便可结账。而在中行先生笔下，却演绎成至今尚不能被人类挣脱的多元选择，多元苦恼、多元可能。

这就够了，人类只有正视大千世界的万种波澜，才会最终在实际上而不是在哲学词句上辟出通往彼岸的航线。

庄周化蝶，自称"化过去了"其实并未化过，否则，那三十多篇洋洋大文也就该用"蝶语"写出，不被人知。但庄周毕竟有过"忘"、"化"悟性 因之伟大。不过，庄周也有其"天作美"处，他那个时代，毕竟有举目便可望到的"自然蝶"群，不乏"化"的标本。若夫我们眼前的"现代"，自然蝶近乎绝迹，到处是金蝶、银蝶、玉蝶、化学蝶、电子蝶、核蝶，人们即使想"化蝶"，也很难物色样板，一不留神便会将"化"弄成又一次自我复制。

中行先生的文章，半是庄生半是蝶，离我们很近，又在悟性上高于我们甚远，大可一读。

（毛志成）

苦雨斋一二

这样的一生，要怎样评价才合适呢？……大
事糊涂，小事不糊涂。

　　北宋初年有个大官，姓吕名端，字易直、作到平章事（宰相职）。同富郑
公、韩魏公等相比，他不算有名，可是关于他有个有趣的评语，而且出自太
宗皇帝之口，是："小事糊涂，大事不糊涂。"苦雨斋主人周作人是北京大学
的老人物，从1917年到校，至1937年事变后学校南迁，整整二十年，可谓与
学校共存亡。我上学时期，他主要担任日文组的课，有时兼点国文系的课，如
讲六朝散文之类。他是老师行辈，我离开学校之后还同他有些交往。旧事难
忘，有时自然会想到他；每次想到，吕端的故事就涌上心头。也许应该算作
感慨吧，是惋惜他不能学习吕端，而是与吕端相反；大事糊涂，小事不糊涂。
　　所谓大事是节操，用老话说是应该义不食周粟。他是日本留学生，精通
日语，而且娶的是日本夫人，羽太信子。从在日本时期起，伴随胞兄鲁迅先
生，过的就是文学生涯。回国以后，"五四"前后，他写了大量的散文，也写
白话诗，有相当浓厚的除旧布新的气息。这使他不只在本国，就是在日本，
也有了大名。"七七"事变，日军侵占北京，像他这样的人，三尺童子也会知
道，是三十六着，走为上计。可是他没有走。中计是学顾亭林，闭门却扫，
宁可死也不出山。起初他可能也有这种想法，因为曾经到燕京大学去任课。
可是过些时候，传言出现了，他要出来担仁什么。日本人会利用他，这是任
何人闭目都会想到的；他受不受利用，则是仁者见仁，智者见智。也许为了
防万一，有些顾念旧交谊的人婉言表示了劝阻之意，我知道的有钱玄同先生

◎ 1922 年 5 月 23 日在北京世界语会上。前排左三为周作人，左六为鲁迅。

和马幼渔先生。也有旧学生，多半用书札。后来知道，这些劝告都没有起作用，据说他还表示过，是因为劝说的理由还不能使他心服。我想，这说的未必合乎事实，事实是一定有什么力量超过劝告的力量。这大力量是什么呢？日本夫人？多年来对留日生活的眷恋？被元旦的一枪（1939年元旦有刺客登门行刺，中一枪，因衣厚未受伤）吓坏了？生活无着？或者还有其他？总之，结果是明确的，终于还是开了门，先则文学院院长，一直到教育总署督办。北大旧人寒心的是，可以抬出来让国内外看看的人物竟然倒了。日本人呢，是可以借他来说明，可以抬出来让国内外看看的人物也站在他们一边，可见他们是正义的。对立的看法在一点上是相同的，表态的是"一"个人，蕴涵的意义却不只一个人。这就关系重大，所谓大事糊涂。

关于小事不糊涂，也可以举出不少例证。不过先要解说一下，所谓"小"，是对国家、民族的"大"而言，意义并不等于微不足道。这首先是他"文"

的方面的成就。他精通日语，前面已经说过。他还通希腊文和英文。中文的造诣更不用说。这使他有了大量吸收的条件。吸收多了要放出，他同鲁迅先生一样，笔下功力深，一生写了大量的文章，以文集形式出版的有几十种。早年和晚年还译了不少著作，其中有些是日本和希腊的古典作品。这些都有文献可证，用不着多说。

可以说说的是不见或少见于文献的。他多次说他不懂"道"，这大概是就熊十力先生的"唯识"和废名的"悟"之类说的。其实他也谈儒家的恕和躬行，并根据英国性心理学家蔼理斯的理论而谈妇女解放。他多次说他不懂诗，对于散文略有所知。他讲六朝散文，推崇《颜氏家训》，由此可以推知他的"所知"是，文章要有合乎人情物理的内容，而用朴实清淡的笔墨写出来。关于诗，我还记得30年代初，一次在北京大学开诗的讨论会，参加的人不多，只记得周以外，还有郑振铎和谢冰心。别人都讲了不少话，到周，只说他不懂诗，所以不能说什么。我想，这大概是因为，对于诗的看法，他同流行的意见有区别；流行的意见是诗要写某种柔情或豪情，他不写。他先是写白话诗，后来写旧诗，确是没有某种柔情和豪情，可是有他自己的意境。晚年写怀旧诗《往昔三十首》，用五古体，语淡而意厚，就不写某种柔情和豪情说，可算是跳出古人的藩篱之外了。

这文的方面的成就，与他的勤和认真有密切关系。从幼年起，他念了大量的书，可以说是古今中外。比如他喜欢浏览中国笔记之类的书，我曾听他说，这方面的著作，他几乎都看过。有一次，巧遇，我从地摊上买到日本废性外骨的《私刑类纂》，内容丰富，插图幽默，很有趣，后来闲话中同他谈起，他立即举出其中的几幅插图，像是刚刚看过。还有一次，谈起我买到蔼理斯的自传，他说他还没见过，希望借给他看看。我送去，只几天就还我，说看完了。到他家串门的朋友和学生都知道，他永远是坐在靠窗的桌子旁，桌子上放着一本书。写也是这样，几乎天天要动笔，说是没有别的事可做，不读不写闷得慌。

谈起认真，也许受鲁迅先生的感染，甚至琐屑小事他也一丝不苟。书籍总是整整齐齐的。给人写信，八行信笺用毛笔写，总是最后一行署名，恰好写满，结束。用纸包书付邮，一定棱棱角角，整整齐齐。甚至友人送个图章，他也要糊个方方正正的纸盒，把图章装在里边。大一些的事就更是这样，治学，著述，总是严格要求，不满足于差不多。记得有个人由市面上买一本《日语百日通》，写信问他是不是能够这样，他劝那个人还是干点别的，以免白白耗费一百天，可惜。30年代前后北京有一位王君，大概是个教师吧，学齐白石，也画也刻，粗制滥造，装腔弄势，有人拿他的作品请周评论，周说："我看他还是先念点书吧。"还有一次，我同他谈起日本著作的翻译，他说很不容易，并举上海一位既画又写的有大名的某君为例，说很平常的也常常译错了。不知什么机缘，我忽然想到日本俳句，说希望他能够编一本日本俳句选译。我心里想，如果他不做，这介绍东方诗的小明珠到中国的工作就难于找到更合适的人。他听了，毫不迟疑，很郑重地说："没有那个本事，办不了。"

学问文章谈了不少，还应该谈点家常。他的家常生活，有他的打油诗为证，第一首尾联云："旁人若问其中意，且到寒斋吃苦茶。"住北京几十年，他过的都是坐在书斋吃茶的悠闲生活。这使他由"五四"时期的激昂慢慢化为平和，甚至消沉，以致到关键时刻不能选上计，真是一言难尽。——话题有放大的趋势，还是转回来谈家常。悠闲，向唯物方面说是求舒适，这就不能不多花钱。买书多也不能不多花钱。幸而薪金高，有稿费。但据说也是到手就光。所以一旦事变，北大南迁，立刻就无柴无米，连钱玄同先生都感到很意外。

柴米油盐之上是为人处世。在北京大学，他以态度温和著名，访者不拒，客气接待，对坐在椅子上，不忙不迫，细声微笑地谈闲话，是苦雨斋的惯例。几乎没有人见过他横眉竖目，也没有人听过他高声呵斥。在这方面，事例很多，只讲一个。听赵荫棠先生说，是周有了大官位时期，一个北大旧学生穷得没办法，找他谋个职业。也许是第三次去问吧，正赶上屋里有客，门房挡了驾。这位学生疑惑是推托，怒气难平，于是站在门口大骂，声音高到内院也听得清清楚楚。谁也没想到，过了三五天，通知那位学生上任了。有人问周，他这样大骂，反而问他是怎么回事。周说，到别人门口骂人，这是多么难的事，太值得同情了。

也是听赵荫棠先生说，周曾同他讲，自己知道本性中有不少坏东西，因而如果做了皇帝，也许同样会杀人。我想，这样的反省是真实的，譬如见诸文字，在早期，他曾同鲁迅先生翻了脸。内情如何，据说局外人只有张凤举和徐耀辰知道，可是有人问这两位，他们总是以不了了之；现在呢，连这两位也下世了。另一次翻脸是在晚期，也是不知为什么，他用明信片印"破门声明"，寄给熟人，说是不再承认沈启无（四弟子之一）是他的弟子。我当时接到这个明信片，心里想，不管沈启无怎么样，自己表示大动干戈总是与一贯温和的面貌不相称。

日本侵略军投降之后，他住了南京老虎桥监狱。我想，他应该悔恨没有开门出走，或闭门学顾亭林。解放以后，听说他表示悔恨，还愿意以余生做些有意义的事。过而能改总是好的，所以他又有了翻译和写作的机会。但人不是当年的了，坐落在北京西北部公用库八道弯的苦雨斋也一变而为凄清冷落。住房只剩内院北房的西半部；东半部，爱罗先珂住过的，中门外南房，鲁迅先生住过的，都住了其他市民。所住北房三间，靠西一间是卧室，日本式布置，靠东一间是书房兼待客。客人来，奉茶的是自己或羽太夫人。幸而有老本，能够在文墨的世界里徜徉，不至过于寂寞。这样的日子共计十六七年，中间经过文化大革命的动荡，到1967年5月，又为读者留下十几种书，下世了。

这样的一生，要怎样评价才合适呢？偶然翻阅新编的《辞海》，看见有"周作人"一条，像是本诸过而知改，既往不咎的态度写的。我引吕端的故事，说是大事糊涂，或者太苛了吗？我想了想，因为我是他的学生，珍视他文的方面的成就，难免求全责备，说是出于善意也罢，说是有违恕道也罢，既然这样想了，也只好这样说了。

赏析

这既是张先生对周文的评价，也可看做他为
文的理想和夫子自道。

张先生居家养病时，我去看他，为雨所阻，多坐了一会儿。我问他"五四"以
来谁的文章最好，他举了好几位，打头的便是这位苦雨斋。他说周作人的文章没有
做的痕迹，看去全不费力，又无乃兄的火气，一般人达不到。他这话曾在另一篇谈
周的文章《再谈苦雨斋》中说过，说得更详实，抄几句下来，是："话能平常，好像
既无声（腔调），又无色（清词丽句），可是意思却既不一般，又不晦涩。话语中间，
于坚持中有谦逊，于严肃中有幽默。""总的一句话，不像坐在书桌前写的，像个白
发过来人，冬晚坐在热炕头说的，虽然还有余热，却没有一点点火气。"这既是张先
生对周文的评价，也可看做他为文的理想和夫子自道。

即如这篇文章，初看起来多么平常，不过是略讲周作人的"大事糊涂，小事不
糊涂"，没有花腔花架子，没有所谓装饰，只有行云流水般的平淡自然。我们读了，
觉得好处也就在这平淡自然上，禁不住要为那些费辞费力费感情的文章发一浩叹。

周作人，五四新文化的健将，由叛徒而隐士，成为闲适一派的代表人物，被打
入另册多年了。但珍珠不怕土埋，靠了几十本著作，他终于有了被重新认识的机会。
这一重新审视不打紧，老夫子原来如此了得，竟是本世纪文人中罕有的大才。日本
人把他和围棋大师吴清源合称为"支那二宝"，并非没来由的胡说。读书界由是掀起
"周作人热"，张先生此文也得以在这样的背景下问世。

张写周，有资格。一来张是周的学生，听过他的课，二来张与周的交往持续到
"大革文化命"的 1966 年。这两条保证了张写周能够做到亲切、"不隔"，也保证了

○ 张中行与谭宗远。

内容可靠，且有别人不知道的"独得之秘"。但也易犯"为亲者讳"的毛病，只说好不说坏，失之偏颇。令人高兴的是，此文没有这个毛病，不仅没有，反而说了"难免求全责备"的话，指出了他日伪时期的失节和同鲁迅、沈启无翻脸，"与一贯温和的面貌不相称"。

周的失节实是他一生最大的不幸，像他这样的精明人铸此大错，原因应该是多方面的，家室之累也许是其中最主要的。但硬起心肠"走为上"，再慢慢设法把家人接出，也并非不可能。天知道这位满腹诗书，最清楚"饿死事小，失节事大"的周二先生是怎么想的，竟而终于不听朋友（也包括青年张中行）劝，出任了伪职。众望所归的人物，出此下策，未能保全名节，可惊可叹。难怪几十年后张先生还要为之"惋惜"，惋惜他"大事糊涂"，做出了亲痛仇快的事。但幸而周还有"小事不糊涂"的一面，这面又贯穿了他的人生事业，作用不小，使他究竟不同于万人唾骂的汉奸佞臣，还有可思慕可留恋的地方。文中这面着墨较多，少数是听来的，多数是作者眼见为实，从几个侧面述说了周是怎样一个人。以张先生的道德学问，说起这些小事还要表示佩服，我们就更是只有"高山仰止"的份儿，觉得像周这样勤勉、认真、谦逊、温和、治学和著述都严谨的人，以后是难得再见了。或者张先生也感到了"佳人难再""逝者如斯"吧，文章的字里行间也弥漫着一种淡淡的惆怅，我们依稀可以体味到。

最后，讲一点与沈启无和"破门声明"有关的事。沈启无是周作人的学生，出身北大，1943—1944年曾编辑出版两辑《文学集刊》，当时他是伪北大文学院国文系主任。"破门声明"的始末，姜德明曾在一篇文章中谈起，抄如下："刊物出版的前一个月，沈启无作为中国作家的代表，曾经到日本参加了第二届东亚文学者大会。在这个会上，发生了日本人提出的'扫荡反动老作家'的事件，表现了侵略者对周作人的不满。周作人断定沈启无在中间做了手脚，而在这以前他们之间为继任北大文学院院长的事已经有了矛盾。这可能就是周作人不支持《文学集刊》的原因。在《文学集刊》第二辑出版的头两个月，沈启无又化名写文章攻击周作人编的《艺文杂志》代表老作家，他编的《文学集刊》代表青年作家，并讽刺周作人办刊物把稿费全都送给了老作家。事情闹得很僵，就在第二辑刊物出版之际，周作人在报上发表了《破门声明》，公开驱沈于门外。声明中说：'沈扬即沈启无系鄙人旧日受业弟子，相从有年，近来言动不逊，肆行攻击，应即声明破门，断绝一切公私关系。'想当年这位沈某曾是苦雨斋中的常客，张口不离恩师的教诲，周某亦以有沈这样的弟子为骄傲，1939年元旦周在家中被刺，正好来拜年的沈某也替恩师挨了一枪，不想如今形同路人矣。"（《沈启无编〈文学集刊〉》）看来周作人在把"破门声明"印成明信片散发的同时，还在报上公开发表过。姜先生还告诉我们，周后来写过多篇骂沈的文章。解放后，沈任职于北京师范学院中文系，文革中住过"牛棚"，后来病故了。那件事以后，他们二位再无任何来往。

（谭宗远）

桥

似水流年，幼年过去了，我不再踏家乡的小
桥，要改为踏其他地方的桥。

◎ 1997年6月7日，大禹陵外乌蓬船，"当年周氏兄弟是坐着这样的船走出去的"。——行公自署

　　桥来于水之阻而人不愿受阻。不愿，有偏于物的，如两个小村庄，距离不远，人难免有来往，物需要通有无，可是中间有一条小河，河上就最好有个桥。不愿还有偏于心的，《诗经·秦风·蒹葭》"蒹葭苍苍，白露为霜，所谓伊人，在水一方"，说的就是这种情况，在水的那一边，可望而不可即，如果有桥，不就好了吗？可是架桥，在古代大概不很容易，一是人力有限，二是水道可能太宽。如银河（只是神话的，也就难得渡过）就是这样，连邹衍之流也不敢设想在其上造桥，而又君子愿成人之美，只好求有翅且有巢的鹊

发慈悲心，至七月七日，全体出动，展翅相接成桥，以期痴男牛郎、怨女织女可以相会，时间虽短，以新风推之，紧抱，热吻，也许还要以下删去若干字，最后还有"不知东方之既白"，泪如雨下，总之，遗憾就成为慰情聊胜无，天上人间都可以松一口气了。桥之为用真是大矣哉。

桥多种，用多种，贪多嚼不烂，想只说一点点自己感兴趣的。惯于厚古薄今，仍先说古。记忆中浮出两个，巧，都见于《庄子》。一见《秋水》篇，说：

> 庄子与惠子游于濠梁之上。庄子曰："儵鱼出游从容，是鱼之乐也。"惠子曰："子非鱼，安知鱼之乐？"庄子曰："子非我，安知我不知鱼之乐？"惠子曰："我非子，固不知子矣；子固非鱼矣，子之不知鱼之乐全矣。"庄子曰："请循其本，子曰汝安知鱼乐云者，既已知吾知之，而问我，我知之濠上也。"

另一见《盗跖》篇，说：

> 尾生与女子期于梁下，女子不来，水至不去，抱梁柱而死。

两件事性质大异，而都感兴趣，是有不同的来由。庄子与惠子辩论的是知识论的大问题，而时间却是在桥上观鱼时候，所谓漫不经心，就没有学究气。这是桥的另一大用。美中不足，是我曾到朱洪武老家干校接受改造两年，不只本性未移，竟连濠水也没看见，更不要说其上的桥了。没看见也罢，反正那说的是"理"，离生之道比较远。后一件事就不同，不只参加个女性，还有痴情的男性为女性而死。据有考证癖的人说，这位鲁国尾生，就是《论语》说的到邻居家要点醋给人的微生高。尾生也罢，微生也罢，戴上现代眼镜评论，水至，女未至，心眼儿也未尝不可以活动些，即到桥上等，何必刻舟求剑呢？移到女本位就不同，期于梁下，水至仍在梁下是绝对服从，所谓至死不渝，才可以说是好样的。这好，桥也应该算作与有力焉吧？也有美中不足，是那位女子终于没有露面，下面是否还有死别的曲折，就不能知道了。

还是少替古人担忧，改为说自己的。我走过不少桥，见过更多的桥，单说有名的，大，有长江大桥，黄河铁桥；孔多，有颐和园的十七孔桥，苏州的宝带桥。在这方面，我也未能免势利眼之俗，看长江大桥，曾用自家之腿丈量（其时是四月），水面是四华里，桥长大致加倍。就长度说，在国内它可考第一。可惜是怕查三代，它不古。如果发思古之幽情，就要去看赵州桥。只是很遗憾，我兼对赵州和尚有兴趣，却直到现在还没到过赵州，去看看比武则天还年高的这座古桥。略可补偿的是看过多次京城通惠河上的八里桥。那还是20年代后期，我在通县上学，星期日，也想过屠门而大嚼，无钱，想携意中人至林木萧疏处细语，无缘，不得已，只好独自，或与同样无钱无缘之人结伴，出城，西行八里，上桥头，远眺，作踏天街看佳丽的白日梦。不能实，有梦也好，这梦之成，也是桥与有力焉。

就我的简陋经历所知，喜欢桥，最好到苏州去走走，因为那里水多，桥就不能不多。水各式各样，桥也各式各样。我在苏州住过半个月，往寒山寺，曾在附近登上胥江上的弓形大桥，却没找到枫桥（据说是个小桥）。看不只一次兼印象深的是盘门外的吴门桥，特大，中间高耸，其上有不少人，其下有不少船，来来往往。小桥当然更多，由大场面缩到小场面，也就会更有意思。为寻觅有意思，我喜欢坐在平江路旁看小桥，连带看小桥上的行人，这里显示的是地道的姑苏生活，不像狮子林等名园，虽然地在姑苏，却变为五方的嘈杂。园中的桥，我喜欢沧浪亭入门的那一座，厚石块平铺而成，质朴无华，却能使人想到沈复和陈芸，因为他们住在附近，常到园里来，桥上必有不少他们的足迹，于今尘飞人远，想想当年不是也颇有意思吗？

由苏州就不由得想到杭州。杭州的桥，有名的都在西湖。断桥（一说应作段桥）有大名，是因为在那里，先是出了个绝美而又多情的白娘子，紧接着又是热爱和生离。对于这样的遭际，男士是乐得同享，女士是乐得同情，于是就都洒了动心之泪。由断桥西行，还有个西泠桥，又是古迹，也就又离不开女人。这女的是南齐苏小小，风尘中人，男性最欢迎，因为入怀乱的可能性大。以上是围绕白堤。还有苏堤，桥多了，由北而南一排六座，曰六桥。不知为什么，一提起六桥，我就想到《随园诗话》记的一件轶事，那是他的一位叔父字健磐的往镇江，寄寓在一个铁匠家遇见的。铁匠不识之无，妻却文雅，能诗。日久天长，二人由不知变为相知，于是而有诗札往来之事。再其后是发乎情，止乎礼义，终须一别，于是相互赠诗赋别，诗话只记女方七律的一联是："三月桃花怜妾命，六桥烟柳梦君家。"这里又是桥，是传情的桥，洒血泪的桥。

扫他人瓦上的霜太多了，还是退入家门扫自己的。我幼年住在家乡，关于桥，印象深的是远一座，近两座，远的在村西北三四里，亢庄之南，弓形，高大，远望，像是半浮在空中。何以这样高，其下有什么水，没问过；更奇怪的是，如此之近，却一直没走过。近的两座，大的石桥在村东，到镇上买物经常走；小的砖桥在村西，下地干农活更要常常走。砖桥也是弓形，孔矮而小，几乎乏善可述，可是因为离家近，常常走，总是感到亲切，像是踏在上面就看见屋顶的炊烟，想到火炕的温暖。村东的一座横跨在南北向的旧河道上，几排大石块平铺在上面，其下有柱，很高。其时我还没念过《庄子》，不知道这样的地方还可以与女子相期。这也好，如果念过，知道有相期之事，而找不到这样的女子来相期，总会感到寂寞吧？

似水流年，幼年过去了，我不再踏家乡的小桥，要改为踏其他地方的桥。昔人说墨磨人。其实桥也磨人，比如脚踏八里桥，其时我还是红颜绿鬓，到去岁与秀珊女士游通县张家湾，走上南门外的古桥（明晚期建），倚栏拍照，就成为皤然一老翁了。老了，仅有的一点点珍藏和兴致都在记忆中，如韦庄词所写，"骑马倚斜桥，满楼红袖招"，也只能在昔日。于是关于桥，也想翻检一下昔日。算作梦也好，像是有那么两个桥，一个是园中的小石板桥，一个是街头的古石块桥。是在那个小石板桥旁，我第一次看见她的泪；是在那个古石块桥旁，我们告别，也"执手相看泪眼，竟无语凝咽"。但终于别了。其后就只能"隔千里兮共明月"。我没有忘记桥，所以为了桥，更为了人，曾填词，开头是"石桥曾别玉楼人"。这也可以算作桥的用吗？估计桥如果有知，是不会承认的，因为它的本性是通，不是断，是渡，不是阻。那就暂且忘却"执手相看泪眼"，改为吟诵晏小山词，"梦魂惯得无拘检，又踏杨花过谢桥"吧。

赏析

月光之下、幽林之旁，或有一泓清水从身后流过，先生孑然立于其中，孤独的背影后，是广袤神奇的天幕。

◎ 2005 年孙郁为张中行先生祝寿。

把"桥"作为话题来谈，张中行真是大显了一回杂家身手。他读书很多，记忆里存了那么多货真价实的东西。不像欲作论文的人，先找一大堆材料，然后堆砌。读张中行的随笔，毫无卖弄气，他写得很随便，是任意为之，信手拈来。所以，天底下各式有关"桥"的妙句便随思绪涌出。"桥"是个意向很深的题目，用力写可散出许多境界来。可张中行不走刻意追求的路子，照例还是"负暄"的模式，像聊天般地，把天地与己身间的故事，很轻松地讲出来，且讲得峰回路转，人的企盼与无奈、热情与怅惘，在悄然之中流出，静而有动，哀而不怨，这韵致，浅薄的文人，是写不出的。

我总觉得先生的随笔中，有宋诗与宋词气。宋诗是明理的，例如苏轼《题西林壁》、《饮湖上初晴后雨》，妙在把情与理接为一体，而让人不忘的，仍是其中的理趣。宋词不像宋诗，写个人身边琐事，那种大胆与凄婉，为旧诗中所难见。张中行深得宋人的理与情，《桥》一文借景写意，曲委多变，引经据典之中，多弦外之音，是他的理趣起作用。郁达夫、朱自清如去写桥，不会引那么多古人来陪伴，只是己身感受就是了。然而先生不这样，他很爱把理讲清，要从中分出甲乙丙丁来，要看透表象之后那个东西。所以，他之写桥，趣在桥外的人生苦乐，要问出其中的所以然来。但一味理性的盘诘，不免干燥，作者很明乎此理，便很快将玄学抽出，写宋词式的"泪眼"之类的东西。那真是切实的东西，虽写得不多，读后却随其动情。于桥头，悟出如此之多感慨，可见先生是很重人情的一类人。他从不掩饰自己的情感，敢把内心的爱写出，又那样一唱三叹。在理趣之外，又增添了几许怅然的愁绪。这里有史家的咏叹，亦有词人的感伤。读到文章最后，竟浮出先生那苍然立于桥边的情形：月光之下、幽林之旁，或有一泉清水从身后流过，先生孑然立于其中，孤独的背影后，是广袤神奇的天幕。你从这里，可看出一种人生的岑寂吧？张先生把一幅美丽的画献给了我们。我说不出其中更深奥的东西，但那直觉中散出的诱人的东西，已很让我快慰了。

（孙　郁）

泛

如果有人问我对酒的态度，此时就有了定见，
是只能站在陶渊明一边了。

◎ 忍把浮名，换了浅斟低唱。1996 年 12 月与启功照于蜗居附近一餐馆。——行公自署

　　入口之物，有的评价容易，如粮食和水，连宣扬万法皆空的和尚也不反
对。有的就不然，如酒就是最突出的一种。仍请和尚来作证，十戒有它，缩
减到五戒，杀盗淫妄酒，仍然有它。可是酒有别名，曰般（读 bō）若汤，推

想必出自佛门，可见至少是有些和尚，如传说的济颠之流，也喜欢喝的。出了家尚且举棋不定，不出而在家的就更不用说了。刘伶夫妇可以出来作证，妇是反对派，主张"必宜断之"，理由是"非摄生之道"；夫却走向另一极端，说："天生刘伶，以酒为名，一饮一斛，五斗解酲，女人之言，慎不可听。"不听话，幸而那是夫唱妇随的古代，仍然可以和平共处。还是说酒，赁情，或兼理，有人说可以喝，有人说不可以喝；还有少数，说不可以喝，甚至坚信以不喝为是，而实际却一点不少喝。情况如此复杂，如果有人追死理，于喝好还是不喝好之间，一定让我们择其一而不许骑墙，我们将何以处之？不知道别人的高见如何，我是再思三思之前，只能借用齐宣王的办法，"顾左右而言他"。

言他，这里是想暂躲开评价，只看事实。事实是有不少人很喜欢喝。而且是千百年来久矣夫，《史记·夏本纪》说："帝中康时，羲、和湎淫。"《集解》引孔安国曰："羲氏、和氏，掌天地四时之官，太康之后，沉湎于酒。"同书《殷本纪》说："（纣王）以酒为池，县（悬）肉为林，使男女倮（裸），相逐其间，为长夜之饮。"实物是更有力的证据，传世的古青铜器，其中很大一部分是酒具，花样多，形状各异，与现在用一种，曰"杯"，只分大小，相比，真是后来居下了。依照曾经有的必较之见于文献的更靠前的通例，我们甚至可以推断，如果真有所谓伏羲画卦，这位伏羲氏，画成之后，得意之余，也会找出酒坛子，浮三大白吧？如果竟是这样，我们，纵使并非刘伶一派，也就不能不承认，酒的寿命必与饮食文化一样长，就是说，自从有饮食就有它，它的灭绝也绝不会在饮食灭绝之前。唯一的弱点是，不像饮食那样有普遍性，比如就全体人说，刘伶夫人之流不喝；就一个人说，孩提时不喝，成年以后，如李白，斗酒之后还可以作诗，流放夜郎的路上却未必喝。

那就只说喝的人。上者可以举陶渊明为代表，不只喜欢喝，而且为饮酒作了诗，标题就用《饮酒》，多到二十首，小序中有这样的话："偶有名酒，无夕不饮，顾影独尽，忽然（不知不觉之意）复醉。"以常情衡之，够瞧的了,可是他在《挽歌诗》里还说:"但恨在世时,饮酒不得足。"由上者下行,杜甫大概可以算作中间人物的代表,漂泊西南,写《秋兴八首》,抚今怀昔,竟没有提到酒;可是遇到机会也喝,不只喝,而且乐得"醉卧佳人锦瑟傍"(《曲江对雨》)。这中间型是间或喝,有固然好,没有也能凑合。下呢,一向不沾唇的人不算,有各种情况,由并不想喝而逢场作戏到被动干杯辣得皱眉咧嘴,应该都包括在内。以下想谈个大问题,这甘居下游的人就须清出去,因为问题是"喜欢喝,所求究竟是什么",他们并不喜欢,当然可以逍遥法外。说是大问题,原因有二:其一,在人生中,它占个不很小的位置,由斯宾诺莎"知天"的高要求下行,我们应该要求"知人",就不当躲开它;其二,而偏偏是很不容易答。浅了不行,比如说,没有就想,见了馋得慌,喝了感到舒服之类,说了等于不说,因为只是现象,碰见惯于刨根儿的人还要问原因。深呢,听听有切身感受的前人的意见是个办法。但是有困难,至少是麻烦。其一,如"为长夜之饮"的纣王,时代过早,文献不足征,我们也就不能知道。其二,如刘伶,有《酒德颂》(见《世说新语·文学》篇注引《竹林七贤论》)传世,像是最适于充当调查对象,可是看他的颂辞,说"有大人先生者,以天地为一朝,万期(读jī,年)为须臾,日月为扃牖,八荒为庭衢……",显然重点是表白人生态度,与举杯时的所感还有不小的距离。其三,零篇断简,直接说喝后的所感,我们也可以找到不少,如王蕴所说,"酒正使人人自远"(《世说新语·任诞》),王荟所说,"酒正自引人着胜地"(出处同上),陶渊明所说,"不觉知有我,安知物为贵"(《饮酒二十首》之第十四),意思都可取,可惜言简旨远,我们没有晋代清谈人物那样的修养,会感到隔膜。

剩下的一条路是自己试试,看能不能讲出点道道来。在喝酒方面,我至多是中间型,碰到也喝,但不能多,更没有刘伶和陶渊明那样的兴致。所以试,以自己的经验为资本,怕不够,要学新潮,引用外资,曰推想。经验也罢,推想也罢,混在一起,总之还是自己的,连刘伶之流也未必同意,只能算作聊备一说。想由时间方面下手，把喝酒的所感分为先后两段，先是入口之际，后是酒性发作之后，看着喝者的所求，或所重，是入口时的美味还是酒入肚之后的微醺直到大醉。被时风刮得东倒西歪的一些人物大概认为，先和后同样重，甚至先者更重，因为二锅头与茅台之间，一定舍前者而取后者（其中可能有摆阔和揩公家油的成分，这里不管）；如果只计入肚之后而不计入口时的柔而少辣，用高于二锅头几乎百倍的价钱以换取同样的微醺或大醉，就是太失算了。但这算，如果有，是少数赶时风的，我却不这样看。怎么看呢？是所重，或干脆说所求，是后一段的微醺或大醉，而不是入口时有什么人人都首肯的美味。说没有人人都首肯的美味，可以由轻到重举多种证据。其一，我不是刘伶夫人一派，可是酒入唇，高高下下多种，积数十年之经验，仍然没有觉得有什么舌君大欢迎的感觉。其二，幼童，大量的妇女，以及非幼非女的不少人，都不愿意沾酒，说太辣。其三，有不少被封为酒鬼的，或内的条件不具备，如缺杖头钱，或外的条件不具备，如跃得太高以致没粮食吃的时候，得酒难，不论质量多坏，只要能够换得微醺或大醉，照样喝。如果这样的分析不错，以下的问题就成为，换得微醺或大醉，所求究竟是什么？限于主观的意境，可以从消极方面说，是离现实远了；也可以从积极方面说，因为离现实远了，也就离幻想（或梦想）近了。人在现实中生活，就说只是心而不是身吧，为什么还想离开？因为有时候，现实中有大苦，身躲不开，不得已才退守内，在心境方面想想办法。微醺，尤其醉，现实的清清楚楚就会变为迷离恍惚，苦就至少可以像是减轻些。其次，幸而无大苦，常处于现实中，寒来暑往，柴米油盐，也会感到干燥乏味，那就能够暂时离远点也好，酒也正好有这样的力量。再其次，得天独厚，条件好，不只无苦，而且要什么有什么，但是正如俗话所说，作了皇帝还想成仙，春秋佳日、或雨夕霜晨，还会产生闲愁，就是，虽然说不清楚，却总感到缺点什么，这渺茫的希冀也来于天命之谓性，难于命名却并不无力，如何排遣？喝两杯是个简便而可行的办法。最后，还可以添个锦上添花型，比如天假良缘，走入"贾氏窥帘韩掾少，宓妃留枕魏王才"之类的准梦境，欲笑无声，欲哭无泪，心不安，以至不知今世何世，就可以喝两杯，于迷离恍惚中，缺定补定，缺胆补胆。说起胆，有时也要由离开现实来，因为唯有离开现实，才可以忘掉利害，甚至忘掉礼俗。可以抄《史记·滑稽列传》的妙文为证：

> 若乃州闾之会，男女杂坐，行酒稽留，六博投壶，相引为曹，握手无罚，目眙不禁，前有堕珥，后有遗簪。（淳于）髡窃乐此，饮可八斗而醉二参。日暮酒阑，合尊促坐，男女同席，履舄交错，杯盘狼藉，堂上烛灭。主人留髡而送客，罗襦襟解，微闻芗泽。当此之时，髡心最欢。

现实中，男女是授受不亲的，喝了酒就变为握手无罚，履舄交错。这是现实退让了，幻境或梦境占据了现前，还有什么比这更值得欢迎的呢？所以就无怪乎，古往今来，上至帝王将相，下至贩夫走卒，几乎都乐此不疲了。

以上是泛论，对也罢，错也罢，总难免有讲章气，不宜于再纠缠。那就改为说自己与酒的关系。可说的像是也不少，却都是不怎么堂皇一面的。先说其一，是起步晚。我生后三年国体大变，由专制改为共和，可是农村的人，思想和生活方式仍然是旧的，专说酒，儿童和妇女不许喝。仅有的一点关系来自嗅觉。镇上有一家造酒的作坊，我们家乡名为烧锅，字号是双泉涌，产酒不少，我到镇上买什么，从它门前过，就感到有一股带刺激性的发酵味往鼻子里钻。家里来亲戚，或过年过节，男性长辈要喝酒。用锡壶，要烫热，这工作照例由孩子做。燃料就用酒，倒在一个小盅里，用火柴引着，发出摇摇晃晃的蓝色火苗，把锡壶放在火上，不一会儿温度升高，冒出微细的水汽，也可以嗅到那股发酵味，只是没有烧锅的那样强。小学念完，我到通县去念师范，根据不成文法，学生不许喝酒，还有个法，是没有闲钱，所以连续六年，像是可以自主，却没有喝酒。师范念完，入了大学，生活变为欲不自主而不可得，或者说，真是入了社会，就有了喝酒的机会，并人已都承认的权利，也就开始，还要加上间或，喝一些酒。再说其二，是量不大。酒量大小，我的推想，来于天资，天资有物质或生理基础，也许就是抗乙醇的本领吧？

我得天独厚，抗乙醇的能力微弱，所以取得微醺，只消一两杯（新秤一二两之间）就够了。以我同桌吃过饭的人为例，天津某君，取得微醺的享受要烈性白酒三斤有半，那就所费要超过我十几倍，由经济方面考虑，就是得天独薄了。可是世俗有个偏见，是酒量大也可以作为吹牛的一种资本，约定俗成，我也就只好，譬如碰杯之际，自愧弗如了。再说其三，是眼前无酒，没有想得厉害的感觉。唯一的例外是在干校接受改造的时候，活儿太累，还要不时受到辱骂，深夜自思，不知明日会如何，就常常想到酒，以求两杯入肚，哪怕是片时也好，可以离现实远一些，可惜是既没有又不敢喝。还是说平时，不想，连带对于有些人的闹酒，希望把旁人灌醉，以逞自己之能，也就没有兴趣，甚至厌烦。再说其四，是喝，与赶新潮的人物不同，不追名贵。当然，也不会趋往另一极端，欢迎伪劣。我的想法，只要入口没有暴气，两杯入肚，能得微醺，就算合格；超过此限度，追名牌，用大价钱以换取入口一刹那的所谓香味，实在不值得。因为有此信念，买，或只是由存酒〔大部分是亲友送的）里选，我的原则都是要价钱低的。这就不好吗？也不见得，比如在乡友凌公家喝的自采茵陈（嫩蒿）泡由酒厂大批买的二锅头（一斤1.80元），可谓贱矣，而味道，至少我觉得，比一斤二百元的茅台并不坏。所以在这类事上，我总是不避唠叨，一再宣传，俭比奢好，即使钱是由自己口袋里掏出来的。最后再说个其五，是不喜欢大举呼五喊六，杯盘狼藉。理由很简单，是闹剧与诗意不两立。多聚人，多花钱，买热闹，买荣华，这方面得的越多，诗意就剩得越少。所以我宁可取杜甫与卫八处士对饮的那种境界，"今夕复何夕，共此灯烛光"，"主称会面难，一举累十觞"。

"一举累十觞"之后还有话，是"十觞亦不醉"。当时喝的不是含乙醇多的烈性白酒，比如相当于咸亨酒店的黄酒，觞不大于现在通用的黄酒碗，十觞，量也不过略大于孔乙己而已。这里强调的是不醉，不醉就一定好吗？这个问题又不简单。可以从不同的方面考虑，比如出发点是己身的福利，我们似乎就不能不同意刘伶夫人的意见，因为烂醉如泥之后，头和肠胃都很不好过，确是非摄生之道。可是由应世方面考虑，合尊促坐，众人皆酒酣耳热而自己独清醒如常，人将视为过于矜持，也不好吧？左右为难，只好还是躲开评价，单说自己的经历。我醉过，不多，但也不只一次。什么情况之下？照小说家的想法，必是写或想写《无题》诗的时候吧？说来会使善于想象的小说家失望，很对不起。我爱过人，正如一般常人一样，也会随来心的不平静，有时也就会亲近酒，以期能够浇愁或助喜，但是翻检记忆的仓库，没找到大醉的痕迹。这是否可以证明，自己并没有"春蚕到死丝方尽，蜡炬成灰泪始干"的雄心呢？我不知道，所以也就只能重复孔老夫子的一句话，"畏天命"了。还是说醉，记得的几次都是在而立之后，不惑之前，原因清一色，是"血气方刚，戒之在斗"。

不惑之后，坎坷更多，也因为非大人，就失了孟老夫子珍重的赤子之心。其主要表现是瞻前顾后，多打小算盘。这也影响及于喝酒，是求所费不多而所得不少。所费指酒菜钱以及过量之后身心的不舒适，所得指因酒而增添的友情和诗意。这里要借用大事常用的大话，澄清一下，是这样的场合，虽不至少到寥若晨星，也颇为有限，原因是眼前要有个知音的人，或说同道。同道，时间长，认识人多，也不会很少，这里，也为了略抒怀念之情，想只说三位。一位是韩兄刚羽，40年代起，我们常在他家一起喝酒。我住北城，他住阜成门内白塔寺西，我骑车，见面不难。常是晚饭时候，到胡同南口一个山西人小铺买三四两（老秤，一斤十六两）白干，一角钱五香花生仁，对坐，多半谈书，有时有风，还可以听到白塔上的铁马声。喝完，吃老伯母做的晚饭。其时，我和他都相当穷，可是对饮之际，觉得这个世界是丰富的，温暖的。这样的生活连续十几年，他改为到天津去教书，见面不那么容易了，但最长不超过一年，总有对酒当歌的机会，直到1991年春夏之际他先我而去，白塔寺侧对饮的梦才彻底断了。再一位是裴大哥世五，住外城菜市口以西，晚饭青灯之下，对饮的次数最多，差不多延续了半个世纪。我们是同乡，小学同学，他中学没念完失学，在北京菜市口一带卖小吃。为人慷慨，念旧，所以虽然我们走的路不同，却始终以小学时的弟兄相待。他忙，会面只能在他那里，晚饭时候，也是喝白干，他量略大，两三杯下肚，喜欢谈当年旧事。这使我感到我们并没有老，也没有变。可惜是人事多变，他先是过街被自行车撞倒，受了伤，以后行动不便，于是健康情况日下，于几年以前下世。这巨变影响我的生活不小，因为失掉的不只是一个经常对饮的同道，而且是把我看作少不更事、需要他关怀的同道。幸而就在这之后不久，与乡友凌公结识。他在饮食公司工作，住地安门外以西，离我城内的住处很近，于是未协商而像是签订了协定，每周三到他那里吃晚饭。他洞察我的爱好，约法二章：一，由夫人动手，做家乡饭；二，酒菜不过二品。这样，我到那里，举杯，除微醺之外，就还可以作个还乡之梦，即如凌夫人，做完饭，在厨房吃而不上桌面，也仍然是家乡的。可惜又是人事多变，这位凌夫人，年不甚高，却因脑溢血，于一年以前突然逝世。承凌公好意，周三晚间的对饮未断。家乡饭是吃不着了，只好退一步，满足于亲切加闲情的诗意。说起诗意，还应该加上最近的一笔，是不久前，广州陈定方女士来访，谈至近晚，说想请我吃饭。我说，到北京，应该我请，不过与凌公有约，不便失信，可否一同到凌公家去吃？陈女士同意，我们一同去了。路上，我介绍凌公的为人，以及同我的关系。还着重介绍他的住屋，是药王庙后殿的西耳房，我上的小学也是药王庙，后殿西耳房是启蒙老师刘先生的住屋，所以坐在那里，常常唤起儿时的梦。到凌公家，介绍了不速之客，凌公当然表示欢迎。凌公是饮食业专家，菜几品，都可口。凌公酒量大，照例喝度数高的二锅头。用度数低的招待客人，我选了烟台产的金奖白兰地。陈女士像是也欣赏这样的邂逅，喝了一杯。我想到人生的遇合，相知的聚散，不知怎么，有些怅惘，喝了三杯。其后，酒阑人散，怅惘之情却未散，趁热打铁，还诌了一首七绝，首联云："执手京华恨岁迟，神农殿侧醉颜时。"这醉颜来于酒，不只有诗意，还可以写入小说吧？所以照应本篇的开头，如果有人问我对酒的态度，此时就有了定见，是只能站在陶渊明一边了。

赏析

寂寞的名利场的酒席游戏是颓丧的，那些风
尘碌碌的寒士们的相聚与攀谈，才真的可以
借酒写下无数感人的篇章。

◎ 1999 年月 6 月 2 日，同里退思园。

文人中凡有雅趣、闲适之意的，都愿说说喝酒之事。作诗的且不提它，散文中
大谈饮酒之乐的，就不可胜数。旧时文人很精明，写酒的趣味，如今读来，仍让人
回味不已。"五四"以后，周作人、林语堂等人，谈起风月、山林之趣，偶尔也涉及
到酒的话题。但谈风月太多，被人疑为"清谈误国"之类，于是凡有人再写与酒有

关的闲适小品，名声均不太好。其实，中国是没有真正隐士与闲适之作的。林语堂当年曾为明人小品辩护，云："后之论史者，每谓清谈亡国，不啻为逆阉洗刷，陋矣，且亦冤矣。夫饮酒猖狂，或沉寂无闻，亦不过洁身自好耳。"这是很通达的见解，激进的青年恐不解其意，但细想一下，谈酒话茶，其中内在的人生况味，不是一下子可以说清楚的。

周作人曾有一篇谈酒的文章，写得很清秀，一点杂质都没有，几年前曾读过，印象很深，觉得真是大境界。虽那种过于冲淡劲缺少鲁迅式的生命之力，但于酒趣之中，把身骨由俗界分开，其乐儿还是不小的。当时曾想，关于"酒"的话题，前人之述备矣，还能翻出新花样么？不料读了张中行的《酒》，思绪竟随着兴奋起来。这篇散文写文人与酒的关系，写自我的饮酒生涯，笔调之奇，联类之广，让我很佩服。不仅那些引经据典让人开眼界，尤其是写"己身"的沧桑，世道的悲苦，是动人的。张中行写文章像周作人一样洋洋洒洒，但因为热衷于哲理，所以又不同于周氏，文章不免多一些表象后的诘问。这使谈酒之事，变成谈人生、谈文化、谈学理之事。张先生写酒，已不再仅仅是耽于乐，而是从中求知人生避苦的道理。文章说："现实中有大苦，身躲不开，不得已才退守内，在心境方面想想办法。微醺，尤其醉，现实的清清楚楚就会变为迷离恍惚，苦就至少可以像是减轻些。其次，幸而无大苦，常处于现实中，寒来暑往，柴米油盐，也会感到干燥乏味，那就能够暂时离远点也好，酒也正好有这样的力量。"张先生一生贫寒，与官与商均无交往，所以谈起酒来，书本知识丰富一极。而躬行之事则很平民化。平民化，少贵族，其语调就不及林语堂、周作人那样悠然。我读《酒》一文，感动的不是信手拈来的令人惊异的典故，而是作者与友人的真纯的友谊。一面是苦涩的可怜的人间，一面是暖意匀、毫无杂色的下层人的温情。这温情夹着几许苍凉的记忆，几分世间悲凉之意，读后犹如置身于无边冷寂的旷野，在微弱的灯下，散着人的动人的声音。这样的笔法，这样的由近及远的境界，浅陋的文人是写不出来的。

鲁迅写魏晋文人的风度，曾注意过阮籍、嵇康等人与酒的关系。借酒而直面礼仪，其隐喻的地方很多。即使"田园诗人"陶潜，在《述酒》这类篇章中，仍有其与"采菊东篱下，悠然见南山"不同的情致。后来的李白、杜甫、曹雪芹等人，其最能露真性情的地方，也多与酒有关。张中行自然也不能逃出此窠臼，中国文人几千年来的心态，在"曲水流觞"之中，就这样一代又一代的重复着。张先生的亲"道"近"儒"的个性，在这儿清楚地表露了出来。

曾偶然与张先生小聚，见过一次他的品酒。那次我们只要了四个菜，桌上几人，均不太会饮酒，先生也浅尝辄止。酒的好坏倒是次要，先生酒桌前的聊天，却是有趣的。我注视着他，觉得就像家中的新来的客人，很亲切，外表一点文人气也没有。可谈起话来，却语重千钧，随和中透着一种智慧，他说话慢条斯理，那种文人的故作高深状，在他那儿是看不到的。而几分酒意后，先生之状愈是可爱起来。友人相聚，不在于酒的贵贱，乃是那份少有的亲情。有时对酌无语，默默相视，其中的平淡，亦有几分难言的快活。中国人的友情，在酒席前的流露可大书特书，狡猾的名利场的酒席游戏是颓丧的，那些风尘碌碌的寒士们的相聚与攀谈，才真的可以借酒写下无数感人的篇章。这是真正宠辱皆忘的境界，张先生于此的领悟，比我们这代青年人，当然要多得多了。

（孙　郁）

◎ 1982 年 8 月摄于北大校园。

归

人生有多种悲苦，心的无所归是渺茫的，唯
其渺茫就更难排遣，所以得所归就特别值得
珍重。

　　锦瑟无端，忽然想到一件事，居常舞文弄墨，所写有几番是心底的幽微，
连自己追寻辨认，也若隐若现，难以名状的？也许有，总是不多。这有原因。
总的说是难，分着说是有不同的难。其一是我乃街头巷尾的常人，也就与常
人一样，日出而作，日入而息，常在心头徘徊的是柴米油盐，至多是觉得这
种表演长，那种表演短，而很少是幽微。其二是刚才所说，若隐若现，难于
捉住。其三是，幽者，深而暗，微者，细而软，比如藏在卧室某角落的什么，
与陈列在客厅案头的什么有别，有谁愿意己身以外的人"刮目相看"呢？但
我写柴米油盐，以及说长道短惯了，颇想换换口味，或大而言之，反一下潮
流，即写一次幽微。且说这也并非制艺之文，而是事出有因。是前不久，主
要是有那么一天，我感到岑寂，也许盼什么人，今雨也来吗？但终于连轻轻
的印地声也没有，于是岑寂生长，成为怅惘，再发展为凄凉。我没有传说的
达摩面壁的修养，又不能树立烦恼即菩提的信念，因而感到苦，也就渴想飘
泊的心能有个安顿之处。秀才人情，"不有博奕者乎"的路，既不会又无兴
趣，只好找书。谢天地，一翻腾就碰到丁宁的《还轩词》。其后是神游，与词
的意境会，甚至与词人会。所得呢？又是难说，也因为分量太重，想留到后
面试试。为不知者设想，要先说说丁宁及其词作。这在 1992 年 8 月，我曾以
"丁宁词"为题写过，其中一部分可以移到这里，也就不另起炉灶，摘抄如下。
　　丁宁，姓丁名宁，字怀枫，女，1902 年生于镇江，后移居扬州。庶出，

生母及父都早亡，依嫡母生活。16岁出嫁，生一女，4岁病殁。其后即离婚，仍与嫡母共同生活。1938年嫡母去世，此后即孤身度日。解放前在南京几处图书馆任管理古籍工作。解放后在安徽图书馆工作，仍管古籍，直到1980年9月去世，卒年78岁。所著书名《还轩词》，四卷，卷一为《昙影集》，收1927年至1933年所作；卷二为《丁宁集》，收1934年至1938年所作；卷三为《怀枫集》，收1939年至1952年所作；卷四为《一广（ān）集》，收1953年至1980年所作；量不算多，总共才204首。四卷外有《拾遗》，收词9首，诗10首，还有一副怀念母亲的联语。专说词作，我读后的所感，由浅入深可以说三种。其一是功力深厚。由所作的意境和辞藻看，30岁前后，她已经能够深入宋人以及五代的堂奥。这评论是由感觉来，找感觉以外的证据不容易。勉强找，似乎可以到有迹象可寻的地方试试，这就是学什么像什么。卷二有《鹊踏枝》8首，注明"用阳春均（韵）"，想来也是学冯延巳，其第一首是：

　　断雁零鸿凝望久，待得来时，消息仍如旧。常日闲愁浓似酒，吟魂悄共梅花瘦。心事正如堤上柳，剪尽还生，新恨年年有。独倚危阑风满袖，朦胧淡月黄昏后。

这就确是五代气味。再如《莺啼序》，是字数最多的词调，吴文英喜欢填的，有一首想来是学吴文英，开头部分词句是：

　　疏更暗催滟蜡，飐轻虹万转。绛心苦，微雨浮烟，似说身世如茧。峭寒重，繁声渐息，前尘冉冉。春云乱，趁低迷摇荡沉宵，倦怀重唤。

这就换为南宋气味。笔下风格多样，自然只能由深入各家的堂室来。其二是深入各家之后，能够融会贯通，生成自己的。这自己的是离北宋（或兼五代）近，离南宋（主要指吴文英一流的风格）远。举短调长调各一首为例：

　　十载湖山梦不温，溪光塔影酿愁痕。数声渔笛认前村。芳草绿迷当日路，桃花红似昔年春。天涯谁念未归人？（卷四《浣溪沙》）

　　淡月窥云，昏烟阁水，夜深情露初零。络纬惊秋，凄吟直到三更。无端唤醒机窗梦，渺瀛涯莫问归程。最销魂，万缕千丝，锦字难凭。　　便教幽意从头数，问迷金醉粉，能几人听？为汝低回，有声争似无声。青芜未必埋愁地，胜篝笼绮户长扃。许知音，风露深宵，萤火星星。（卷三《庆春泽慢》戊子孟秋乌龙潭步月闻络纬感赋）

一看或一念就知道，这不是南宋风格，因为可以用耳欣赏；像吴文英那种"七宝楼台，拆碎下来，不成片段"的，是只能用目，还要加上查辞书，才能推测个大概的。可是由不少文人看，南宋词风有个大优点，是晦而曲，文气重，可以显示作者有不同凡俗的高雅。也就因此，有清一代，除极少数人，如纳兰成德以外，几乎都是浙派的路子，拿起笔就掉书袋，剪红刻翠。丁宁词没有走这条路，譬如与王鹏运、郑文焯等相比，像是出语平易，其实正是她的值得赞许之处。其三是感情真挚，几乎所有的篇什都是用词人之语，写得一字一泪。也举短调长调各一首为例：

薄幻轻尘不暂留，那堪重过旧西州。愁怀阅日长于岁，老境逢春淡似秋。　拼一醉，解千忧，烽烟满目怕登楼。分明已是无家客，偏向人前说去休。（卷三《鹧鸪天》）

霜意催砧，莫香恋袂，倦吟人在沧洲。梦冷东篱，那堪重省清游。近来身似庭前树，感西风一例惊秋。听沉浮，不说飘零，只算淹留。　明年此日知何处，问夕阳无语，衰柳含愁。匝地风波，几番误了扁舟。莼丝已共江枫老，甚人前犹说归休。恨悠悠，手把黄花，独上层楼。（卷三《高阳台》九日感赋）

这正如她在《还轩词存》的序中所说："第以一生遭遇之酷，凡平日不愿言不忍言者，均寄之于词。纸上呻吟，即当时血泪。"是血泪，不同于浙派词之绣花，所以有强大的感人力量。

以上一大段是抄现成的，如此不避重复，是因为有偏爱，就愿意效先贤子路，"与朋友共"之。以下要转到现时的有那么一天，感到凄凉，想使飘泊的心能得个安顿之处。可用的办法像是不少。年轻时候常用的是身移以求心随境转，老了，不宜于用也不想用。再一个办法是找点什么物或什么活动，比如新得的

◎ 1944 年与妻女合影。

书画册和歙砚之类，欣赏，以求把注意力引进去，也就可以"坐忘"了吧？想想，也不行，因为终是身外之物，力量不会这样大。书生，剩下一个可用的办法是找书看，目牵心，如果能深入，就可以取得境由心造的效果了吧？书，就内容的性质说有多种，——还是少纠缠，只说此时此地，我，最合用的就是这本《还轩词》。何以这样说？理难明，而且隔，只说事。是找到这个小本本，室内无人，靠窗安坐，随便翻到一页，恰好是卷三开头，就一首一首往下读。一般是读两遍，特别喜欢的读三遍或四遍。就这样，只三五首吧，尤其是这类句子，"漫从去日占来日，未必他生胜此生"，"千里月，五更钟，此时情思问谁同"，"鹤侣难招，陇愁谁递，回首瑶台梦一场"，"分明，身世等浮萍，去住总飘零。任写遍乌丝，歌残白纻，都是伤情"，使我像是立即离开现境，移入词境，与作者同呼吸，共命运。这词境可以说是苦吗？又不尽然，因为其中还有宁静，有超脱，以及由深入吟味人生而来的执著、深沉和美。对照这样的词境，一时的失落和烦恼就化为淡甚至空无。总之，就算作只是短时间吧，我像是真就飞升了。飞升到哪里？是到这类词里：

> 一载淞滨效避秦，寻幽问竹渐知津。昏昏白日云垂野，渺渺荒波海沸尘。谁是主，孰为宾，红娇绿暗白成春。凭阑多少凄凉意，惟有黄花似故人。（《鹧鸪天》过兆丰花园感赋）

> 小艇偏生稳，双鬟滴溜光。几回兜搭隔帘张，却道龟庄那块顶风凉。
> 杨柳耶些绿，荷花实在香。清溪虽说没多长，可是紧干排遣也难忘。
> （《南歌子》索居无俚，缀扬州土语，忆湖上旧游，兼怀船娃小四）

> 湖海归来鬓欲华，荒居草长绿交加。有谁堪语猫为伴，无可消愁酒当茶。　三径菊，半园瓜，烟锄雨笠作生涯。秋来尽有闲庭院，不种黄葵仰面花。（《鹧鸪天》归扬州故居作）

读词，"生活"于词境中，是神游。而神游又不到词境为止，是"凭阑多少凄凉意"，"不种黄葵仰面花"一类句子使我不由得更前行，想到作词之人。我爱读的词不少，都有作者，比如李清照，也生涯多难，为什么特别心系丁宁？因为她不只是多情种子，而且生于光绪壬寅，我生于光绪戊申，相距六年，应该算作同时代人。同时，就容易勾起更多的思绪，比如卷一有一首《台城路》，调名下解题是："冷雨敲窗，乱愁扰梦，拥衾待旦，咽泪成歌。时己巳重阳后三日也。"就使我立即想到昔年，己巳是公元1929年，作者27岁，我还在通县师范学校上学，其时已经写日记，可惜毁于七七事变战火，不然，就可以查查，九九登高之后三日，我在做什么呢？"隔千里兮共明月"，这心情使我更爱读她的有些解题，抄几则如下：

> 往事如烟，清宵似水，年年秋叶黄时，病怀如是。（卷一《阮郎归》）
> 尽日西风，衰秋难驻浮生急景，回首凄然。（卷二《乌夜啼》）
> 江南故里，一别且二十年，丙子秋登平山堂，望隔江山色，感事怀乡，遽成此阕。用美成均。（卷二《蓦山溪》）
> 申江除夜，拥衾听门外笙歌，忆年时欢乐，惘惘如梦。忽风振檐铎，

◎ 20世纪60年代初在通县燃灯塔前留影。

　　凄响泠然，恍如庭闹唤小名之声，感音成调。效福唐体。(卷二《唐多令》)

　　　　壬寅岁暮，偶向南图借书，中央旧书签，尚系十余年前所手订。往

　　事如烟，感成此解。(卷四《买陂塘》)

这就有如她自己说的，都是"当时血泪"。我也有血泪，可是没有丁宁那样的
天赋和学力，因而虽也想把血泪固定在字面上，以期日后能够重温情怀的旧
梦，却力有不逮。不得已，只好"乞诸其邻而与之"。就是怀抱这样的愿望，
我读丁宁的词作。感受呢，是与她的心情近了，甚至"相看泪眼"。这是感
伤，其所得，推想热心寻欢作乐的人不会理解吧？至于我，以这一次为例，
就感到，由读前的凄凉（或说彷徨）变为读时的平静、温暖、别无所求。有
所求，求而不得，是"终日驰车走，不见所问津"；别无所求是有了归宿。

　　说到归宿，我神游的神忽而飞到昔年。是四十而不惑前后吧，我有希冀，
渺茫的，但并不无力，因而带来惶惑，甚至愁苦。我常常想到定命。但安命
也难，于是有时也就想到，不可意的，幻想及其难于实现；可意的，终于寻
得归宿。本诸古训"情动于中而形于言"，今训"苦闷的象征"，我也想写小
说。因为这种情怀，一是形体恍惚，二是分量太重，都宜于用小说的形式表

达，而且要长篇。并已拟定标题，先是《中年》，写定命下的愁苦；后是《皈》，写终于寻得归宿。事实是没有写。不是没有能力写；我自信，有了主旨，正如其他所谓作家，我也会编造。而终于不写，是因为时移世异，这世有要求，表现手法可以殊途，所表现则必须同归，三呼万岁。我的《中年》的愁苦，《皈》的设想，都与万岁无关，行祖传明哲保身之道，只好不拿笔。一晃三十年过去，文网不那么密了，可是已经是吟诵"酒债寻常行处有，人生七十古来稀"的时候，即使好汉不忘当年勇，也终于不能不如京剧《女起解》中崇公道所说："心有余而力不足，这个岁数办不到了。"自然，办不到是写，至于设想的《皈》中的所求，至少是有时，就并不较昔年为不强烈。但我有自知之明，整个生命的"皈"，由于天机过浅，做到是不可能了。只好用李笠翁的退一步法，即如这一次，先是感到岑寂，接着发展为凄凉，以至飘泊的心没个安顿之处，就可以投奔丁宁，读词集，相看泪眼，如面对其人，就说是有限时间吧，生命就真是得了所归。人生有多种愁苦，心的无所归是渺茫的，唯其渺茫就更难排遣，所以得所归就特别值得珍重。专说这一次，使我得所归的是丁宁，所以神游半日，掩卷之后，我感谢她。感谢她写了这样好的词，创造一个充满温情和美的精神世界，我一旦感到无所归，就仍然可以向她求助，以期飘泊的心能够有所归，就是短到片时也好。

赏析

读书的高境界，乃在于与书里人相知，又从书中走出，读出自己的东西来。

　　人有了学问，又有了名气，是不太愿说自己的恍惚、寂寞的事情的。郭沫若、茅盾在晚年写文章时多把自己隐得很深，使我们无机会看到其原本的心态。这大多由于地位所限，不好多讲，名人者，身已不由己了。这是显贵文化人的悲哀。张中行不是这样的人，他太平民气，这使他的学问，未染上台阁味，当代人爱看他的文章，乃因为看出有学问人的未被世俗化的东西。中国向来有学识的硕儒，一到众人仰之的时候，贵族意识便悄然而至了。于是艺术生涯便从此终结。所以我一直觉得，看一个人的作品，最好避开作者"其喜洋洋者也"时期的，那些于寂寞中所作的文字，大抵可窥出人的最真实的东西。张中行属于寂寞一类的学人，默默地写，默默地生，所谓清贫文人是也。我读他的作品，常觉出其"飘飘何所似，天地一沙鸥"的孤寂之感。有了孤寂，便少了贵族气，于是文章便可亲，便有读头。

　　《归》是张先生一篇很感人的作品，题目很有诗意，内容写得多见奇笔。八十余岁的老人，提笔直写胸臆，且不遮遮拦拦，心灵完全向你敞开。那智慧、情感、思想，像一股风一样扑向你，让你随其在九曲八折的转动中，造访人的心灵圣地。那么自然，神异，又略带几许悲凉，读后，为之"悲情触物感，沉思郁缠绵"。此时用古人的诗句形容他的散文，是很合体的。

　　旧体诗与散文中，写"归"的主题者，可数的篇章已不少了。屈原的《离骚》，是无所归心的苦楚之歌；杜甫的悲慨之作，亦有无归路之苦；范仲淹干脆喊出："惟斯人，吾谁与归？"天底下苦苦寻觅者，其苦状均与无归路有关。而自得其乐的陶渊明，袁牧等人，散淡飘逸的地方，大概在于有了"家"的乐趣。一旦无了"家园"，便苦，便怨，便生出种种烦思。旧时怨怼之作，凄苦之作，大概均与此有关吧？

张先生毕竟是哲人，他与古人不同的地方，是看透了天下俗事，有大悲苦之心在。所以，在他那里，已无所谓"归路"不"归路"，精神的深处，其实有种深厚的孤寂。而慰其心者，非名非利，非田园非都市，而恰恰是内心一生所钟爱的艺术。

艺术，又有真伪之分，高下之分。张先生在文化、历史典籍中折腾七十余年，自然是鉴赏高手。我很少看他评析他人诗词艺术的文章，《归》让我大饱眼福。这样奇特的读解他人作品的方式，在我看来，是有趣的。先是写自己的寂寞之心，尔后是读丁宁词时的感受，再后便是神游之时的生命体验。这后者，真是大家手笔，读解词的方式，感受的角度，都似常人胜似常人。似常人，乃因为也"柴米油盐，"也"日出而作，日落而息"。胜似常人，是先生自娱的方式有参玄悟道处。读词不在于沉湎其境中，而是能于此中读出境外之意。鉴赏者在于常能在他人之境中，而发现自我之境。丁宁的境界是"他人之境"，平静中有沧桑感，是非凡之作。先生由丁宁而发出无数感慨，写己身之苦与乐，与丁宁词境颇为相近。但又多了感事不遇，空旷无奈之音。至此，文章悲凉之气，已满蕴其间。学识，境界均美妙地生成出来。故作高雅状的文人，评析佳作时，是不敢袒露自己的情思的。何况又是面对一位女词人呢？张先生写了，毫不掩饰对她的爱慕，由词及人，由人及己，看似读解文本，实则与已逝的灵魂交心，那份攀谈的挚意，友爱之情，使我顿时对先生的真性情的一面，大生敬佩之心。人至老年，能仍保持纯情的东西，殊可贵也。张中行别于他人者，不仅学识高，更主要还是他的这种浓郁的性情吧？

张中行是懂诗词的人。他发现了丁宁，这要感谢他。他于丁宁处读出了传统，又读出了历史，读出了苦楚，亦读出了神趣。这读书的快感，也有人生的归路么？他没有说，但我看出其惬意的一面。人生多苦，唯其苦，友情与美，方显得可爱。读书的高境界，乃在于与书里人相知，又从书中走出，读出自己的东西来。"在对象世界中体验自我"，这体验，是否也是一种归宿？如是，虽暂短，但人生常有此在，足矣。

（孙　郁）

直言

古人要求"躬自厚",因而每搜罗出一次口是心非,我就禁不住想到我的乡先辈"难说好"先生,东望云天,不能不暗说几声"惭愧"。

不久以前,乡友凌公约我到他家里吃晚饭。凌公带着一个刚成年的女儿,在北京过准《打渔杀家》的生活,父女都上班,照例是饱腹之后才回家,而要请人在家里吃饭,我当然感到奇怪。问原由,知道是老伴从家乡来了,想做点家乡口味,让我发发思故土的幽情。我既感激又高兴,遵嘱于晚饭时到达。凌夫人年过花甲,可是身体还健壮,仍是家乡旧时代那一派,低头比抬头的时候多,不问不说话。我要表示客气,于是用家乡惯用的礼节,寒暄道谢之外,问娘家是哪个村。答"乔个(轻声)掌"(这是语音,写成文字是"乔各庄")。这使我忽然想起一个多年不忘的歇后语:"乔个掌的秧歌,难说好。"

多年不忘,是因为这歇后语的来由,一位佚名的乡先辈的轶事,使我大感兴趣,或说深受教育。据说是这样:若干年前,各村也是有中幡、高跷、小车、旱船等会,每到送走旧年,上元节及其前,要排定日期,邻近各村的会交换,某日聚在一村表演。目的,用旧说是利用农闲庆丰年,行"一日之弛",用新说是,虽然是农民,也应该有艺术享受。可是会,不只一个,虽然那时候还没有各种花样的大奖赛,但人总是人,性相近也,你不给他奖,他也要赛。评分是非阿拉伯数字的,一要看的人多,里三层,外三层;二要喊好的声音多而响。且说有那么一次,乔个掌的秧歌(指高跷会)表演得很起劲,看的人却不多,喊好的声音大概也不多或没有吧,正在为缺少钟子期而扫兴,听见有人说一句:"难说好!"会内的少壮派正在愤懑无处发泄的时候,听见这句话，当然要火冒三丈。于是找，原来出于一个瘦弱的老者之口。接着是围着质问。老者没有赔礼道歉之意，于是决定拉到场外去打。人间不乏和事老，为了大事化小，小事化无，特为就要挨打的老者修建个台阶，是："大概是刚来，还没看清。让他再细看看。"少壮派同意，于是把老者推到场内，请他细看。表演者尽全力跳闹，可不在话下。时间够长了，少壮派和和事老都在等待转机，没想到老者淡淡地说了一句："还是拉出去打吧，难说好！"

结果是打了还是另有转机，没有下文。也可以不再问，我关心的是这故事使我想到很多与"言"有关的问题，其中心是直言的难易问题。言，人嘴两扇皮，很容易，可是其中有得体不得体的分别，反应好不好的分别。因为要照顾反应，就不能从心所欲。这或者正如孟老夫子所说，"难言也"吧？

难言，这里也未尝不可以反其道而行，由"易"说起。从道理上讲，言为心声，言应该都是直言。这样说，直言如顺水推舟，不是难，而是很容易。但这是道理，或说架空的道理。道理还可以说得头头是道，如一种是由"自然"方面说，见于《毛诗序》，是"情动于中而形于言"；一种是由"应然"方面说，见于某道学家的文本，是"事无不可对人言"。表现为活动，都是心有所想，嘴里就说。总而言之，是容易得很。

但人世间很复杂，言不能不受时、地、内容、听者种种条件的限制。就说事无不可对人言吧，日记中写"与老妻敦伦"可以，因为清官难断家务事；但如旧笔记中所记，一阵发疯，头顶水桶，喊"我要作皇上"就不可，因为象征统治权的宝座是决不能容忍自己以外的人坐的，即使只是想想也不成。这类的轻与重可以使我们领悟，世路并不像理想主义者想象的那样平坦；如果缩小到政场，那就更加厉害，一定是遍地荆棘。也就因此，皇清某两位大人才有了关于言的重大发明：一位造诣浅些，是少说话，多磕头；另一位登峰造极，是不说话，净磕头。但这不说话的秘诀也不能不受时地等条件的限制，因为时移事异，还会有要求以歌颂表示驯服的时候，那就闭口不言也会引来危险。总而言之，是直言并不容易。

　　直言，在道理领域内容易，在现实领域内不容易，怎么办？当然要让道理跟现实协商，以求化不协调为协调。但现实是最顽固的，所以结果必是，名为协商，实际是道理不得不向现实让步。具体说是要用"世故"的机床把直言改造一下，使不合用变为合用或勉强合用。这种改造的努力也是由来远矣，如关于直言，常见的说法总要加点零碎，如说"直言不讳"，"恕我直言"，言外之意是本不该这样说的。不该说而说，影响大小，要看听者为何如人。可举近远两类为例：近者如掌家政的夫人，充其量不过饭时不给酒喝，可一时忍过去；远者如恰好是已经稳坐宝座的，那就不得了，会由疑由怒而恨，也就会有杀身甚至灭族的危险。

　　为了避免杀身或灭族，要精研以世故改造直言的办法。古人在这方面用了不少力，成就自然不会小。依照造诣的低与高，常用的办法可分为四种。一种程度最低，是换为委婉的说法，如连中学生都熟悉的触詟（新说是触龙），劝娇惯孩子的赵国掌权老太太允许儿子出国当人质，里边提到"一旦山陵崩"，这比说"有一天你死了"委婉得多，就不会有惹老太太生气的危险。附

◎ 靳飞家中的"老人会"。后左起：姜明德、张中行、牛汉、范用；前左起：靳飞、波多野真矢（靳飞夫人）、赵晓东（《人民日报》第一代女记者金凤的长女）。在这些老人中，不乏直言之士，

带说一句，还是古人人心古，要是皇清末尾那位那拉氏老太太，大概说"崩"也不成。再说第二种程度略高的，是讽谕或影射，所谓声东击西，指桑骂槐。也是连中学生都熟悉的白居易《长恨歌》，开头一句，"汉皇重色思倾国"便是。第三种程度更高，是说假的。这非绝顶聪明办不到，所以举例，只能请荣宁府中最拔尖儿的凤丫头出马，那是老色鬼贾赦想吃鸳鸯的天鹅肉，胡涂虫邢夫人大卖力气系红丝，找她求援，她先说真话，失败，改为说假话的那些。因为话太精彩，碍难节录，全引如下：

> 太太这话说的极是。我能活了多大，知道什么轻重？想来父母跟前，别说一个丫头，就是那么大的一个活宝贝，不给老爷给谁？背地里的话，那里信的？——我竟是个傻子！拿着二爷说起，或有日得了不是，老爷太太恨的那样，恨不得立刻拿来一下子打死；及至见了面，也罢了，依旧拿着老爷太太心爱的东西赏他。如今老太太待老爷，自然也是这么着。依我说，老太太今儿喜欢，要讨，今儿就讨去。我先过去哄着老太太，等太太过去了，我搭赸着走开，把屋子里的人我也带开，太太好和老太太说，给了更好，不给也没妨碍，众人也不能知道。（《红楼梦》第四十六回）

> 到底是太太有智谋；这是千妥万妥。别说是鸳鸯，凭他是谁，那一个不想巴高望上、不想出头的？放着半个主子不做，倒愿意做丫头，将来配个小子，就完了呢！（同上）

把两段的画龙点睛之笔挑出来，是"我竟是个傻子"，"到底是太太有智谋"，对比着欣赏，就更值得一唱三叹。再向上还有程度绝高的，是第四种，上面已经表过，是不说话，净碰头，不重述。

闲话到此，好像世故获全胜，直言被斩草除根了。其实不然，如我的乡先辈"难说好"先生就是突出的例外。还有，如果世风日下的原理不错，到所谓古那里搜求一定会更有收获。为篇幅所限，只举一位我最感兴趣的。那是南唐"酷喜老庄之言"的潘佑，对李后主的不干正事、跟大小周后混日子，江北有赵宋的强敌而看不见，他十分着急，连上七疏，却换来免官，只修国史，于是着急化为愤激，上最后一疏。幸而有陆放翁作《南唐书》，这篇妙文保存下来，只引应加圈的部分：

> 陛下力蔽奸邪，曲容走谄伪，遂使家国惵惵，如日将暮。古有桀、纣、孙皓者，破国亡家，自己而作，尚为千古所笑，今陛下取则奸回，败乱国家，不及桀、纣、孙皓远矣。臣终不能与奸臣杂处，事亡国之主。

（卷十三本传）

说李后主是亡国之主，百分之百的直言，也百分之百的正确，可是换来的是被收和自刭。这是死心眼儿，或说迂或愚一类。其实杀他的李后主，在这方面也不比他聪明多少，如到汴京成为阶下囚，对答昔为属下、今为宋太宗特使的徐铉探问的时候，竟一阵发神经，由口里迸出一句："当时悔杀了潘佑、李平。"与刘阿斗的乐不思蜀相比，这话说得太直了，咎由自取，所以换来牵机药，从潘佑、李平于地下了。

纵观历史，因直言而从潘佑、李平于地下的人究竟有多少呢？显然，这是数学家也毫无办法的事。不能办的事且不管它。还是想想直言与世故间的纠葛，就我自己说，其中是充满酸甜苦辣的。直言向世故让步，成年以前是大难，俗话说，小孩说实话，委婉，以至于假，他们不会，也不想学。成年以后，人心之不同，各如其面，如有所谓造各种假的专家（包括一些广告家），当然说假的比说真的更为生动逼真。至于我们一般人，放弃直言而迁就世故，就要学，或说磨炼。这很难，也很难堪，尤其明知听者也不信的时候，但生而为人，义务总是难于推卸的，于是，有时回顾，总流水之账，就会发现，某日曾学皇清某大人，不说话或少说话，某日曾学凤丫头，说假的。言不为心声，或说重些口是心非，虽然出于不得已，也总是哑巴吃黄连，苦在心里。苦会换来情有可原。但这是由旁观者方面看；至于自己，古人要求"躬自厚"，因而每搜罗出一次口是心非，我就禁不住想到我的乡先辈"难说好"先生，东望云天，不能不暗说几声"惭愧"。

赏析

"直言"，从大处讲，是坚持真理；从小处讲，
是固执己见。这是一个知易行难的问题。

中国的画论讲求"计白当黑"，如果把画面填得太满，"气韵生动"便谈不上，观众也没有想象和发挥的空间，中国的文论也提倡"言不尽而意不止"，叙事论理不要直露铺陈，最好是点到为止，这样才能有"机锋"，达到"只可意会不可言传"的境界，同时给读者以参与的机会和乐趣。这些文论画论，文艺理论的课本中论述甚详，以之欣赏文艺作品也很管用。

读了张中行先生的散文后，发觉好文章的种类和格式千千万万，远非几种文论所能概括。张先生的文章，就我读过的而言，大多数是"不惜笔墨"的，凡事正着说，反着说，横着说，纵着说，庄着说，谐着说，水银泼地，无孔不入，总之是凡事要说个透彻，说得淋漓尽致，读他的文章，你会有一种"叹为读止"的感觉：似乎一个问题在张先生笔下，该说的都说到了，解了你的疑释了你的惑，你不用再去看别的文章，更不用自己再动脑筋去想。《直言》一文充分显示了张先生的这一文风。我曾开玩笑说，张先生是培养懒读者的高手。偷懒是人的本性，体力上如此，思想上也不例外。读张先生的文章，能满足偷懒的要求，同时又有酣畅之感，是一大享受。这样的文章当然是好文章。

"直言"，从大处讲，是坚持真理，从小处讲，是固执己见。这是一个知易行难的问题。"童言无忌"，那是做到了直言，但儿童无知而只是行。成人中在直言上能达到知行合一的，李卓吾算一个。不过李卓吾因为直言被杀了头。所以袁宏道读完李卓吾的书后，发出"可敬而难学"的感叹，说白了，不是难学而是不敢学。中国

人深谙处事之道，追求"世事洞明"和"人情练达"，这其中，与直言有关的内容占的比重很大，但基本上做的都是直言的反面文章。"祸从口出"、"见人只说三分话"、"少说话，多嗑头"、"知荣知辱牢缄口，谁是谁非暗点头"，这一类的教训，话语不绝于耳，文字到处皆是。一方面，直言问题知易行难，另一方面，与直言有关的话语文字满坑满谷，这样一来，再来做直言的文章就很难了，调子太高，便"可敬而难学"；调子太低，又有拾人牙慧和媚俗之嫌。因此，看到《直言》这个题目，我是替张先生捏一把汗的。但读完全文，松了一口气，松口气后便是佩服。

张先生写《直言》是在走钢丝，但走得很精彩。怎么个精彩法？说不清楚。只能大而化之：古代圣贤为人作文，追求"圆而神，方以智"，张先生写《直言》是达到这个境界了。这篇文章，你说它是外圆内方可以，你说它是外方内圆也行，总之是该方的地方不圆，该圆的地方不方，该高的地方不低，该低的地方不高，既把在直言问题上应该做的（知、理想）讲到了，也把在直言问题上能够做到的（行、现实）讲到了，真是"道中庸而极高明"。这样高明的文章非张先生这样历经沧桑勘破世情而又不失圣贤之志的文化老人不能为。

（李春林）

月是异邦明

如果民真能主，真能法而治，官好不好就关系不大……颂扬好官就正好表示，民未能主，法未能治。

　　我不是连月光也是外国的亮派，可是实事求是，也不得不承认，有时候，或在某一方面，外国的什么确是值得效法，至少是参考。说效法，参考，不说买，是想把谈论的范围限定于唯心，而不及唯物。说到物，大如汽车，追奔驰，小如饮料，追可口可乐，甚至纯土而不洋的，包装上印几行洋字，档次就像是提高了不少，总之是已经有口皆碑，再说就等于颂扬人活着要吃饭为真理，将为三尺童子所笑。而说起唯心，我这里断章取义，是指对于某种事物，我们怎样看，或更具体些，怎样评价，还苦于范围太大。应该缩小，即指实说。可是有困难。困难之小者是千头万绪，三言两语说不清楚。困难还有大的，是事不只关己，而且及于古往今来的大己小己，说，求明确就难免是是非非，也就会成为不合时宜。但是还想说，怎么办？只好多叙事，以求因事见理。此开卷第一回也，宜于说说想说的因缘。也不好过于指实说，是近一个时期，见了一些什么，闻了一些什么，旧的胡思乱想之习不改，于是想到过去，想到将来，想到事，想到理，想到希望，想到幻灭，想到幸福，想到苦难，想到明智，想到愚昧，终于想到难难难，心里不免有些凄惨，古人云，情动于中而形于言，所以想把这些乱七八糟的统统写出来。内容过杂，但也有个主线，是小民，数千年来，为求幸福，至少是安全，曾经有多种想法，这多种想法中有泪，也有理，可惜这理并不容易明，所以还值得深入想想；如果凭己力想不明白，那就学玄奘法师，到异邦去取点经也好。

也是古人云，天地之大德曰生。小民也是人，因而也就乐生。生有多种，专由苦乐一个角度看，有人很苦，如缺衣少食还要受欺压的小民；有人很乐，如帝王。苦乐的来源，可以是天，但绝大多数来于人；因为天灾是间或有，而且天塌砸众人，受害而心可以平和，人祸就不同，而是强凌弱，众暴寡，无孔不入。受人祸之害，苦而心不能平。不平则鸣，是韩文公的高论。这论其实还应该有下文，是一，鸣必无用，因为人祸来于力（绝大多数来于权）不均等，鸣不能改变权的不均等状态；二，也是由于权不均等，有权者可以使无权者不敢鸣（用刑罚之类的办法），甚至不能鸣（用垄断报纸、电台之类的办法）。而苦和不平则如故，怎么办？理显而易见，是求有某种力，能够变不平为平，或说得实惠些，来保障安全甚至幸福。这某种力，究竟应该是什么，如何取得，问题过于复杂，或者说太大，不好说；只好避近就远，或说数典不能忘祖，由高高的说起。

最高的，依旧的常识，是天。天，圣贤怕，所以说"畏天命"；帝王也怕，所以要定时祭祀，祭祀之前还要斋戒。如果天真能主持公道，维护正义，人间的不平，以及由不平而来的苦难，就可以没有至少是减少了吧？小民是这样希望甚至进而相信的，所以总是欣赏这样的话："天道福善祸淫。"（《尚书·汤诰》）"天之所助者，顺也。"（《易经·系辞上》）"天之道损有余而补不足。"（《老子》）但希望总是希望，事实呢，大量的循规蹈矩的小民还是备受苦难，不少杀人如麻的在上者还是享尽荣华富贵，最后寿终正寝。事实胜于雄辩，所以就是在古代，也还是有"天道远，人道迩"之叹。不信天道，有另想办法的，如荀子作《天论》，就说："大天而思之，孰与物畜而制之？从天而颂之，孰与制天命而用之？"还有表示痛心的，如杨衒之在所著《洛阳伽蓝记》里说："昔光武受命，冰桥凝于滹水，昭烈中起，的卢踊于泥沟，皆理合于天，神祇所福，故能功济宇宙，大庇生民。若（尔朱）兆者，蜂目豺声，行穷枭獍，阻兵安忍，贼害君亲，皇灵有知，鉴其凶德；反使孟津由膝，赞其逆心。《易》称天道祸淫，鬼神福谦，以此验之，信为虚说。"虚，实，难证，但总是远水不解近渴，又语云，得病乱投医，于是，放弃天道也罢，半信半疑也罢，而幸福和安全是迫切的，所以不得不另想，或兼想别的办法，其性质是娘娘庙烧香不灵，只好转往太上老君庙，或呼天不应，只好降而图实际，呼人。

这办法是许多人想出来的，但可以推孔孟为代表，因为信得最坚，喊得最响。办法是什么呢？是求高高在上者能够行王道，或说施仁政，爱民如子。小民的所求是明确的，用孟子的话说是"养生丧死无憾"。这仁政的办法是在实况制约之下想出来的。实况是有权无限的高高在上者，而在上者，因为权无限，就可以英雄造时势，甚至一张口就举国震动。以这种情况为背景，不只孔孟，就是我们中的一些人，也会相信，"如果"在上者乐于施仁政，小民就可以福从天上来，一切与幸福、安全有关的问题就都不成问题。施仁政是老话，新说法是贤人政治，这就会引来两个新问题。一是如何能保证在上者必是贤人；二是贤人的所想（如太平天国要求小民拜天父天兄，然后分住男馆女馆），万一与小民的所求相左，怎么办？前一个问题更大，只说前一个，准情酌理，如果不贤，最好是换一个。可是不要说做，有几个人敢这样想呢？剩下的唯一办法，也是孔孟一再用的，是规劝加利诱，如孔说"先之，劳之"，孟说"王何必曰利，亦有仁义而已矣"，是规劝；孔说"为政以德，譬如北辰，居其所而众星共（拱）之"，孟说"当今之时，万乘之国，行仁政，民之悦之，犹解倒悬也，故事半古之人，功必倍之"，是利诱，可谓煞费苦心。而结果呢？理论上有两种可能，采纳和不采纳；而实际则几乎可以说只有一种可能，是你说你的，他干他的。事实正是这样，如孔孟奔波了半生，磨破了嘴皮，最后还是只能还乡，或授徒，或授徒兼著书。今天我们看，孔孟的办法，本质是乞怜，形态是磕头，其失败是必然的。这是孔孟的悲哀。也是其所代表的小民的悲哀，寄希望于天道，无所得。转而寄希望于（大）人，同样是一场空。

但是又不能不活，而且难于放弃奢望，幸福，至少是安全。于是只好再

○ 1970年家人在北京大学校园里合影，时行公在干校（前排右起：行公岳母、张静的儿子、行公夫人；后排右起：张文抱着女儿、张静、张莹、张采）。

下降，或说变兼善天下为独善其身，具体说是寄希望于清官或好官，以求小范围之内，变欺压为公道，化不平为平。歌颂好官，推想应该是从有官民之分的时候开始，因为官是既有权又紧压在头上的，通例必作威作福，损民肥己，忽而出个例外，从小民方面说，以为送来的是棍棒，却是面包加果酱，怎么能不喜出望外？怎么能不焚香礼拜？其实还不只小民，即如太史公司马迁，不是也在《史记》中辟地，为一些循吏立传吗？等而下之，古今多种笔记，也是对于这种例外的官的嘉言懿行，无不津津乐道。小民不能写，甚至不能读，但盼望有好官则更为迫切，语云，有买的就有卖的，于是应运而生，就有了不少好官的传说。其中最显赫的是宋朝的包拯，因为小民敬爱，尊称为包公。其后还有个明朝的海瑞，也许因为晚生几百年吧，却没有高抬为海公。专说这位包公，舞台形象必是小民想望的，黑脸，表示铁面无私；能力大得不得了，所以探阴山，威风扩张到阳世以外。最让小民感兴趣的是只管公道而不管势力，所以如陈世美，与公主（相当于今日之高干子弟）结婚，也竟死在铡刀之下，为小民群里的秦香莲报了仇，雪了恨。真的包拯是否有胆量这样干，我们可以不管，姑且假定裴盛戎表演的就是真的，就是说，世间真有这样的好官，我们应该怎样看？一言难尽，只好多说几句。以一思、再思、三思为序。一思，我们应该与小民同道，说包公是大好人，值得钦敬，所行之事值得感激。再思呢，问题就复杂了，只说一些荦荦大者。其一，官是更大的官（包括最高的那位帝王）委派的，他好，也不能不具有两面性，即一只眼肯往下看，另一只眼不能不往上看，而眼往上一扫，爱民的思想和措施，还能保持多少，也就大成问题了。其二，要请数学家帮忙算算，包公式的官，赃官沈不清式的官，在所有的官中，究竟各占百分之多少？总不会包公占绝大多数吧？那么就来了其三，依概率论，比如父母官是包公的机会只是十分之一，甚至百分之一，小民的处境如何，就可想而知了。其四，靠官，官有权，他可以给你面包加果酱，也可以给你棍棒，除了听天由命以外，你有什么办法可以保证，他给你的必是面包加果酱，而不是棍棒？其五，这种歌颂包公式的好官，自然是因为苦难过多过深，渴望解倒悬的心情过于迫切，饥者易为食，渴者易为饮。这样说，我们就应该看到，比如陈世美被铡之后，人心大快的背后还藏着东西，是小民的长时期的普遍的深重苦难和无告，或说得形象些，泪水。还可以三思，是盼好官，歌颂好官，正如上面所指出，追问本质，是乞怜，表现的形式是磕头。我们现在标榜民主，乞怜与民主是背道而驰的。又，歌颂包公，不管包公如何秉公爱民，究竟还是官治，官治与法治也是背道而驰的。还可以想得再深些，如果民真能主，真依法而治，官好不好就关系不大，因为不管你心地如何，总不能不依法办事，否则民有力量让你下台，法有力量让你走进牢房。所以再推而论之，颂扬好官就正好表示，民未能主，法未能治。

　　话像是扯远了，还是转回来，说小民为了幸福和安全，寄希望于好官，这条路也难通，怎么办？只要还活着，希望是万难割舍的，只好另找寄托之地。古圣有云："人心惟危"，那就向和尚学习，近的此岸不成，干脆远走高飞，寄希望于神异的彼岸，就是说，靠人不成，只好求鬼神帮忙，主持公道，为有冤者报仇雪恨。前如《太平广记》，后如《聊斋志异》一类书，记因果报应的故事，真是太多了，都是这种希望的反映。这种形式的报仇雪恨，主角有强者，如李慧娘，是成为鬼后自己动手报。绝大多数是弱者，靠神鬼代为动手，如关公一挥青龙偃月刀，坏蛋人头落地之类就是。雷劈也应该算作这一类，因为劈死某人是由神决定的。关公挥刀，雷劈，都是现世报，痛快，解恨，可惜不常见，即不是天网恢恢，疏而不漏，比如判窦娥死刑的那个坏官，虽然六月降雪，却没有说他受冻而死。有遗憾总是不快意的事，于是退一步，放弃亲见而满足于耳闻，甚至推想，是阎王老爷铁面无私，判官有善恶清楚的账，欺人太甚的坏蛋躲过生前，躲不过死后，必上刀山或下油锅，所谓善有善报，恶有恶报是也。这想得不坏，可惜的是，许多压榨小民的人还是腰缠万贯，到林下享清福去了，关公和雷公并没有管。至于死后，更加可惜，报应云云只是传说或推想，谁也没见过。

到此，天道，仁政，好官，鬼神，一切己身以外的善心善力，作为小民幸福和安全的保障，就都成为画饼。剩下的真饼只是苦难，因为力或权不均等，自己总处于少的那一方，就难得摆脱这种困境。但还想活，怎么办呢？只好再退，用祖传的最后一个法宝，忍加认命。不问青红皂白，上堂重责四十大板，回家自己养伤，是忍。忍是心中有怨气而口不说，自然就更不会见诸行。但怨气终归是怨气，有违古圣贤不怨天、不尤人之道，总之就修养的造诣说还得算下乘。上乘是认命，即相信苦难是天命所定。或前生所定，命定，微弱如小民，又能如何呢？这样一想，也就可以释然了。这最后一种办法，表面看，不高明，因为是变有所求（求天道，求仁政，求好官，求鬼神）为无所求；可是用实用主义者的眼看，且不说高明不高明；总是最靠得住，就是说，靠天道、仁政、好官、鬼神之类，都会一场空，忍加认命就不然，而是必生效。也就因此，从有官民之分之日起，小民总是以这妙法为对付苦难的最后的武器，而其中的绝大多数，也就居然能够活过来。

忍加认命，是承认有苦难。无论就理论说还是就事实说，苦难总不是可意的。所以要变，或说要现代化，话不离题，即应该想办法，求小民幸福和安全的没有保障，成为有保障。这不容易，因为，如上面所叙述，几千年来，小民想了多种办法，并没有生效，至少是不能保证，哪一种办法必能生效。看来，祖传的办法是行不通了，应该改弦更张。这是一种想法。但也只是"一种"想法，因为还有不少人（确数只有天知道）并不这样想。证据是电视中所见，如《无极之路》，仍在颂扬好官；还有推波助澜的，就我的孤陋寡闻所见，是会写旧体诗的，写成组诗，在报刊上助威。恕我重复上面的话，对于现代包公式的好官，我同属下的小民一样，认为既值得钦敬，又值得感激。可是问题在于，如果这位好官不来，小民的幸福和安全，保障在哪里呢？所以，根据上面对于寄希望于好官的分析，我总认为，歌颂包公，歌颂海瑞，无论就事实说还是就思想说，都是可悲的，因为看前台，是小民的有告，看后台，是小民的无告。

现代化，不只应该要求不再有无告，也应该要求不再有有告，因为，如果幸福和安全有了可靠的保障，就不会有强凌弱，众暴寡，也就用不着告。这是个理想，如何实现呢？道理上容易说，也是上面提到，举国上上下下都首肯的，是变祖传的乞怜为现代的民主，变祖传的官治为现代的法治。祖传青毡，王献之舍不得，历代传为美谈，几千年来的想法和生活体系，变，又谈何容易！所以无妨听听鲁迅先生的劝告，暂且放下经史子集，看点异邦的。我当年盲人骑瞎马，在书林里乱闯，也看了些异邦的。专说与小民苦乐有密切关系的治道，有些书的讲法就很值得我们炎黄子孙三思。可举的书不少，其中绝大多数还没有中译本，为了简便易行，只举近在手头的两种。一种是法国孟德斯鸠著《论法的精神》（张雁深译，1978 年商务印书馆出版，上下两册。此书还有清末严复译本，名《法意》，不全）。几乎稍有文化常识的人都知道,这是讲三权分立的开山著作,其主旨是,只有分权才能保障人民的自由。孟氏是18世纪前半的人,书应该算是老掉牙了,但西谚有云,书不像女人,老了便不成,所以还是值得热心于歌颂好官的诸公看看。看,是看靠法不靠官,他是怎么说的。自然未必有取信于一切人的说服力,总可以参考参考吧。再举一种半老而未掉牙的,是英国罗素在半个世纪前(1938年)著的《权力论》,1991年商务印书馆出版吴友三的中译本。这本书量不大,主旨很简单,是一,权力是怎么回事以及表现的各种形式,二,容易滥用与可怕,三,如何节制。同《论法的精神》一样,其中所讲,我们未必尽信,但总是值得参考。值得参考,

◎ 1969 年去干校前抱着外孙女。

是因为,其一,他们所讲,是我们的经史子集里不讲的,只是为广见闻吧,也应该看看。其二,在生活与治道的大问题上,我们一贯是寄希望于善心,结果所得是画饼,而仍想活,并活得如意,就应该看看人家不问善心,在权上打算盘是怎么讲的。其三,人祸的苦难,绝大部分由权来,我们乞援于善心而想不到如何对付权,是空想,人家实际,如果所想对了,并有办法,就会使画饼变为真饼,实惠,为什么不尝尝呢?总之,直截了当地说,在这方面,我觉得,外国的月光也还可以去看看,所以取古人什么什么与朋友共之义,希望有些人,于歌颂包公、海瑞之暇,也找这类书看看,当然,更重要的是看后想想。

赏析

读张老的宏文，我们于人心的建设，人道的呼求，生存环境的保障，仁政与暴政，官吏与人民，人生诸苦，都会有所体认追索。

王力（了一）教授译波特莱尔《恶之花》译本序说"莫作他人情绪读，最伤心处见今吾。"读之颇令人伤怀。生活的欢愉一闪而逝，或只是一种幻象，而悲惨的脚印却永远镌着，所以，"最伤心处"才成了无日根绝的循环，说灰凉也罢，说宿命也罢，总之事实就是事实。"兴，百姓苦；亡，百姓苦"元代诗人说的，质之前王后帝，皆然。

当然人类社会总体上是在向文明深化缓进的。但文明究竟是祸是福，尚难逆料。1749年秋的一天，卢梭在文桑公路的一棵树下自个儿哭了起来。"有一种神秘的直觉使他明白人类一切不幸均来自文明！"当天狄德罗就击掌赏叹他的观点。《狄德罗传》（商务版 97 页）

也许古人对文明这种东西已怀有隐约的不安，所以多有约束和规范。早在 6 世纪的《查士丁尼皇帝钦定法学阶梯》中，就提出正义和法律这两个关键概念。"正义是给予每个人他应得的部分的这种坚定而恒久的愿望。"而法学呢？"是关于正义和非正义的科学。"好像射钉枪一样，稳稳地把两个互为依存的概念点醒，钉牢。

"文明"虽有种种不堪，当其有所定义并大体呈良性运转时，"最伤心处"可减少，悲惨的脚印可减弱。知其不可为而为之，总比无所作为，甚至逆历史潮流而动，要好些罢。

民主、法治、自由……这些与人类社会密切相关的文明的内容，西方社会做得比其他地方好。比我们中国也好。这是年近九旬的名作家张老张中行先生得出的结论，详见《月是异邦明》一文。

我们实可就近代史而观之。中国多年战伐频仍，外患内忧，成则为王，败则为寇，人权毫无保障，民国后期，我国旧式社会中淳朴忠厚的民风固已一扫无遗，而西方民主、自由、法治、政体以及活泼淳朴的民风却毫无所染。这样，中西方的差距越来越大，以至出现一个难以逾越的"类空区间"（space—like interval），倘一个地区环境高洁，其上空的月色，总比饱受大气污染的地区要明亮些罢。政体、国家治理的"月色"亦然。

月是异邦明，毋庸置疑的了。张老起首声明"我不是连月光也是外国的亮派"。文章前半的"闲话"，充满辩证法精魂，发论警策，述理高深，最后得出结论，也就铜锻铁铸一般了。张老说，在我们这里，"天道、仁政、好官、鬼神，一切己身以外的善心，善力，作为小民幸福和安全的保障，就都成为画饼。剩下的真饼只是苦难。"难道中国就是这样下去吗？难道我们一读到古今中外的怨诗，就免不了"最伤心处见今吾"了吗？中国知识分子的高人总在找一个适当的药方。所以张老认为不妨放下经史子集，看点异邦的著作，如《论法的精神》《权力论》等等，深味其中分权与保障自由的关系，权力与滥用、节制之间的关系。看完多想，细想，裨使画饼变为真饼。老人的仁心仁术，真要教人铭诸五内的。

1944年秋，中国驻缅远征军发起反攻滇西龙陵战役，与日军精锐交锋失利。国军旋派黄埔名将第五军年轻的军长邱清泉（字雨庵）率主力增援，与盟军密窦顿、陈纳德相配合，邱亲拟火烧背阳山，水淹龙陵城战略，其间又辅以穿插、迂回截击战术，多方予日寇重创，于次年春初，攻占畹町城，滇缅公路随之打通，邱清泉战略深受克劳塞维茨影响，即使用无限暴力歼灭敌人战斗力。

兵法与文章之道屡有暗合。远征反攻战的水、火、断桥、截击种种准备俱为渲染，闪避，猛虎扑出般的直击是急收，是突接，是勾勒点醒。

当世文章又臭又滥，令人干哕欲呕，张先生文章却如泥中明荷，一枝独秀。它看上去不衫不履，实则颇有法度，其文章个性之鲜明独绝，难以方物，唤作"张体文"差可得其仿佛。"张体文"多以渲染，濡染开头，沉稳推进，神完气足之余，复加以勾勒点醒，神形俱出，文章意蕴饱满得很。先生胸中学养，笔下温情以及一肚子的学问、典故、思索，散落密布在他独到的行文体式中，不免叫人想起兵法中以无限暴力消灭敌人战斗力的举措，都要有充分的积储，才能游刃有余，力能担鼎。

　　张老运笔，时有岔断，行文讲话，叙述由他事的闯入而岔开，表象似乎支离破碎，实则有助于势的起伏跌宕。这是"张体文"与别的文章不同之所在。天然绝饰，不假磨砻雕琢是其句法特色，在章法上却如濑之旋，如马之奔，颇饶回复驰骋效果；如羊肠，如鸟道，多具萦洄曲折的情致。文章所涉及课题的先后、轻重、显晦、分合……张老总要不惮烦的诉与读者，看似多余，实则在渲染之时已多布伏笔——为着将临的论断，笔法上牵前摇后，脉络纵横，随时引发读者之深层思考。读张老的宏文，我们于人心的建设，人道的吁求，生存环境的保障，仁政与暴政，官吏与人民，人生诸苦，都会有所体认追索，并且不禁要为这样温醇老迈的孔门书生意气，这种上求大道，下化众生的有情菩提而合掌致礼。

（伍立杨）

怀疑与信仰

是母校的追根问柢精神使我怀疑，又不甘于
停止于怀疑，于是我不能不摸索着往前走。

    北京大学校刊编辑部的人来，说今年是建校九十周年，想印个纪念文集，希望我写点什么。我有些胆怯，因为没有什么值得听听的话好说。但又义不容辞，这有如为亲长开个纪念会，不管我怎么可有可无，也非参加不可。问内容有没有什么限制，说要围绕"我与北大"写。写什么呢？大事，没有；琐细，敝帚享之千金，读者会厌烦。困难中想出一条路，几年以前，感到衰迟之来，常常更加怀念昔年的有些人，有些事，有些境，于是把一时的记忆和观感写下来，零零碎碎，集到一起出版，名为《负暄琐话》。其中不很小的一部分是谈我上学时期的北大。"我与北大"，命题作文，我算是已经写了后一半。还有前一半，"我"，没写，这次就无妨以此为内容，算作补阙或拾遗。

    写"我"，选与北大有关系的，也太多了。多，无妨，篇幅可以拉长。有妨的是性质太细小的，如饥餐渴饮，太偏僻的，如个人恩怨，都不值得说，因为，用时下的话说，是没有教育意义。想了又想，想出上面那个题目，自己认为，分量超过饥餐渴饮，可以说说。由己身出发考虑，也应该说说，因为它，作为问题，已经伴我或说缠我几十年，而且看来还要缠下去，直到无力再想它。是什么问题呢？记得是当年读英国培根的书，大概是《新工具》吧，问题的性质才明朗化的。培根说："伟大的哲学始于怀疑，终于信仰。"我以很偶然的机会，走进北京大学的门，在母校的培育中生长，学会了怀疑；不幸半途而废，虽然也希望，却没有能够"终于信仰"。这不知道应该不应该算作辜负了培育之恩；但思前想后，心里却是有些感慨的。以下就围绕着这点意思，说说有关的情况。

想扯得稍远些，由迈入校门的偶然说起。那是1931年夏，我师范学校毕业，理应去教小学而没有地方要，只好换个学校，升学。北大考期靠前，于是交了一元报名费，进了考场。记得第一场考国文（后来称为语文），作文题是八股文的老路，出于《论语·季氏》，曰"不患寡而患不均，不患贫而患不安，试申其义"。那时候还没念过俞樾的《古书疑义举例》，不知道原文有错简（应作"不患贫而患不均，不患寡而患不安"），于是含糊其辞，在"寡""贫"方面大作其经义式的文章。其间并引《孟子》为证，说"河内凶，则移其民于河东，移其粟于河内"云云。这里要插说几句话。我小学的启蒙老师姓刘，名瑞墀，字阶明，是清朝秀才。以会作破题、承题、起讲的大材而教"人手足刀尺，山水田，狗牛羊"，心里当然有些不释然。于是锥处囊中，或由于爱人以德，就自告奋勇，晚上给我们一些也还愿意听听的孩子们讲《孟子》。他的教法革新了，是先讲解，后背诵。河内凶这一章靠前，记得牢实些，所以能够抄在考卷上。其时北大正是被考古风刮得晕头转向的时候，推想评卷者看到纸上有《孟子》大文，必是相视而笑，莫逆于心，于是给了高分。其他数学、外语等都考得不怎么样，可是借了孟老夫子的光，居然录取了。

录取为文学院学生，选系，听了师范同学也考入北大的陈世骧（后到美国教书，已故）的劝告，入了中国语言文学系。那时候，文史哲几乎不分家，于是听课，杂览，就三方面都有。主干是温故，也想考古。考古要大胆怀疑，如顾颉刚先生那样，说夏禹王可能是个虫子。又要小心求证，于是就不能不多翻书。现在回想，其时的生活是在两条线上往前走，一条可见，一条不可见。可见的是上课，钻图书馆，心情有如乡下人进城，大街小巷，玉钏朱轮，都想见识见识。具体说，也听了熊十力先生的《新唯识论》课；图书馆呢，由板着面孔的正经正史等一直到《回文类聚》和《楹联丛话》之类，都翻翻，这，吹嘘一点说是走向博，其实是"漫羡而无所归心"，关系并不很大。关系大的是那条不可见的，默默中受北大精神的熏陶。这精神是两种看来难于协调的作风的协调。那是一，乱说乱道；另一，追根问柢。或者合在一起说，是既怀疑又求真。说这关系大，是因为它指引的方向不只是浮在水面的博，而是走向水底的深。表现于外是口说笔写，要确有所见，不甘于人云亦云。

这当然是说学校，不是说我也这样有所得。但是古语说，近朱者赤，近墨者黑，我想出淤泥而不染也做不到。这说来话长，只好大题小作。大概是学程四年的后期，追根问柢和怀疑互为因果，使我的兴趣或说思想有了较大的波动。原想写的《九鼎考》扔下了，认为即使考清楚了，与现在又有什么关系？重要而迫切的是要弄明白，"朝闻道，夕死可矣"的"道"究竟是怎么回事。说通俗点是怎样活才不是白白过了一生。这使我相当惶惑。只是惶惑，还不知道这个问题太大。有眼不识泰山，于是问人，以为轻易可以解决。只有两次，印象深，还记得。先一次，大概是问比较活动的什么人吧，答复是要读政治经济学。读了一点点，觉得不对，因为那只是讲怎样求得温饱，并不讲为什么要温饱。后一次，是问在生物系上学的牛满江同学（现在美国），生物的生有没有目的，他想了想，答，传种之外像是没有目的。我当然不满足，因为这还不是值得夕死的道。是母校的追根问柢精神使我怀疑，又不甘于停止于怀疑，于是我不能不摸索着往前走。

近水楼台，先注意本土的所谓道。这也多得很，其显赫者是儒道释（外来而本土化）。儒接近常情，有所谓三不朽：立德，立功，立言。如果不追根问柢，这种道颇有可取，因为即使学周孔、秦皇汉武很难，努力，写点什么，总不至于可望而不可即。问题是这种道并不是人人都同意，如老庄就是主张好事不如无的；佛家更趋极端，认为这都是此岸的事，不只空幻，而且不免于苦。更大的问题来自理论方面，是，为什么不朽就可取？追到最后，恐怕只能乞援于《中庸》，说"天命之谓性，率性之谓道"。这说得雅驯，其实性质与倒霉，死于车祸，只好认命，正是一路。上天让我们乐生，求饱暖，我们除了顺从，还有什么办法？

　　母校的追根问柢精神使我不能停止于顺天，于是冥思，也找书看。书的范围，一言难尽，总之是这条弯路相当远，日久天长，甚至发现日暮途远，想倒行逆施也难于做到。而所得呢，又是一言难尽。情况可能与宋朝的吕端相反，是大事糊涂，小事不糊涂。所谓大事，是道的理的一面，还是找不到可以贯通一切并为一切之根据的什么，换句话说，是还不能树立起信仰。所谓小事，头绪纷繁，这里只说两类值得一提的。一类是道的行的方面，我不得已，思想上只好走写《逻辑系统》的英国小穆勒的路，他中年也烦闷，找不到可以为之夕死的道，后来左思右想，接受了边沁主义。儒家的顺天命，加上"己欲立而立人，己欲达而达人"，也是边沁主义一路，我同意，理由不是认为这样最合理，而是为多数人着想，只能这样。这态度，由理论上衡量，是不怎么积极的，因而就给持不同意见者，如佛家，留下余地，他们不高兴在此岸，那就到彼岸也可以，只要说得到做得到就好。小事的另一类是熟悉了大问题之下的诸多小问题。举有实用价值的为例，我不再怕鬼，因为确知现实世界没有《聊斋志异》写的那样有情，人死如灯灭，就是想鬼也没有。绝大多数也许是没有实用价值的，总的说，是常用较冷的眼看一切。这样看，事物就常常不像说的那样单纯，接受整体之前，要分析。就是说，还是怀疑的精神占了上风。其间一件小事更可以说明这种心情。那是读英国罗素的《怀疑论集》，现在还记得有一处说，历史课本讲打败拿破仑，英国的说功都是英国的，德国的说功都是德国的，他主张课堂上让学生兼念两种，有人担心学生将不知所措，他说，能够教得学生不信，就成功了。我欣赏他这个意见，因为是擂鼓助了怀疑之兴。

　　这样说，心里长期盘据着母校的怀疑精神，我就毫无遗憾吗？也不然。值得说说的是两种情况。

　　一种偏于世俗，是应付社会的捉襟见肘。世间有些事物，有些人看着完全好，或完全坏。我却常常不这样看。问我，窥测对方的意旨说，不好；顺着自己的思路说，也不好。怎么办？因为难办，也就难说，这里只好不说。

一种偏于微妙，是知心安理得之为绝顶重要而不能心安理得。记得这种心理状态不只一次跟深知的人说过。我外祖母是个乡下老太太，信一种所谓道门，精义不过是善心善行得善报。有一次，我站在现代科学的立场，说并无来世，惹来几句咒骂。现在想来，这是怀疑和信仰的交战，哪方胜了呢？外祖母有信仰，当然相信得全胜。我呢，仔细想想，是胜败难说，因为来世虽然靠不住，但那是信仰，有大用，用佛家的话说，是可以了生死大事。死生亦大矣，无妨缩小一些，说心安理得。而我，因为没有外祖母那样的信仰，一直是连缩小的心安理得也不知道如何才能取得。细想起来，这心情是有些苦的，记得前几年曾写几首观我生的诗，其中第二首的尾联是："屎溺乾元参欲透，玄功尚阙祖师禅。"这可以最简要地说明我与北大的关系：是母校的怀疑精神引导我去思索道在屎溺，思索乾元亨利贞；可是自己琢而不成器，始终不能禅悟，见到如能朝闻则夕死而无憾的道。

善心善行得善报，报要由至上的外方来。待报，不问至上的有无，何形何质，何自来，是信仰。更典型的信仰是上帝全知全能全善，给我们福，要感谢，给我们祸，也要感谢。相信某种说法永远是真理也属于这一类。树立这样的信仰并不容易，因为与追根问柢的精神不能水乳交融。一种美妙的想法是使怀疑和信仰共存共荣。这做得到吗？我不知道。也许培根有办法，可惜不能寻其灵而问之了。另一种，不是美妙的，只是实际的想法，是分而治之。分是照古人的说法分，形而上者谓之道，形而下者谓之器；然后是上不能知，存疑，专顾下。以《中庸》的话为例，"天命"是形而上，可以不问理由，只是接受；然后是用全力钻研"率性"，以解决夫唱妇随、柴米油盐等问题。其实，古今中外无数的贤哲，再加无数的常人，都是这样做的。名堂可以叫得冠冕些，如以仁义王天下，边沁主义，等等，用庄子的话一言以蔽之，都是"知其不可奈何而安之若命"。在这类既复杂又朦胧的问题上，我因为死抱着母校的怀疑精神不放，虽然也知道，分而治之之后，应该尽量少问形而上的道，以求在形而下的范围内徜徉，取得微笑；可是总认为，这低一层的

"知其不可奈何而安之"的想法和做法还是无根之草，或根不深之草，是长得并不稳固的。

越说离实际越远，应该就此打住，回到本题。意思很简单，是，如果人可以切为身心各半，我的心的一半，已经超过半个世纪，是在母校怀疑精神的笼罩下，摸索着走过来的。这使我有所得。但没有大得，因为未能"终于信仰"。这样说，对于母校，我的心情也就不能不分而治之：有时感到惭愧，因为没有成材；有时也感到安慰，因为没有忘本。

◎ 故居？非故居？鸦儿胡同14号已改为35号，院子也被人买下重建，全不是旧时模样。

赏析

怀疑精神，可以说是一种民主精神。正是这种
怀疑精神，方使人类不致停滞，而有所前进。

在公元前四世纪以降的希腊化哲学世界里，有一种怀疑学派，与斯多葛派、犬儒派俱煊赫一时。到公元2世纪，怀疑派的徒孙更把这怀疑精神提升一步，他们敬神，并且说他们在执行天命。

近见一些宛转弄文的无聊写家，一提到汉奸，首鼠两端、无操守、无气节，总要把汪精卫、周作人带到笔端诅咒一番，论其见解，无非人云亦云，无任何新意。其实周作人虽软骨附逆，却不是军政汉奸，不但没有人命案，在客观上还保护过北大价值连城的珍稀图书，汪精卫呢，虽为人唾弃，但当代第一流的历史学家李敖却以精密的论证，无可辩驳的原始材料，证明汪精卫"自1932年就任行政院长以来，就以跳火坑的心情，处理国事，其中最大的一个特色，就是他替蒋介石背黑锅"，"堂堂行政院长竟被蒋介石派去主和，主了和以后，还要汪精卫追认，这不是背黑锅，又是什么"？李敖还搞到了国民党《汪兆铭降敌卖国密史》其中说汪的一大罪状乃是"妨碍中日讲和！"真是弄巧成拙，岂不正好反证了蒋党那边在跟日本讲和吗？时人写文，摇笔即来，观点浅陋，材料更是捉襟见肘，一提汉奸，就是汪精卫、周作人；对军统、中统、宪兵司令部因得了黑心财、夺了小老婆（即"逆产"）而放跑的大大小小汉奸，却懵然无知，绝口不提，这不是读书太少，又是什么？岂止读书太少，更关键处，是这些汹汹写家，既无任何信仰，更缺乏一种辩证的怀疑精神。所以永远只能在别人后面亦步亦趋，拾人唾余。

历史、人生、政体、国民、人及其行动，失却了这种怀疑精神，它的肌体，就

必然出问题。文革十年浩劫，造成的中国社会大动乱，万千生灵涂炭，不就是千万人的脑袋凝固不动而笃信一个人的"自由意志"吗？

其实，不怀疑才是真正的懒人哲学，因为善于用脑想问题者，多要付出伤心惨目的代价。霍尔巴赫、布鲁诺、莫尔、李贽、鲁迅、李敖、遇罗克……莫不如此。怀疑推到极致，固然要惊醒玩弄人民于股掌之上的大人先生们的春梦。然而，正是这种怀疑精神，方使人类不致停滞，而有所前进。怀疑精神，可以说是一种民主精神。信仰，固大矣哉，但是张中行先生说"更典型的信仰是上帝全知全能全善，给我们福，要感谢，给我们祸，也要感谢。相信某种说法永远是真理也属于这一类。"这就太可怕了。戈林、戈培尔、希姆莱，却是死硬到绝对信仰他们的信仰的。置数百万无辜者于死地，也是他们"信仰"中的合理内核。浩劫十年，红卫兵的打砸抢先锋，也是不准他人怀疑其"信仰"的，就是今天，也还是有人念念不忘为其暴行张目呢。

为了怀疑的精神得到证明，张老从细处着眼，譬如念两种历史课本，会导致学生不知所措吗，有人担心。又有人说"能够教得学生不信，就成功了。"张中行先生特别拈出并激赏之。这种怀疑精神，正是为了求真知。

"用较冷的眼睛看一切""接受整体之前，要分析。"张老的不刊之论，遂在具体而微的分析中获得。书从疑处翻成悟。张老尝问同学牛满江，"生物的生有没有目的，他想了想，答：传种之外像是没有目的。"

这问题由怀疑得来，合乎怀疑的精神。然张老之高明，在于他不满足于这怀疑，而继续往前探索。培根说："伟大的哲学始于怀疑，终于信仰。"张老学会了怀疑，却没有能"终于信仰"，这正是他的深刻透辟之处。

此篇文意，发端于怀想母校的纪念文章。怀疑精神是北大一以贯之的不灭真魂。五四运动的领袖傅斯年是一个富有怀疑精神的人。金耀基说，各种性情的读书人表现不同，其中一种是"傅斯年式的在图书馆'上穷碧落下黄泉，动手动脚找东西'的严肃执著的读书人"。世事虽不堪，而张老心不冷。怀疑，虽由无尽的问号组成，却并非消极，实质上，它是一种对人间无限关爱的人文精神。

(伍立杨)

彗 星

住在城市，已经看不见充满星辰的夜空；就是行于村野，也因为车灯太亮，把天空隔在视野之外了。

○ 1999 年 7 月 5 日在书房中。

我喜欢读英国哲学家罗素（1872—1970）的著作，因为就是讲哲理范围内的事物，也总是深入浅出，既有见识，又有风趣，只有板起面孔讲数理逻辑的两种（其中一种三卷本的与白头博士合著）例外。这位先生兴趣广泛，除了坐在屋里冥想"道可道""境由心造"一类问题之外，还喜欢走出家门闲看看，看到他认为其中藏有什么问题，就写。这就难免惹是生非。举例说，一次大的，是因为反对第一次世界大战之战，英政府让步，说思想自由，难得勉强，只要不吵嚷就可以各行其是，他说想法不同就要吵嚷，于是捉进监狱，住了整整半年。就我所知，还有一次小的，是租了一所房子，很合心意，就要往里搬了，房主提出补充条件，是住他的房，要不在那里宣扬某种政治主张，于是以互不迁就而决裂。这是迂，说通俗些是有那么点别扭劲儿。别扭，缺点是有违"无可无不可"的圣人之道；优点是这样的人可交，不人前一面，人后一面。话扯远了，还是言归正传，说彗星。是1935年，罗素又出版了一本书，简名是《赞闲》（商务印书馆曾出版译本），繁名是《赞闲及其他》，因为除第一篇《赞闲》之外，还收《无用的知识》等十四篇文章，其中倒数第二篇是《论彗星》。这里应该插说两句，是《赞闲》和《无用的知识》两个题目会引起误解，其实作者的本意是，应该少一些急功近利，使闲暇多一些，去想想，做做，比金钱虚而远却有真正价值至少是更高价值的事。

以下可以专说彗星了。且说罗素这篇怪文，开篇第一句是："如果我是个彗星，我要说现代的人是退化了。"（意译，下同）现代的人比古人退化，这是怎么想的？他的理由是，由天人关系方面看，古人近，现代人远了。证据有泛泛的，是：住在城市，已经看不见充满星辰的夜空；就是行于村野，也因为车灯太亮，把天空隔在视野之外了。证据还有专属于彗星的，是：古人相信彗星出现是世间大灾难或大变异的预兆，如战争、瘟疫、水火等，以及大人物如恺撒大将、罗马皇帝的死亡；可是17世纪英国天文学家哈雷发现哈雷彗星的周期，其后又为牛顿的引力定律所证明，彗星的神秘性完全垮了。他慨叹说："与过去任何时代相比，我们日常生活的世界都太人工化了。这有所得也有所失。人呢，以为这就可以稳坐宝座，而其实这是平庸，是狂妄自大，是有点精神失常。"

罗素自己也是科学家，大概是干什么嫌什么，所以在这里借彗星发点牢骚，其意若曰：连天都不怕了，还可救药吗！可惜他没有机缘读《论语》，否则发现"畏天命"的话，一定要引为知己吧？但也可能不是这样，因为让他扔掉科学，必是比扔掉神秘性更难。所以折中之道只能是走老新党或新老党的路，在定律和方程式中游荡累了，改为看看《聊斋志异》一类书，短时间与青凤、黄英为伴，做个神游之梦，以求生活不全是柴米加算盘，或升一级，相信沙漠中还有绿洲，既安慰又得意，如此而已。罗素往矣，青凤和黄英也只能想想，所以还是转回来说彗星。罗素在这篇文章里说，多数人没见过彗星；他见过两个，都没有预想的那样引人入胜。见彗星而不动心，显然正是因为他心里装的不是古人的惊奇，而是牛顿的定律，可怜亦复可叹。且说他见的两个，其中一个当是1910年出现的哈雷彗星，这使我想到与这个彗星的一点可怜的因缘。

我生于1909年初，光绪皇帝死，慈禧皇太后死，宣统皇帝即位，三件所谓大事之后不久，哈雷彗星又一次从地球旁边溜过之前一年多。就看哈雷彗星说，这样的生辰是求而难得的，因为如果高寿，就有可能看到两次（哈雷彗星76年绕日一周）。即如罗素，寿很高，将近一百，可是生不逢时，就难得看到两次，除非能够活到超过115岁。不久前才知道，彗星的可见度，与相对的位置有关。北京天文馆的湛女士告诉我，1910年那一次位置合适，彗星在天空所占度数是140，天半圆的度数是180，减去40，也总可以说是"自西徂东"了。这样的奇观，推想家里人不会不指给我这已经能够挣扎走路的孩子看看，只是可惜，头脑还没有记忆的功能，等于视而不见了。

不知是得懒的天命之助还是勤的磨练之助，到1987年哈雷彗星又一次光临的时候，我竟还能够出门挤公共车，闭户看《卧游录》。于是准备迎接这位希客，以补上一次视而不见的遗憾。后来看报上的介绍，才知道这一次位置不合适，想看，要借助天文望远镜的一臂之力。有一天遇见湛女士，谈起看而不能单靠肉眼的事，她有助人为乐的善意，说可以安排哪一天到天文馆去看。我既想看，又怕奔波，最后还是禅家的"好事不如无"思想占了上风，一拖再拖，彗星过时不候，终于有看的机会而没有看，又一次交臂失之。

幸而在这一点上我超过罗素，竟还有另一次看的机会。那是1970年春夏之际，我远离京城，在明太祖的龙兴之地，干校中接受改造的时候。有一天，入夜，在茅茨不剪的屋中，早已入梦，听到院里有人吵嚷"看彗星"。许多人起来，出去看。吾从众，也出去看。一个白亮的大家伙，有人身那样粗，两丈左右长，横在东南方的夜空中。因为是见所未见，虽然心里也存有牛顿定律，却觉得很引人入胜。还不只心情的入胜，不知怎么，一时还想到外界自然的必然和自己生命的偶然，以及辽远的将来和临近的明日，真说不清是什么滋味。这个彗星像是走得并不快，记得连续几夜，我怀着无缘再见的心情，入睡前都出去看看。想知道它的身世，看报纸，竟没有找到介绍的文章。直到十几年之后，承湛女士相告，才知道它的大名是白纳特。

万没有想到，这与天空希客的几面会引来小小的麻烦。这也难怪，其时正是四面八方寻找"阶级斗争新动向"的时候，像我这样的不得不快走而还跟不上的人，当然是时时刻刻如临深渊，如履薄冰，想在身上发现"新"不容易；而这位希客来了，轻而易举就送来"新"。上面说"吾从众"，这"众"里推想必有所谓积极人物，那就照例要客观主义地向暂依军队编制的排长报告：某某曾不只一次看彗星，动机为何，需要研究。排长姜君一贯嫉恶如仇，于是研究，立即判定这是阶级斗争新动向。其后当然是坚决扑而灭之。办法是惯用的批判，或批斗。是一天早晨，上工之前，在茅茨不剪的屋里开会，由排长主持。我奉命立在中间，任务是听发言。其他同排的战友围坐在四方，任务是发言，还外加个要求，击中要害。所有的发言都击中要害，这要害是"想变天"。我的任务轻，因而就难免尾随着发言而胡思乱想。现在回想，那时的胡思乱想，有不少是可以作为茶余酒后的谈资的，如反复听到"变天"，一次的胡思乱想严重，是，如果真有不少人想变天，那就也应该想一想，为什么竟会这样；一次的胡思乱想轻松，是，如果我真相信彗星出现是变天的预兆，依照罗素的想法，那就是你们诸君都退化了，只有我还没有退化。这种诗意的想法倏忽过去，恰巧就听到一位战友的最为深入的发言，是想变天还有深的思想根源，那是思想陈腐，还相信天人感应。直到现在我还不明白那时候是怎么想的，也许有哈雷、牛顿、罗素直到爱因斯坦在心里煽动吧？一时忍不住，竟不卑不亢地驳了一句，"我还不至于这样无知！"天下事真有出人意料的，照常例，反应应该是高呼"低头！""抗拒从严！"等等，可是这回却奇怪，都一愣，继以时间不太短的沉寂。排长看看全场，大概认为新动向已经扑灭了吧，宣布散会。

　　住干校两年，结业，有的人作诗，有"洪炉回首话深恩"之句。我也想过，关于洪炉云云，所得似乎只有客观主义的一句，改造思想并不像说的和希望的那样容易。但我也不是没有获得，那是思想之外的，就是平生只有这一次，真的用自己的肉眼看到货真价实的彗星。——如果嫌这一点点获得太孤单，那就还可以加上一项，是过麦秋，早起先割麦，然后吃早点，有一天有算账的兴趣，一两一两数着吃，共吃了九两。这是我个人的饮食大欲的世界纪录；现在呢，是一整天也吃不下这些了，回首当年，不能不慨叹过去的就真不复返了。

◎ 张中行与张岱年。

赏析

学问到了一定程度的人，也许就不拘泥于学问本身了。思想跑野马，精鹜入极，且不乏卓见。

　　说起来很惭愧，读中行先生的文章，已经是很晚的事情。可心中始终有一种误会：张先生是河北人氏，是我们的本家。说这话，也不是无来由的。我家从南方来北京只有40几年，突然地有一天，被北京大学的张岱年先生找去认了本家。从可考的家谱看，岱年先生在张家，是长房一支辈分最高的一位，埋头搞了一辈子史学，老了，想起要续家谱。于是天南地北，我们这些"相见不相识"的张家后人，被集合于他的门下，认祖归了宗。至此我才知道，从明代初年张家自山西洪洞迁至河北沧县，到如今已是六百年。张家门里，很有几位舞文弄墨的文人。不知怎么，在心里，就认定中行先生是我们的族人。先生名"璇"，查了家谱，不是，很有些遗憾。可先生的文章，却让我从内心深处，觉得熟稔。

　　见到先生，则是更晚的事情，是在饭桌上。那天政协的一个刊物开组稿会。因为嘴上占着，因为礼貌，也因为讷于言，没和先生多谈。先生清瘦，朴拙得近于本色，样子更贴近吃京东肉饼、喝棒碴粥一路，让我想起他笔下的熊十力先生，夏日里一条长裤，光着脊背，坐而论道。也许彼此间都属于"真佛家只说平常话"一类，叙述起来，就透着亲切。先生写《负暄琐话》，竟至一话二话连三话，他借《列子·杨朱》里的故事，未必要"负曝以献"，说自己是个"农夫"，大约才是真话。

　　那天离开的时候，先生由那位写文章有"凌霄汉阁主"味道的靳姓青年陪着，没打着车，一老一少悠然地坐上三轮，摇摇摆摆地走了。

　　世间有"聊斋"情结的人不少。先生集子里一处两处三处地说，是喜欢。我也喜欢《聊斋》，更有一层缘由在里头：人民文学出版社最早的标点校注本以及后来的会评、会校、会注本《聊斋志异》，是我的叔公、那位过了世的张友鹤先生所为，因此读起来，便有一份贴近的感觉。友鹤先生因作"三会本"《聊斋》劳累过度，以至中风不起，口不能言，终日躺在床上望天花板。兄长友鸾先生来看他，他口中念念有词："……朝房……椽子……"好在这位也是个熟读旧小说的人，竟猜懂了他的意思：他是说自己像明清小说里的那些大臣，候在朝房里，等不到高卧不起的皇上，只有数那房顶上的椽子打发时光。

叔公的主要兴趣，是为《聊斋》索引疑难和典故，而另一位先生的癖好，却是在搜求《聊斋》的版本上。我听中国书店的古籍专家雷梦水先生，谈起过《聊斋》。那年山东要办个蒲松龄纪念馆，求教雷先生。他为他们搜集到二三十种版本的《聊斋》，又拿出一部《东郭萧鼓儿词》，是蒲松龄从未刊印过的书稿。人们已经大喜过望，没承想，雷先生又顺口说出：江苏有个宝应县，蒲松龄在此做过小官，清代某某人的笔记有记载。找来《宝应县志》一看，清松龄的名字赫然在目。

以上两位对《聊斋》的痴迷，仍属旧杂家的考据一路。而中行先生，却多了欣赏，多了用欣赏来打发寂寞。在《书》一篇里，先生曾写道：

"是40年代后期，因劳累而患胸膜炎，被送往地安门内清源医院。住几天，烧半退，卧床而清醒，真就日长似岁了。只好向书乞援，让家里人送来青柯亭本《聊斋志异》，本子不大而字大，看不费力而故事有情趣，总之就使难忍之闲化为轻松度过。"

引这段话，是说明先生对《聊斋》的钟情。他谈到一生中有两次，是不得已而求助于书来打发时间的，一次在"文革"，一次就是生病。昔日对青柯亭"大字本"的情有独钟，是打发闲愁，到《彗星》这一篇里，中行先生的"聊斋"情结便有点奇，他是"爱其书，施（yì）及罗素"，是自己喜欢，还要"施于人"。

对罗素，先生有透彻的了解。40年代末，还是"年轻气盛时"，他就翻译过罗素的"一本小书"《哲学与政治》，为此，他去请教过鲁迅的朋友，那位英文很好的许丹先生。中行先生喜欢罗素的书，除了哲学上的兴趣外，还有他的深入浅出。但凡真正的大家，都属于平易到不动声色一类。深奥的哲理，能写出引入入胜的风趣，实在与常人印象中的大哲学家相去甚远。这又是"真佛家只说平常话"的一位，所以，对他的风趣，对他的见识，先生是相知已久，心仪已久。

罗素在《论彗星》里一反他科学家的身份，借彗星，对现代人的社会发起怪论来：人是退化了，现代社会过于人工化，灯太亮，看不到满天的繁星，天文家打破了彗星的神秘，人就可以稳坐宝座了？如此这般，读到《论语》"畏天命"的话，罗素先生可能要引为知己了吧？"可能不是这样。"还是先生对大师知之甚深："因为让他扔掉科学，必是比扔掉神秘性更难。"既如此，只有设想第三条路："折中之道只能是走老新党或新老党的路，在定律和方程式中游荡累了，改为看看《聊斋》一类书，短时间与青凤、黄英为伴，做个神游之梦，以求生活不全是柴米加算盘，或升一级，相信沙漠中还有绿洲，既安慰又得意，如此而已。"

让罗素去读"不费力而故事有情趣"的《聊斋》？只有先生才想得出。不可思议却在情理之中。仅此一笔，文章便颜色大增。一个中一个西，一个古一个今，放在一处，顿觉妙趣横生，而且妙不可言。其中的味道，除了让你忍俊不禁，还有别的什么，却说不出。只有融会古今、兼容中西的高手，才能写出这种文章，别人则不可及。我说先生与罗素，在精神气质上是相通的。这种相通，是在深入浅出的平易中见思想，在风趣诙谐中出识见。先生的"聊斋"情结，便是一例。

在现实纷繁的散文世界里，中行先生的文章，显得有些"特立独行"，我想，这是由于他的"晚出"。作为学者散文，他的文人气质，有承接传统的一面。其工力，在眼下众多的散文中，是不多见了。宋代有陈槱(yóu)的《负暄野录》，我没读过，不了解它的面貌。及至当代黄裳先生的《负暄录》，依然是传统学者的散文思路：谈人，谈事，谈学问掌故。到先生《负暄琐话》一类文字，形式上仍承袭了老路，于是便有了"掉书袋"的议论。

学问底子厚，难免要掉书袋。说个极端的，昔日清华大学的陈寅恪先生，张嘴就是某某语，那是掉洋书袋。英、法、德、俄、日、希腊、拉丁诸种文字自不待说，还有那些死了的梵文、巴利文、满文、突厥文、西夏文、波斯文，甚至连匈牙利的马札尔文他也懂。他的研究生上课，常感到程度不够，听不懂。写出来方知道，哦！那是德文，那是俄文，那是梵文。"但要问其音，叩其义，方始完全了解。"（见汪荣祖《史家陈寅恪传》）可陈寅恪的历史课，在清华园是有名的，连当时燕京大学、中央研究院的年轻学子，都争相来听。古今中外汇于一炉的学识，对历史独特的思考与感悟，使他的讲授，与传统意义的历史课大不相同："犹如目前猛放异彩"。学生说"好像又听了一出杨小楼的拿手戏！"这是广博学识之后思想的魅力。

南宋词人拿起笔就掉书袋、"剪红刻翠"的时代，毕竟离我们远去了。比起传统的学者散文，中行先生的文章，却多了思考。学问到了一定程度的人，也许就不拘泥于学问本身了。思想跑野马，精骛入极，且不乏卓见。这种思考，不苟同于他人。谈到"寿则多辱"，对周氏二兄弟，先生说出那么有意思的话，令人击节。即使对自己的老师，对那位人格学识他都佩服有加的熊十力先生，他也能说出"20世纪以来，'相对论'通行了，有些人在用大镜子观察河外星空，有些人在用小镜子寻找基本粒子，还有些人在用什么方法钻研生命，如果我们还是纠缠体用的关系，心性的底里，这还有什么意义吗"的大实话。他一心认为"现代哲学应以科学为基础"，他已在奉行罗素的说法了。回到《彗星》里的那天早上，那个茅茨不剪的屋中的批斗会，面对"相信'天人感应'、借彗星想变天"的指斥，难怪他要忘记低头认罪的身份，脱口而出："我还不至于这样无知！"

脱口而出的话，固然掷地有声，可最终留在印象中的，却是掷地之后全场哑然的场面，还有一顿早饭，吃进九两馒头，以及捧读《聊斋》的罗素，与青凤、黄英同游……思想的锋芒是有穿透力的。先生的思想，却融于淡泊的叙述中，娓娓道出，间或诙谐幽默，让你觉着没有冲动，只有冲淡。这是一种境界，平常，本色，于是不由又想起，先生坐三轮车……

（张　恬）

祖父张伦

读历史，看现世，会遇见各种类型的人，其中有两种，哲人和痴人，可以说是天造地设的一对。

读历史，看现世，会遇见各种类型的人，其中有两种，哲人和痴人，可以说是天造地设的一对。哲人想，知，可敬；痴人不知，也不想，可爱。孔子是哲人，教他的弟子子路代言，说："道之不行，已知之矣。"项羽是痴人，四面楚歌，唱完《别姬》之后还说："此天之亡我，非战之罪也。"我有个别人看来也许不正常的想法，是：对于哲人，应该同情；对于痴人，应该羡慕。同情来于怜悯；羡慕来于求之不得。为什么要怜悯？以孔子为例，已知道之不行，还要"三月无君，则皇皇如也"，果报必是忽有明而忽无明，"形与影竞走也，悲夫！"另一面呢，如传说的尾生，与某女子约定某时在某桥下见面，依不成文法，要先到，等待，等待，过时不来，水来了，因为痴，不能从权，"抱梁柱而死"，心安理得，就不至于"悲夫"。可是与女子约，等待，水来而女不来，甘心抱梁柱而死，于是就心安理得，也大不易，不易而大有希冀之意，所以说羡慕。简明而扼要地说吧，想到人生，我的想而未必能行的哲学是，最好能够自欺，比如，出门，提着两笼画眉鸟来回走，入门，拿着一百单八的念珠宣"南无阿弥陀佛"号，就自以为这是天下之应然，至乐，岂不善哉。糟糕的是，想到最好能够自欺的时候，不只"最好"早已逃之夭夭，连"自欺"也无影无踪了。伤心，自力更生办不到，但跛者不忘履，有时就愿意多向外看，搔他人之肤以解自己之痒。还有时愿意说说，以期一些可怜的同病，也能搔他人之肤以解自己之痒。可说的人不少，本之吾乡某君

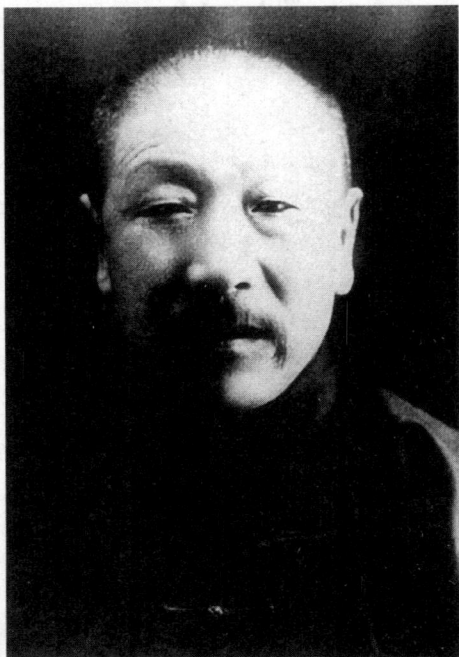

◎ 父六十岁左右留影。——行公自署

"先及其家，后及其国"的名言，开卷第一回说我的祖父。

祖父张伦不是名人，就是在只有几十户的本村也不是名人，说他，是根据在"生之道"面前人人平等的原则。他比我年长60岁以上，他作古之年我已经超过十岁，所以在家门内的祖的一辈里，只有对于他，印象最清楚。其余几位，大祖父可能最先故去，其次是祖母，我都没有印象；大祖母病故，其时我已六七岁，所以有印象，只是不像祖父那样清楚。还要说几句追溯的话。我的曾祖父生三个儿子，大祖父有二女而无子，祖父行二，有二子二女，三祖父有一子（大排行行二）二女。早在我有生之前，曾祖父去世，祖一辈析居，依封建旧规，大祖父无子，要过继侄辈最长的一个，我父亲成为当然继承人，与三叔父是胞兄弟，不好分居，于是三祖父一支离开街中心路北的老宅，到村西端路南的场院建新房，另起炉灶。这样，我上小学的时候，祖父就成为家中唯一的老人物。他中等身材，因为总是粗茶淡饭，体虽不弱而一点不见丰腴，很少说话，但面容透着和善，一见就知道是个朴厚的农民。

我成年以后，念了些乱七八糟的书，有时回头想想祖父，觉得他也有自己并不觉得的生活哲学，或说理想，就是"兴家"。兴家要有后，所以对于我们这些孙子辈的总是怜爱。可惜他旧的没念过《太平广记》一类书，新的没念过"小说教程"一类书，我们很喜欢听故事，他却不会讲。冬天，农活已经没有，喝完晚饭的玉米渣粥之后，他照例坐在北房东间炕西端近灶的已铺开的被褥上，眼半合，有时捋捋下垂二寸左右的胡须，其实未笑而像是笑的样子，我们还不想睡，就围上去，叫爷爷讲故事。他从来不拒绝，可是永远是那个黄鼠狼成精，偷鸡，逼人逃上树的故事。几乎像秀才熟悉四书一样，我们一听到"有那么一家子"，就知道结尾必是，"黄鼠狼以为打雷下雨啦，都跑了。"可是我们还是静静地听着，总是慰情聊胜无吧。女孩子们不来，因为女孩子是别人家的人，他不喜欢。

李义山有《咏史》诗，首联很像出于三家村冬烘先生之手，是"历览前贤国与家，成由勤俭破由奢"，我祖父当然没念过，可是他是既未亲炙又未私淑的信徒，还不只信，而是一生力行之。先说勤。他起得早，东方还未白的时候就背个粪筐出去，拾路上和路边的家畜粪，那年头还没有化肥，田地增产要靠这个。拾粪回来，负责做早饭的妇女刚起来，他就把碎柴送到灶门口，他说，不这样，年轻人图省事，就净抱整的烧。早饭以后，除了冬天田地空空的时候，他总是上地，随着年轻人一起干农活。

◎母六十岁左右留影。——行公自署

再说俭。他在世的时候，家里像是并不贫困。我随着母亲住北房西间，清楚地记得，室西北角，成串的制钱堆有两三尺高。秋过完，四位姑母都带着孩子来住娘家，一日三餐，一掀锅就像一窝蜂，一会儿就一扫光，可是年年粮食有剩余。祖父却还是不忧道而忧贫。他不吸烟，不喝酒。那年头，虽然十家九俭，可是也仍然有来村里卖零吃食的，如花生、瓜子、萝卜之类，他是一次也没买过，也不许孩子买。我们是除三餐之外，什么也吃不到。三餐，孩子们不管不顾，难免有饭粒掉在桌上，祖父不责备，自己拾起来，放在嘴里。隔十天八天，他就拿苕帚遍扫一次锅底，说扫去烟灰，锅热得快，可以省柴。年近古稀了，同乡不少人劝他到只距百里的天津看看，说那里有

高楼，屋里点电灯，路上跑电车，他不去，说来往要花钱。俭，还有过分以至妨碍天伦的，是他作古之后母亲告诉我，说爷爷的脾气真怪，一次自言自语，说"豆房（开豆腐房的石家）真走运气"，家里人问为什么，他说："姑奶奶（乡里称出嫁的女儿）都死了。"可见冬闲，女儿带着外孙、外孙女来吃，他嘴不说，心里是很舍不得的。

其实就脾气说，祖父是偏于懦弱的，所以"兴家"这个要求，就常常是躬自厚而薄责于人。女儿等来吃，自然只能忍受。还有难于忍受也不能不忍受的，是我祖母，我父亲，都得我祖母之母的嫡传，好赌钱。据说祖母之母曾有一夜输掉一头驴的战绩。祖母和父亲，大概没有这样高的战绩，但积少成多，总比逛一趟天津要消耗得多吧？祖父当然疼得慌，但管不了，只好虽不知而接受了庄子的生活哲学，曰"知其不可奈何而安之若命"。就这样，也算幸运，终祖父的一生，家虽未能兴，也总算没有走下坡路。

于是更不能不安之的命就来了，是1919年秋天吧，收玉米秸，在地里装车，祖父在车上，已经垛得很高，车向前移没打招呼，他跌下来。推想是内脏受了伤，养一两个月，越来越重，初冬的一个夜里死了，享年旧算法是七十四。病重时总是想念在卢沟桥上学的长孙，不断地叨念："把孩子送这么远！"派人去叫，还没回来，他自知不能等了，把父亲和三叔父等叫到跟前，口头遗嘱："别分家，两个灶火门比一个灶火门费。买牛要后腿弯的，有劲。"只此两项，说完，沉默一会儿，带着"兴家"的希望，走了。

杂览，常遇见"如死者有知"的话，且不说能不能，至少是为带着什么希望而去的人着想，我以为，多半还是不能有知的好。即如我的祖父，撒手而去不久，我父亲和三叔父就分了家。提议的是入门不久的三婶母，这不当怨她，因为父亲赌钱的嗜好又升了级，已有一夜输掉一匹骡的战绩，较之他的外祖母是后来居上了。其后是土地逐渐消减，到土改时候已经所余无几。但因为昔年较多，并曾有雇工，所以还是不得不全家出走。赖政策英明，房屋少半归他人，动产全部归他人。动产之中，有个粗大而坚实的珠算，背后写着"乾隆年置"四个大字，唯一可以确定还有祖父手泽的，也"不知秋思在谁家"了。剩余的约十间空房，大跃进之后由生产队占用，1976年大地震，据说只几秒钟就全部倒塌，砖瓦木料由大队运走，其后是空地废物利用，改为南北通行的大路，这样，祖父一生想"兴"的"家"就彻底化整为"零"。

以祖父为本位，上面一段是"后话"，因为我不相信死后有知，所以写了。相信死后有知也不是没有好处，总的是竟至没有人死如灯灭，分的是可以同涕泣悼亡的人再说几次知心话，等等。但害处也不少，其中之大者，我想就是会使像我祖父那样的"痴"人恍然大悟。在人生的路上，悟常常伴随着破灭，于是满腔兴趣就会变为一身苦恼。从这个角度看，我的祖父，虽然没逛过天津，没见过电灯，更没吃过谭家菜，但能够"不识不知，顺帝之则"，终归还是幸福的。

◎ 1968年和外孙、外孙女在鸦儿胡同14号老宅葡萄架下，葡萄为行公手栽。

赏析

梦想是人生的要素，哪怕它常常只是自欺。

　　本篇旨在揭示一种执著的信念对于人生的必要性。尽管这种信念或希望可能是不现实的，甚或是虚妄的，因而是无法达到或实现的，即作者所谓的"自欺"，但这种"自欺"，却常常较诸清醒理性的认识更能对人生产生良好积极的影响。因此，作者才说："想到人生，我的想而未必能行的哲学是，最好能够自欺"。

　　人活着，总要有个目标。固然人生一世草木一秋，很短暂倏忽，但如果没有一件事情，足以使属心属身的一切都围绕它而运动，这几十年生涯，也将是沉闷无聊，难以忍受。这目标可以很高，文治武功，立德立功立言"三不朽"，像史书上那些著名人物做下的那类，也可以平凡庸常不值一提，如某办事员梦想若干年后坐到主管的位子上，某无房户念念不忘得到一套单居。按世俗功利的眼光看，前后两种想法相去不啻霄壤之间，但究其实质则并无二致，就是同样把生涯交付给了一个梦境。

　　本文中"祖父张伦"的梦想是"兴家"，为了圆这个梦，他一辈子克勤克俭。早早起来下地拾粪，跟年轻人一块干活儿，这是勤，不吸烟，不喝酒，自己不吃也不许孩子们买零食，为省钱不肯去百里外的大城市开眼界，甚至过分到不顾人伦亲情，舍不得出嫁的女儿带着外孙来吃饭，这是俭。临终遗嘱也仍然是为了"兴家"；"别分家，两个灶火门比一个灶火门贵。买牛要后腿弯的，有劲"。笔墨不算多，但选取的事例都很传神生动，人物风神跃然纸上。

　　但事情的发展并未按祖父希望的那样。他脾性懦弱，无法阻止祖母和父亲的嗜赌，因此终其一生，家未能兴起来。去世之后，更是急转而下。兄弟分家，赌嗜升级，土改土地被分掉，大地震房屋被震毁，"祖父一生想'兴'的家就彻底化整为'零'了"。

初看起来，祖父的一生是悲剧性的，因为结局是梦想的破灭，这勤俭便都没有了意义。但事情果真如此简单明确么？细想之下又觉不尽然。看到"兴家"梦的破灭并为之感慨的，是外人，而当事人并未想到这点。他在生命最后一刻的念头还是这个目标。他揣着这样一个始终如一的梦想劳作直到辞世，并希望和相信它会在后人那里实现，这个想法使他心安理得，心境良好。明眼人看来，这实在是一种心智的盲障，不愿或不能（祖父显然应属后一种）看到想到真相，近于自欺。但正因有了这种自欺，他才过得安然坦然。这岂不比勘破真相要好？毕竟幸福只在于个人的感觉。所以作者说，祖父"终归还是幸福的"。

文章开篇已交代明白，是要"搔他人之肤以解自己之痒"，写祖父张伦的所想所为，目的还是为了印证和解说作者本人的人生见解，即"最好能够自欺"。作者把人分为"哲人"和"痴人"两种，前者由"想"而"知"，后者则"不知"亦"不想"。想而知，于智慧的获取上可以所得多多，但往往因看得太深太透，知道无所不在的局限性，知道成败多半在天意，非人力所能左右，甚者更进一步，对目标本身也怀疑起来。这样，难免会豪情消尽。倒是"不想"也"不知"的"痴人"，脑筋简单，总有一个目标在前面等着他，总怀着接近那目标的希望，日子便觉得有了寄托，有了滋味。从这点看，"痴人"确如作者所说，"值得羡慕"。祖父张伦，无疑便是这类"痴人"中的一员。

梦想是人生的要素，哪怕它常常只是自欺。有首很流行的歌叫《水手》，里面有句歌词便是"只要我们还有梦"。这样，"最好能够自欺"便有了充足的理由。但正如文中所说，认识到这点，"想到最好能够自欺的时候，不只'最好'早已逃之夭夭，连'自欺'也无影无踪了。"不亦悲乎！

（彭　程）

我与读书

生而为人，要活，并希望活得如意些，就不
能不姑且相信应该分辨是非，有所取舍。

这是一篇不该写而终于决定写的文章。不该写，原因是，比喻说，居室内只有几件多年伴随的破桌子、烂板凳之类，而视为奇珍，并拦住过路人，请人家进来欣赏，这说轻些是愚陋，重些是狂妄。而又决定写，如文题所示，是因为先与"读书"，后与《读书》，有些关系。后来居上，且说近一两年来，不知道以何因缘，我的一些不三不四的文章，竟连续占了《读书》的宝贵篇幅。根据时风加市风，印成铅字的名字见三次以上，就有明眼人或不明眼人大注其意，自然，也因为文中总不免有些不三不四，或说野狐禅气，有些认真的人就不淡然置之。于是，据说，有人发问了："这新冒出来的一位是怎么回事？"又据说，这问是完全善意的。何以为报？想来想去，不如索性把不三不四的来路和情况亮一下，看了家底，也就不必再问了吧？这家底，大部分由"读书"来，小部分由"思考"来；思考的材料、方法以及动力也是由读书来，所以也无妨说，一切都是由读书来。这样说，没有推卸责任之意，因为书是我读，思考是我思考，辫子俱在，跑不了。语云，言者无罪，说是这样，希望实际也是这样。以下入正文，围绕着读书和思考，依老习惯，想到哪里说到哪里。

一

由呱呱坠地地说起。遗憾也罢，不遗憾也罢，我未能有幸生在书香门第，因而就不能写王引之《经义述闻》那样的书；还不只我没闻过，就我及见的人说，祖父一辈和父亲一辈都没闻过。家庭是京、津间一个农户，虽然不至缺衣少食，却连四书、五经也没有。到我该读蒙书的时候，三味书屋式的私塾已经几乎绝迹，只好顺应时势，入镇立的新式学堂。读的不再是三、百、千，而是共和国教科书。国文是重点课，开卷第一回是"人手足刀尺，山水田，狗牛羊"，比下一代的"大狗叫，小狗跳"死板得多。时代不同，据说总是越变越好。是否真值得这样乐观，我不知道；但不同确是不错，大不同是：现在一再呼吁甚至下令减轻学生负担，我们那时候却苦于无事可做。忝为学生，正当的消闲之法是找点书看。学校没有图书馆，镇上也没有；又不像江南，多有藏书之家，可以走宋濂的路，借书看。但那时候的农村有个优越条件，是不入流的"小说家者流"颇为流行，譬如这一家有《济公传》，那一家有《小五义》，就可以交换着看。于是，根据生物，为了活，最能适应或将就的原理，就东家借，西家换，大量地看旧小说。现在回想，除了《红楼梦》《金瓶梅》之外，通行而大家熟知的，历史，侠义，神魔，公案，才子佳人，各类的，不分文白，绝大部分是石印的小本本，几乎都看了。有的，如《聊斋志异》《三国演义》《镜花缘》等，觉得特别有意思，还不只看一遍。

这样盲人骑瞎马地乱读，连续几年，现在问，得失如何？失难说，因为"不如怎样怎样"是空想，不可能的事，不管也罢。只说得（当然是用书呆子的眼看出来的），如果教训也算，可以凑成三种。一种是初步养成读书习惯，后来略发展，成为不以读书为苦，再发展，成为以眼前无书为苦。另一种是学了些笔下的语言，比如自己有点什么情意想表达，用白，用文，都像是不很费力。还有一种是教训。古人说，诗穷（多指不能腾达）而后工。我想可以扩而充之，说书也是穷（多指财货少）而后能读。专说我的幼年，依普通农家的传统，是衣仅可蔽体，食仅可充腹。娱乐呢，现在还记得清清楚楚，家里一件玩具也没有，冬闲的时候，男顽童聚在一起，只能用碎瓦片、断树

◎ 张中行在读书。

枝做投掷、撞击的游戏。这很单调，而精力有余，只好谋消磨之道，于是找到最合用的，书。何以最合用？因为可以供神游，而且长时间。总之，因为穷，就读了不少。现在，也可算作进步之一桩吧，不要说幼儿园，就是小家庭里，如果有小孩，也是玩具满坑满谷，据说其中还有电气发动，会唱会闹的。我老了，步伐慢，跟不上，总有杞人之忧，像这样富而好乐，还会有精力和兴趣读书吗？——不好再说下去，否则就要一反韩文公之道，大作其《迎穷文》了。

二

总有七八年吧，小学不好再蹲下去。农，士，商，三条路，受了长兄毕业于师范学校的影响，走熟路，考入官费的通县师范学校。成文规定，六年毕业；不成文规定，毕业后到肯聘用的小学当孩子王。不知为什么，那时候就且行善事，莫问前程。课程门类不少，但考试及格不难，可以临阵磨枪，所以还是常常感到无事可做。学校多年传统，两种权力或自由下放给学生，一种是操办肉体食粮，即用每人每月四元五角的官饭费办伙食；一种是操办精神食粮，即每月用固定数目的图书费办图书馆。专说所谓图书馆，房间小，书籍少，两者都贫乏得可怜。但毕竟比小学时期好多了，一是化无为有，二是每月有新的本本走进来。其时是20年代后期，五四之后十年左右，新文学作品（包括翻译和少数新才子佳人）大量上市的时期，又不知道以何因缘，我竟得较长时期占据管理图书馆的位置。近水楼台先得月，于是选购、编目、上架、借收等事务之余，就翻看。由于好奇加兴趣，几年时光，把这间所谓馆的旧存和新购，绝大部分是新文学作品，小部分是介绍新思想的，中的，由绍兴周氏弟兄到张资平、徐枕亚，外的，帝俄、日本、英、法、德，还有西班牙（因为生产了堂吉诃德），凡是能找到的，几乎都看了。

与小学时期相比，这是由温故而走向维新。有什么获得呢？现在回想，半瓶醋，有时闭门自喜，不知天高地厚。但究竟是睁开眼，瞥了一下新的中外，当时自信为有所见。就算是狂妄吧，比如，总的说，搜索内心，似乎怀疑和偏见已经萌了芽。这表现在很多方面，如许多传统信为真且正的，上大人的冠冕堂皇的大言，以至自己的美妙遐想，昔日赞而叹之的，变为半信半疑，或干脆疑之了。这是怀疑的一类。还有偏见的一类，专就文学作品说，比如对比之下，总觉得，散文，某某的不很高明，因为造作，费力；小说，某某的，远远比不上某些翻译名著，因为是适应主顾需求，或逗笑，或喊受压，缺少触动灵魂的内容。这类的胡思乱想，对也罢，错也罢，总而言之，都是由读书来的。

三

30年代初我师范学校毕业，两种机缘，一堵一开，堵是没有小学肯聘用，开是毕业后必须教一年学才许升学的规定并不执行，合起来一挤就挤入北京大学。考入的是文学院，根据当时的自由主义，人哪一系可以自己决定。也许与过去的杂览有关吧，糊里糊涂就选了中国语言文学系。其时正是考证风刮得很厉害的时候，连许多名教授的名也与这股风有关，如钱玄同，把姓也废了，改为疑古；顾颉刚越疑越深，以至推想夏禹王是个虫子；胡适之的博士是吃洋饭换来的，却也钻入故纸堆，考来考去，说儒的本职原来是吹鼓手；等等。人，抗时风是很难的，何况自己还是个嘴上无毛的青年。于是不经过推理，就以为这考证是大学问，有所知就可以得高名，要加紧步伐，追上去。追，要有本钱，这本钱是依样葫芦，也钻故纸堆。在其时的北京大学，这不难，因为：一，该上的课不多，而且可以不到；二，图书馆有两个优越条件，书多加自由主义。书多用不着解释，专说自由主义，包括三项：一是阅览室里占个位子，可以长期不退不换；二是书借多少，数量不限；三是书借多久，时间不限。于是利用这种自由，我的生活就成为这样：早饭、午饭之后，除了间或登红楼进教室听一两个小时课之外，经常是到红楼后面，松公府改装的图书馆，进阅览室入座。座是自己早已占据的，面前宽宽的案上，书堆积

◎ 散简集为书本，多由徐秀珊女士协助，存此一照。——行公自署

得像个小山岭。百分之九十几是古典的，或研究古典的。先看后看，没有计划，引线是兴趣加机遇，当然，尤其早期，还要多凭势利眼，比如正经、正史，重要子书，重要集部，一定要看，就是以势利眼为指导的。机遇呢，无限之多，比如听某教授提到，逛书店碰到，看书，王二提到张三，张三提到李四，等等，就找来看。兴趣管的面更广，比如喜欢看笔记，就由唐、宋人的一直看到俞曲园和林琴南；喜欢书法，就由《笔阵图》一直看到《广艺舟双楫》。量太大，不得不分轻重，有些，尤其大部头自认为可以略过的，如《太平御览》《说文解字诂林》之类，就大致翻翻就还。这样，连续四年，在图书馆里乱翻腾，由正襟危坐的《十三经注疏》《资治通鉴》之类到谈情说爱的《牡丹亭》《霓裳续谱》之类，以及消闲的《回文类聚》《楹联丛话》之类，杂乱无章，总的说，是在古典的大海里，不敢自夸为漫游，总是曾经"望洋向若而叹"吧。

◎ 中行先生像。罗雪村绘。

也要说说得失。语云，开卷有益，多读，总会多知道一些，有所知就会有所得。这是总的。但是也有人担心，钻故纸堆，可能越钻越糊涂。明白与糊涂，分别何所在，何自来，是一部大书也难得讲明白的事。姑且不求甚解，也可以从另一面担心，不钻也未必不糊涂。还是少辩论，且说我的主观所得。一方面是积累些中国旧史的知识，这，轻而言之是资料，可备以后的不时之需；重而言之是借此明白一些事，比如常说的人心不古就靠不住，古代，坏人也不少，尤其高高在上的，他们的善政都是帮闲或兼帮忙的文人粉饰出来的。另一方面是学了点博览的方法，这可以分作先后两步：先是如何找书看，办法是由此及彼，面逐渐扩大；后是如何赶进度，办法是取重舍轻，舍，包括粗看和不看。这些，我觉得，对我后来的"尽弃其学而学焉"确是有些帮助。失呢，也来于杂览，因为不能专一，以致如室中人多年后所评，样样通，样样稀松。或如《汉书·艺文志》论杂家所说："杂家者流，盖出于议官，兼儒墨，合名法，知国体之有此，见王治之无不贯，此其所长也。及荡者为之，则漫羡而无所归心。"

四

大概是大学四年的末期，脑海里忽然起了一阵风暴。原来底子薄，基础不巩固，抗不住，以致立刻就东倒西歪，具体说是有了强烈的惶惑之感。还可以具体并重点地说，是心里盘问：偏于破的，如舜得尧之二女，是郗鉴选东床坦腹式的许嫁或卓文君式的私奔，还是曹丕得甄氏式的抢，三代之首位的夏禹王，是治水的圣哲兼开国之君，还是个虫子，等等，就是能考清楚了，远水不解近渴，究竟有什么用？偏于立的，生而为人，生涯只此一次，究竟是怎么回事，如果有意义，意义何在，要怎样生活才算不辜负此生，等等问题是切身的，有精力而不先研讨这个，不就真是辜负此生了吗？这是注意力忽然由身外转向身内。何以会有此大变？直到现在我也不明白。但这变的力量是大的，它使我由原来的自以为有所知一霎时就如坠五里雾中。我希望能够尽早拨开云雾而见青天。办法是胸有成竹的，老一套，读书，读另一类的书。起初是乐观的。这乐观来于无知，以为扔开《十三经注疏》之类，找几本讲心理、讲人生的书看看，就会豁然贯通。当然，这乐观的想法不久就破灭了。破灭有浅深二义：浅的是，不要说几本，就是"读书破万卷"也不成；深的是，有些问题，至少我看，借用康德的论证，是在人的理性能力之外的。这些后面还要谈到，这里只说，因为想拨开云雾，我离开大学之后，就如入另一个不计学分，不发证书的学校，从头学起。

这另一个学校，没有教室，没有教师，没有上下课的时间，更糟的是学什么课程也不知道。起初，只能用我们家乡所谓"瞎摸海"（称无知而乱闯的人）的办法，凭推想，找，碰，借，读读试试，渐渐，兼用老家底的由此及彼、面逐渐扩大法，结果，专就现象说，就真掉进书或新知的大海。这说来嫌话太长，只好化繁为简，依时间顺序，举一斑以概全豹。先是多靠碰，比如还看过经济学的书，不久就发现，它只讲怎样能富厚，不讲为什么要富厚，文不对题，扔开。另一种情况是百川归海，终于找到冤有头的头，债有主的主。这百川，大致说是关于人以及与了解人有关的各门科学知识。人，或说人心，中国传统也讲，缺点是玄想成分多，比如宋儒的天理与人欲对立，就离实况很远。所以我一时就成为"月亮也是外国的圆"派，几乎都读真洋鬼子写的。由近及远，先是心理学，常态的，变态的，犯罪的，两性的，因而也蔼理斯，特别欣赏弗罗伊德学派的，因为深挖到兽性。向外推，读人类学著作，希望于量中见到质；再推，读生物学著作，因为认为，听了猫叫春之后，更可以了解禅定之不易。直到再向外，读天文学著作，因为那讲的是生的大环境，如果爱丁顿爵士的宇宙膨胀说不错，人生就化为更渺小，意义就更难说了。说到环境，这牵涉到万有的本质问题（科学成分多），知识的真假、对错问题（哲学成分多），于是就不能不读偏于理论的科学著作。而所有这些，就我个人说，都是为解答一个问题，人生究竟是怎么回事，所以百川就归了海，这海是"人生哲学"。这门学问也确实不愧称为海，西方的，由苏格拉底起，东方的，由孔子起，还要加上各种宗教，著作浩如烟海。只好找重要的，一本一本啃。洋鬼子写的，尽量用中译本；没有中译本，英文写的，找原本，非英文写的，找英文译本。与科学方面的著作相比，这人生哲学方面的著作是主干，所以读的种数，用的时间，都占了首位。还有一种情况，是归拢后的再扩大，也可以说说。那是因为哲学的各部门有血肉联系，读一个部门的，有如设宴请了某夫人，她的良人某某先生，甚至姑姨等系的表姐表妹，也就难免跟了来。人生哲学的戚属很多，比如你总追问有没有究极意义，就不能不摸摸宇宙论；有所知，有所肯定，不知道究竟对不对，就不能不摸摸知识论；而一接近知识，就不免滑入逻辑；等等。总之，找来书读，像是越读问题越多，自己不能解答，就只好再找书，再请教。就这样，读读，旧问题去了，来了新问题，小问题去了，来了大问题，直到人借以存在的时、空及其本原是怎么回事也成为问题，就问爱因斯坦，及至知道他也不是彻底清楚，就只能抱书兴叹了。说句总结的话，这一阶段，书确是读了不少，所得呢？一言难尽。

五

严格说，不应该称为"得"，因为情况复杂，复杂到扪心自问，自己也有账算不清。语云，读书明理，难道反而堕入佛家的无明了吗？也不尽然。实事求是地说，是小问题消减了，大问题明显了。明显到自信为不能解决，所以其结果就一反宋朝吕端之为人，成为大事糊涂，小事不糊涂，颇为可怜了。以下具体说这可怜。可怜由零碎的可喜来，先说可喜。这也不好枚举，只说一点点印象深的，影响大的，算作举例。一种，姑且名之为"方法"，曰无成见而平心静气地"分析"。姑嫂打架，母亲兼婆母必说姑直而嫂曲，邻居不然，说针尖对麦芒，母用的是党同伐异法，邻居用的是分析法。显然，治学，定是非，分高下，应该用分析法，事实上许多人也在用分析法。且说我推重这种方法，并想努力用，主要是从薛知微教授（十九世纪末在伦敦大学任教）的著作里学来的。他著作不少，只说一本最有名的《伦理学之方法》。书的高明之处，为省力，引他的高足伯落德先生的意见（非原文）：对某一个问题，他总是分析，就是从这个角度看，如此如此，从那个角度看，如彼如彼，都说完，仿佛著者并没什么主见，可是仔细想想，人类智力所能辨析的，不过就是这些，思想的高深就蕴含在这无余义之中。这可谓知师者莫如徒。这本书我读了两遍，自信为有所得，其最大者是：确知真知很难，许许多多久信的什么以及宣扬为应信的什么，绝大多数是经不住分析的；因而对于还未分析的什么，上德是"不知为不知"。另一种，姑且名之为"精神"，曰无征不信的"怀疑"。就我所知，在这方面，也是进口货占上风。古希腊有怀疑学派，虽然庄子也曾"不知周之梦为胡蝶"，"胡蝶之梦为周"，可是意在破常识，所以没有成为学派。大大的以后，法国笛卡尔也是由怀疑入门，建立自己的哲学体系。这些都可以不计，只说我更感兴趣的，是许多人都熟悉的罗素，他推重怀疑，而且写了一本书，名《怀疑论集》。主旨是先要疑，然后才能获真知。他举个有趣的例，是英国课本说打败拿破仑是英国人之力，德国课本说是德国人之力，他主张让学生对照着念这两种，有人担心学生将无所适从，他说，能够使学生不信，教育就成功了。他的怀疑还有更重大的，是继休姆之后，怀疑归纳法的可靠性。举例说，如果把"一定还有明天"看做可信的知识，这信是从归纳法来的，因为已经一而再，再而三，就推定一定还有三而四。为什么一而再，再而三，其后必有三而四？因为我们相信自然是齐一的（有规律，不会有不规律的变）。何以知道自然是齐一的？由归纳法。这样，自然齐一保归纳法，归纳法保自然齐一，连环保，就成为都不绝对可靠了。就举这一点点吧，分析加怀疑，使我有所得也有所失。得是知识方面的，也只能轻轻一点。先说个大的，比如对于生的大环境的底里，我确知我们殆等于毫无所知，举个最突出的例，我们这个宇宙，用康德的时间观念（与爱因斯坦的不同），问明天还有没有，自然只有天知道。如是，计划也好，努力也好，都不过是自我陶醉而已。再说个小的，比如有情人终于成为眷属，我确知这决定力量是身内（相貌、能力等）身外（地位、财富等）两方面条件相加，再加机遇，而不是西湖月下老人祠中的叩头如捣蒜。总之，辨识真假、是非的能力强了，大大小小的靠不住，虽然未必说，却可一笑置之。失呢？大失或大可怜留到下面说，这里只说小失，是心和身常常不能合时宜，这包括听宣传、看广告都不怎么狂热之类。浮世间，为了争上游，至少是为了活，大概常常不得不狂热或装作狂热吧？每当这种时候，分析方法和怀疑精神等就来捣乱，以致瞻前顾后，捉襟见肘，苦而不能自拔了。

六

以下正面说可怜，包括两类：一类是大问题不能解答，以致难得安身立命，这一节谈；另一类是不得已而退一步，应天顺人，自欺式地自求多福，下一节谈。记得英国培根说过："伟大的哲学始于怀疑，终于信仰。"不知道这后一半，他做到没有。我的经验，想做到，就要脚踩两只船，一以贯之必不成。这两只船，比如一只是冥思室或实验室，一只是教堂，在室里虽然被类星体和基本粒子等包围，到教堂里却可以见到上帝；通晓类星体和基本粒子等可以换取世间的名利，安身立命却要由上帝来。我可怜，是因为不能脚踩两只船，而习惯于由怀疑始，一以贯之。比如喜欢追根问柢就是这种坏习惯的表现。追问，有天高皇帝远的，如历史上的某某佳人，就真能作掌上舞吗？某某的奉天承运，就真是来于救民于水火吗？远会变为近，也追问关于人的，不合时宜，单说关于理的。各时代都有流行的理，或说真理，新牌号的大多不许追问，老牌号的升迁，以至很多人想不到追问。如果始于怀疑而一以贯之，就难免（在心里）追问：所信的什么什么最对，至好，为什么？为什么还可以分为不同的层次，仍以人生哲学为例，厚待人比整人好，为什么？答曰，因为快乐比痛苦好。一般人到此不问了，薛知微教授之流还会问，为什么？比如答复是快乐比痛苦有利于生活，惯于追根问柢的人还会问，为什么利于生活就好？甚至更干脆，问，为什么生就比死好？显然，这公案只能终止于"不知道"。遗憾的是，我也诚心诚意地承认，能信总比不能信好，因为可以安身立命。话扯

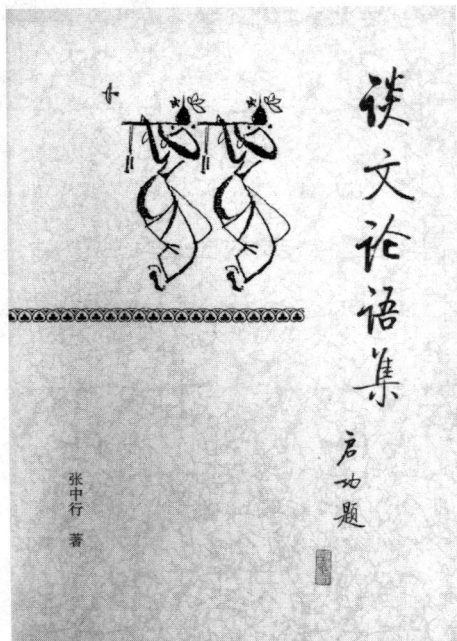

◎《谈文论语集》封面。

远了，还是赶紧收回来，谈人生究竟是怎么回事。确是很可怜，借用禅和子的话形容，是在蒲团上用功多年，张目一看，原来还是眼在眉毛下。直截了当地说，关于人生有没有意义，或说有没有目的，我的认识是，胆量大一些答，是没有；小一些答，是无法证明其为有。这胆小一些的答复是由宇宙论来，因为宇宙何自来，将有何归宿，以及其中的千奇百怪，大到星云的旋转，小到一个蚊子哼哼哼，为什么，有何必要或价值，我们都说不上来。不好，这扩大为谈天，将难于收束。那就下降，专说人。天地间出现生命，生命有强烈的扩展要求，于是而我们就恋爱，凑几大件成婚，生小的，小的长大，再生小的，究竟何所为？平心静气，实事求是，只能说不知道。孔老夫子说"畏天命"，畏而不能抗，又不明其所以然，所以成为可怜。这可怜，说句抱怨的话，也是由读书来的。

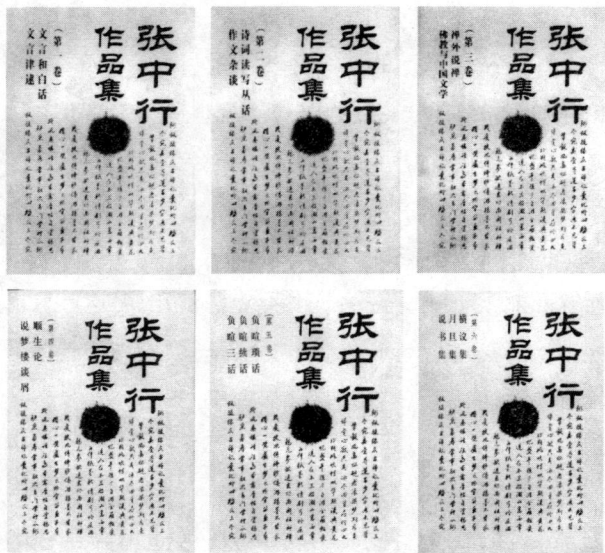

◎ 张中行作品集封面。

七

大问题不能解答，或者说，第一原理树立不起来，是知识方面的迷惘。但迷惘也是人生的一个方面，更硬的现实是我们还活着。长日愁眉苦脸有什么好处呢？不如，事实也是人人都在这样做，且吃烤鸭，不问养壮了有什么意义。这是退一步，天上如何不管了，且回到人间打算盘，比如住楼房比住窑洞舒服，就想办法搬进楼房，而不问舒服和不舒服间还有什么大道理。这生活态度是《中庸》开头所说："天命之谓性，率性之谓道，修道之谓教。"用现代语注释是：人有了生就必须饮食男女，这是定命，到身上成为性，只能接受，顺着来，顺着就是对；但人人顺着也难免有冲突，比如僧多粥少就不免于争，所以还要靠德、礼、法等来调节。对于这种生活态度，几乎是人人举手赞成，认为当然。我也赞成，却受了读书之累，不是认为当然，而是认为定命难抗，只好得过且过。或说得冠冕些，第一义的信仰既然不能树立，那就抓住第二义的，算作聊以自慰也好，甚至自欺也好。正如写《逻辑系统》

的小弥勒先生，长期苦闷之后，终于皈依边沁主义（其主旨为善是最大多数人的最大幸福），既已皈依，就死生以之。这当然也得算作信仰，但其中有可怜成分，因为不是来于理论的应然，而是来于实际的不得不然。说句泄气的话，是生而为人，要活，并希望活得如意些，就不能不姑且相信应该分辨是非，有所取舍。取，天上不会掉馅饼，所以还要尽人力，想办法。边沁式的理想，我们很早就有，那是孟子的众乐主义。孔、孟是理想主义者，凡理想主义都不免夹带着乐观主义，他们相信，只要高高在上者英明，肯发善心，人间就会立刻变成盛世。事实是在上者并不发善心，或根本就没有善心，因而人间就始终不能盛。与孔、孟的眼多看天相比，荀子眼多看地，于是就看见性恶以及其本原的"欲"。两千年之后，西方的弗罗伊德不只看见欲，而且经过分析，说欲可以凝聚为"结"，所以不得了。这要想办法，以期不背离边沁主义或众乐主义。他的想法写在名为《一种幻觉的将来》那本不厚的书里，主旨是：因为人生来都具有野性，所以应当以"文"救之。这文，我的体会，包括习俗、道德、法律、组织、制度等等。具体应该如何？难说，而且不好说，只好不说。

赏析

爱书，爱人生，爱人世间一切该爱的东西，是这篇文章的灵魂和主脑。

读张中行先生的文章，如松下听古琴，负暄听闲话，荒江听雨声，月夜听桐箫，顿入一种静穆古雅、飘然出尘之境。无缘亲炙先生謦颏，只见过照片，笑眯眯的，淡泊而安详，有如看庭前花开花落，天边云卷云舒，目送归鸿，手挥五弦，身内有一个辽远而博大的文化哲学世界。耄耋之年的中行老人在当世文坛仿若独树出林，风神别具。

启功先生称之"既是哲人，又是痴人"，哲人言其明睿，痴人言其投入，既能进得去，也能出得来。大凡人读书过多，常易弄得痴头呆脑，入冬烘先生一途，而张中行先生的读书是智者的读书，博雅淹通，不拘法度，善于思考，长于辨析，"分析加怀疑"，使他越读越明白，越读越洒脱，遂成为一代明哲。先生的自述文《我与读书》便是这种景况的真实写照。

《我与读书》写于1990年，时先生已年逾八秩，古人尝云："七十而致事。"当收弓藏剑，颐养天年了，而先生似乎至七十又历二度青春，越活越健旺，老树新葩，簇簇争发，致令后生晚学疑为文坛升起一颗新星，先生也自我调侃借别人之问："这新冒出来的一位是怎么回事？"于是就写下了这篇《我与读书》，旨在向读者亮亮"来路"和"家底"。这一亮不得了，原来先生实系一棵根系中外、枝繁叶茂的参天文化大树！既然是亮家底之作，先生自然珍爱有加，皇皇哲学大著《顺生论》将其置于书前作为"代前言"，可见一斑。事实上，此文是张中行先生一生读书生活的回眸和总结，其读书历程、方法精神、哲学观念、人生百趣等都蕴涵在内，历历如数。这是一篇长文，也是一篇大文。

读《我与读书》的感觉，如同行走在山阴道上，始则逶迤平缓，松松快快，继而愈走山愈深，山势峻嶒，岚气氤氲，气象峥嵘，有一种突然提升的心眼憬悟。此文整体结构上即呈现出此般风貌。全文一共分作七节（《顺生论》中八节），前三节谈作者少时、师范、北大诸阶段的读书生活，在此期间，作者读书多，思考少，故文字是叙述多，议论少，属形而下层面。第四节是转折，是由形而下到形而上的过渡，写"注意力忽然由身外转向身内"，开始关怀内宇宙，读书亦由文学方面转向"百川之海"——人生哲学，"读的种数，用的时间，都占了首位"。前几节主要谈读书，后三节则完全谈由读书而来的思考，展开形而上层面的终极追问：人活着的意义是什么？如何活着？经过分析、怀疑，出经入史，拨开云雾，揭橥作者的人生哲学观：顺生论。由博览群书，到覃思精虑，最终形成自己的独到识见，这种读书人与那种四脚书橱、活本资料式的书呆子轩轾立判，这就是富于创造的智者，将读书提升到

◎ 1986 年夏，金婚摄于北戴河。

一个全新的境界。全文虽长，却写得不枝不蔓，脉络分明。时间上，是依物理时序，从幼及长，从小学到大学，又到毕业之后；读书方法上，由乱读（旧小说）到博读（中外新文学）到择读（古典文学）到专读（哲学著作）；思考上，由浅入深，由简单到复杂，又到简单（高级形态），以"顺生"的人生态度收束。内在结构十分严谨，整饬，但外在形态却是非常松散，如行云流水，天籁自鸣，笔随思路走，"想到哪里说哪里"，似乎不讲一点技法，但"最大的技巧是无技巧"（巴金语），大巧若拙，大象无形，只不过作者娴熟精到的笔法如盐入水化解到文字中间，不露痕迹罢了。行文结构上，有如苏东坡所云"行于所当行，止于不可不止"，有一种机发矢直、涧曲湍回的天然意趣。

按照余光中的散文感性与知性的两分法，《我与读书》当属于知性散文，亦即我们通常所说的随笔，或者索性称之为具有古文传统的"文章"也殆无不可。它承继了中国古代之韩愈与西洋之蒙田的论说与随笔的文风神韵，以知性为主体，附以感性，文章议论风生，富于理趣。这感性一方面是形象性的文字，一方面则是情感的浸润。《我与读书》允称见识卓拔、感情深沛之作，识，勿用晓舌，情，则仿若潜流在皮下的血管，滋养了文字的饱满，逻辑的张力，形象的生动，识的彰明昭著。之所以说是"潜流"，是因为中行老人淡泊平和，采取了冷静的叙说方式，有一种不以物喜，不以己悲的超然姿态和潇洒风度。他静静地介绍着自己的读与思，不为得而作色，也不为失而懊悔，全然一副透辟、豁达的哲人本色。但在冷隽的后面却分明散发着情感的热度。"家有弊帚，享之千金"，作者自谦说写此文好像展示一下室内伴随自己多年的破桌子、烂板凳，其实这里面所包涵的依依情愫又是多么深郁！这种八旬老翁抚摸往事的脉脉温情实际上笼罩了全文。作者记述北大读书，有这样一段文字："早饭、午饭之后，除了间或登红楼进教室听一两个小时课之外，经常是到红楼后面，松公府改装的图书馆，进阅览室入座。座是自己早已占据的，面前宽宽的案上，书堆积得像个小山岭。"这种读书生活无疑是令人神往的，平实朴茂的文字中也浸润出酒一样的醇厚情味。即便后几节完全形而上的议论，作者也不以理绝情，相反，所蕴涵的情感因思考的深化更显得深沉和浓烈。作者暂且撇开自我读书生活的回顾，上升为对人类的信仰、存在（安身立命）、活着的意义、人生态度等"大问题"的探寻，所关注的是作为人的痛苦与快乐，苦闷与幸福，表现出一个哲人的悲悯与智者宽广的人间情怀。在世纪末物欲横流，人文精神失落的情势下，作者的这种"痴人"般对精神绝对价值的坚守的立场，正代表了知识分子的文化良知。爱书，爱人生，爱人世间一切该爱的东西，是这篇文章的灵魂和主脑。

张中行先生的行文风格一贯是闲话式和娓语式，文字平易冲淡，颇有知堂之风。可谓繁华落尽见淳真，绚烂之极归于平淡。《我与读书》一般人可能会写成"我的读书故事"一类，叙述加抒情，而中行老人却写成了一篇哲学随笔，抉微阐精，议论风生，尽管如此，他依然采用谈话式的语言，如文人围炉闲话般娓娓道来，不故作高深，不用语晦涩，轻松亲切，明白晓畅，如语家常。他的文章中"说"的字眼最多，无论是说事还是说理，先说什么，后说什么，不紊不乱，十分富于逻辑性。譬如一树繁茂，枝柯累叠，却由于自然安排得当，层次分明。另外，因作者多用口语，故文中多短句，简约而铿锵，琅琅可诵，句式参差错落，变化有致，语势、节奏都具有形式的美感。余光中尝论知性散文："只要能做到声调铿锵，形象生动，加上文字整洁，条理分明，则尽管所言无关柔情美景或是慷慨悲歌，仍然有其感性，能够感人，甚至成为美文。"（《散文的知性与感性》）依此，说《我与读书》是一篇美文，当不为过罢。

（刘江滨）

老温德

他多年独身，但他曾经浪漫，希望这浪漫不
只给他留下苦，还给他留下甜蜜的记忆。

　　这说的是1923年起来中国，在中国几所大学（主要是北京大学）教了六
十多年书，最后死在中国、葬在中国的一个美国人，温特教授。温特是译音，
我看过两篇介绍他的文章，都用这译音名，可是同我熟的一个海淀邮局的邮
递员李君却叫他老温德。我觉得李君的称呼显得朴实，亲切，不像温特教授
那样有场面气。后来听北大外文系的人说，系里人也都称他老温德。这中文
名字还大有来头，是吴宓参照译音拟的，推想取义是有温良恭俭让之德。这
会不会有道学气，比场面气更平庸？我想，在这种地方，还是以不深文周纳
为是，所以还是决定称他老温德。老温德来中国，先在南京东南大学教书，
两年后来北京，到清华大学教书。其后，抗战时期，随清华到昆明西南联大，
胜利后回北京，直到解放后，1952年高等学校院系调整，因为他是教文学方
面课的，所以划归北京大学。我30年代初在北京大学上学，其时他在清华大
学任教，我没听过他的课，直到70年代初，不只同他没有一面之识，连他的
名字也不知道。为什么想写他呢？是因为1971年春夏之际，我自干校改造放
还，大部分时间住在北京大学朗润园（在校园东北部），他的住所在朗润园西
端石桥以西，住得近，常常在湖滨的小路上相遇，有招手或点头之谊，又他
的生活与常人不尽同，使我有时想到一些问题，或至少是他升天之后，看到
人非物也非，不免有些怅惘，所以想说几句。

　　关于他，有大节，依中国的传统，排在首位的应该是"德"。他正直，热

情，同情弱者，为朋友不惜两肋插刀。生活境界也高，热爱一切美和善的，包括中国的文化和多种生活方式，绘画、音乐等更不用说。其次是学识，他通晓英、法、德、西班牙、希腊、拉丁几种文字，对西方文学的各个方面都有深入的研究，开过多种课，都讲得好。再其次是多才与艺，比如游泳，据说他能仰卧在水面看书。所有这些，介绍他的文章都已经着重写了，也就可以不再说。

剩下可说的就只有我心目中的他，或者说，我的印象。我最初看见他，以 1971 年计，他生于 1887 年，其时已经是八十三岁。朗润园的布局是，一片陆地，上有宫殿式建筑，四外有形状各异、大小不等而连起来的湖水围着。湖以外，东部和北部，北京大学新建了几座职工宿舍楼；西部有个椭圆形小院，西端建了一排坐西向东的平房。湖滨都是通道。老温德住西部那个小院，我住东部的楼房，出门，沿湖滨走，路遇的机会就非常多。他总是骑自行车，不快，高高的个子，态度虽然郑重而显得和善。问别人，知道是教英语的温特，一个独身的美国老人。日子长了，关于他就所知渐多。他多年独身，同他一起住的是一对老而不很老的张姓夫妇，推想是找来做家务活的。夫妇居室，人之大伦，自然就不免生孩子，到我注意这个小院的时候，孩子大了，还不只一个，也都在一起住。院子不算小。春暖以后，直到秋末，满院都是花，推想是主人爱，张姓夫妇才这样经管的。饮食情况如何，没听说过，只听说这老人吃牛奶多，每天要五六瓶。还吃些很怪的东西，其中一种是糠，粮店不卖，要到乡下去找。我想，他的健壮，高寿，也许跟吃糠有关系，但吃的目的是健消化系统，还是补充什么营养，我不知道。

连续有十年以上吧，他，就我看见的说，没有什么大变化，还是常骑自行车在湖滨绕，可是回到他那个小院就关在屋里，因为我从院门外过，总要往里望望，看不见他。后来，是他跨过九十岁大关以后，生活有两种显著的变化。一种是不知为什么，在小院内的靠北部，学校给他修建了较为高大的北房，大概是三间吧，外罩水泥，新样式的。另一种是，仍然在湖滨绕，可是自行车换为轮椅，由张家的人推着。体力显然下降了，面容带一些颓唐。这一带住的人都感到，人不管怎样保养，终归战不过老；但都希望他能够活过百岁，也觉得他会活过百岁。后来，湖滨的路上看不见他了，到1987年初，实际活了九十九岁多一点，与马寅初先生一样，功亏一篑，未能给北京大学的校史增添珍奇的一笔，走了。

听邮递员李君说，老温德像是在美国也没有什么亲属，为什么竟至这样孤独呢？独身主义者？至少是早年并不这样，因为刘恒写的一篇传记（题目是《温特教授》——记一位洋"北京人"，见北京出版社1992年版《京华奇人录》）里有这样的话：

> 我注意到，闻一多（案20年代初在美国与老温德结识，成为好友，老温德来清华任教是他推荐的，他遭暗杀后，骨灰多年藏在老温德住所）书信中还说过，温特教授"少年时很浪漫"。我们的视线一起扫过这几个字，好几次了，他从不作解释，也没有否认，我就不便追问了。

传记的另一个地方又说，还是在美国时候，不老的温德（而立与不惑之间），住屋的床上放一个大铁磬，他向闻一多介绍铁磬的用处是："夜里睡不着觉时，抱起磬，打着，听它的音乐。"我想这用的是佛家的办法，如唐人常建咏《破山寺后禅院》尾联所说："万籁此俱寂，惟闻钟磬音。"这种磬音，粗说是能使心安，细说是能破情障的。如果竟是这样，这先则浪漫，继而以钟磬音求心安，终于一生不娶，心情的底里是什么情况呢？曾经沧海难为水吗？还是如弘一法师的看破红尘呢？不管是什么情况，可以推想，情方面的心的状态一定隐藏着某种复杂。

心里藏而不露的是隐私，也可以推想，任何人，或几乎任何人，都有，甚至不少。也许只是由于"己所不欲，勿施于人"，除了少数有调查癖的人以外，都视搜求或兼宣扬别人的隐私为败德。何况德在知的方面也还有要求，是"不知为不知"。所以对于老温德的生活，谈到"浪漫""独身"之类就宜于止步。但是这"之类"又使我想到一些问题，虽然经常不在表面，却分量更重，似乎也无妨谈谈。

　　说分量重，是因为一，更挂心，二是，更难处理。古人说，饮食男女，这更挂心、更难处理的问题不是来自饮食，而是来自男女。与饮食相比，在男女方面，人受天命和社会的制约，求的动力更强烈，满足的可能，轻些说是渺茫，重些说是稀少以至于没有。显然，这结果就成为：饮食方面，如果有富厚为资本，盖棺之前，可以说一句"无憾"；男女方面，不管有什么资本，说一句"无憾"就太难了。有憾是苦，这来自人生的定命。有人想抗，其实是逃，如马祖、赵州之流，是否真就逃了，大概只有他们自己能知道吧？绝大多数人是忍，有苦，咽下去。老温德是用钟磬音来化，究竟化了多少呢？自然也只有他自己能知道。

　　一般人的常情是不逃，也不化，并且不说，藏在心里。这样，人的经历，其中少数写成史传，就应该是两种：一种是表现于外的，甚至写成文字的，自己以外的人能看见，或进一步，评价；一种是藏在心里的，不说，极少数脱胎换骨写成文字（如诗词和小说），总之还是非自己以外的人所能见。假定社会上马班多，人人都有史传，这史传也只能是前一种，"身史"，而不是后一种，"心史"。这心史，除自己动笔以外，大概没有别的办法。自己动笔，困难不在内（假定有动笔能力）而在外，这外包括社会礼俗和有关的人（也因为受礼俗制约）。能不能扔掉礼俗呢？这就会碰到变隐为显，应该不应该、利害如何等大问题。俟河之清，人寿几何，我们也就只能安于看看身史而不看心史了。

　　身史和心史，有没有一致的可能？大概没有。可以推想，以荣辱、苦乐的大项目为限，比如身史多荣，心史就未必是这样；身史多乐，心史就未必是这样。以剧场为喻，身史是前台的情况，心史是后台的情况，只有到后台，才能看到卸妆之后的本色。可惜我们买票看戏，不能到后台转转，也就只好不看本色而只看表演了。可见彻底了解一个人，或说全面了解一个人，并不容易；对于老温德，因为他的经历不同于常人，我就更有这样的感觉。

○ 老来伴.

　　还是安于一知半解吧。他走了，虽然差一点点未满百岁，终归是得了希有的高寿，以及许多人的尊敬和怀念。他多年独身，但他曾经浪漫，希望这浪漫不只给他留下苦，还给他留下甜蜜的记忆。他没有亲属，走了以后，书籍、衣物，也许还有那个铁磬，如何处理呢？我没有问什么人，只是从他那小院门外过的时候，总要向里望望。先是花圃零落了；继而西房像是无人住了；至多四五年吧，西房和北房都拆掉，小院成为一片废墟。人世就是这样易变，从小院门外过的年轻人不少，还有谁记得在里面住几十年的这位孤独的人吗？真是逝者如斯夫！

赏析

一种对故人、对人生的恋情多么缠绵又潇洒，这是大善之道的悟化，只有品行高的人才能写得出来。

张先生的文章我看得不少，也很喜欢，我有时常把他和周作人比较，觉得他们在行文和对事物的理解上很有相通之处，一是文章看去平白，但很有味道，二是通达物理人情。这恐怕也是张先生的文章受欢迎的原因。这几十年来，我们的文章太直太白太火药味了，不通达人情物理的地方太多，今天骂这个，明天骂那个，都认为老子天下第一，这股文风不知害了多少人，埋没了多少人的性灵和天才。而张先生恰恰与这些有别，文章平易又充满了智慧。

"老温德"是张中行先生《负暄三话》中忆人忆事的文章，按理，写这类文章是张先生拿手的，他从现代的文化人熊十力、刘半农等等写到今人启功、季羡林，是精彩传神，情结笔端。但是老温德却是在张先生记人忆事中很特别的一篇，因为老温德与他并不相熟。只是在北大朗润园里散步走对面点点头而已，可见其交情非深，那么张先生为什么要写这么一个人物呢？是否有一种人去楼空在的感觉？或是有无限的人生感慨和人生的沧桑与寂寞萦绕在心头？这只是我的推想。

古来写文章，一向讲究避虚就实，也就是有细节的东西多一点，空发议论的东西少一点，让事情本身来感染人。可这篇文章却"逆水行舟"，议论多，叙事少，那议论的又是什么呢？我们不妨看看他在简单叙述了老温德的印象之后，着重谈"身史"和"心史"两个问题，身史按张先生的说法是言行举止，人们看得见的，心史就只有得失寸心知，"以剧场为喻，身史是前台的情况，心史是后台的情况，只有到后台，才能看到卸妆之后的本色"。所以张先生说道："彻底了解一个人，或说全面了解一个人，并不容易；对于老温德，因为他的经历不同于常人，就更有这样的感觉。"但是老温德不同于常人的地方在哪呢？一是老温德是美国人，二是老温德晚年生活的平淡和孤独，以及他的独身和青年时期的浪漫，似乎让人感到传奇。因此这篇文章看去张先生只是平平淡淡写老温德，其实是钻到了老温德的心里，希望世事不仅给他的生活留下凄凉，还留下甜蜜的回忆，这是他的祝愿。说句实在话，也只有张中行能写老温德，他们都高寿，都经历了近一个世纪的风雨，他们的所见所闻所思所想有共同的地方，所以张先生能体会老温德的心态、心事、心情，能理解老温德过去夜里抱起磬，打着，听它的音乐，这种生活的无奈与寂寞，曾经沧海难为水，看去凄楚，实是悲壮。这种情绪是老温德的，也是张中行的，我认为，谁要是把这篇文章仅看做是写老温德，那就大错特错了，这里有张先生的影子，有张先生的内心表述和人生感慨，尽在不言中，只有读者自己体会了。

好文章多是有弦外之声，让你感到余音缭绕，欲吐不尽，话里有话，多少人生的欢乐和苦痛只有到文字之外去品味，"他走了，虽然差一点未满百岁，终归是得了稀有的高寿，以及许多人的尊敬和怀念。他多年独身，但他曾经浪漫，希望这浪漫不只给他留下苦，还给他留下甜蜜的记忆。他没有亲属，走了以后，书籍、衣物，也许还有那个铁磬，如何处理呢？我没有问什么人，只是从他那小院外过的时候，总要向里张望。"文章写到这里，一种对故人、对人生的恋情多么缠绵又潇洒，这是大善之道的悟化，只有品行高的人才能写得出来，向小院里面张望，是在寻找旧时的人和物、过去的情思、匆匆而去的岁月。在文章的结尾，张先生还写道："从小院门外过的年轻人不少，还有谁记得在里面住几十年的这位孤独的人吗？真是逝者如斯夫！"这最后的一句是张先生最终想告诉我们的。

（林　凯）

读《负暄续话》

我对张老总想用"徽号"般的词来概括他，又总想不出恰当的字眼；现在得到了，他既是哲人，又是痴人。

启功

◎ 1998年冬，启功先生做客"都市柴门"。

　　张中行先生比我长三岁，在科举制度时，相差一科，在学校制度中，相差一届。他的学问修养，文章识见，都不折不扣地是我的一位前辈。我们相识已逾四十年，可以算是一位极熟的神交。一般说，神交二字多是指尚无交往而闻名相慕的人，我对张老何以忽然用上这两个字？其理不难说明：住得距离远，工作各自忙。张老笔不停挥地撰稿，我也笔不停挥地写应酬字。他的文章出来，我必废寝忘食地读，读到一部分时就忍不住写信去喝彩或抬杠。他的著作又常强迫我用胡说八道的话来作"序"，说良心话，我真不知从何写起。"口门太窄"，如何吐得出他这辆"大白牛车"？但是翻读这部《续话》稿本未完，就忍不住要写信去喝彩，去抬杠。罢了，就把一些要写信的话写在这里，算作初步读过部分原稿的"读后感"。还得加个说明，为什么用"感"字而不用"记"字，因为"记"必须是扎扎实实地记录所读的心得体会；"感"就不同了，由此的感受，及彼的感发，都可包容。也就是有"开小差"的退路而已。

张先生这部《续话》中有一篇记他令祖的文章，题为《祖父张伦》。文中开头即说世间有两种人，一是哲人，一是痴人。哲人如孔子，痴人如项羽。其论点如何，我这里不想阐发，所要引的，即因我对张老总想用"徽号"般的词来概括他，又总想不出恰当的字眼儿；现在得到了，他既是哲人，又是痴人。

哲人最明显，从我肤浅的理解中，作武断的分析：他博学，兼通古今中外的学识；他达观，议论透辟而超脱，处世"为而弗有"；他文笔轻松，没有不易表达思想的语言；还有最大的一个特点，他的杂文中，常见有不屑一谈的地方或不傻装糊涂的地方，可算以上诸端升华的集中表现，也就是哲人的极高境界。

至于说他也是痴人，理由是他是一位躬行实践的教育家。他在学校教书，当然是教育工作者，他后来大部分时间做教育出版工作，我读过他主持编选注释的《文言文选读》，还读过他的巨著《文言和白话》，书中都是苦口婆心地为学习中国文学——特别是古典文学的人解决问题，引导门径。那部选注本，从每个词的解释，到每个字的规范写法，以至每个标点的使用，可以说都是一丝不苟的。第一册刚出版，他手持一本送给我，一句自谈甘苦或自表谦逊的话都没说，回忆仿佛只说是大家的辛劳而已。我也曾参加过这类选注本的工作，出版后送人时就不是这种态度，对照起来，我只有自惭，想把书中所列我的名字挖掉。

再说一本题为《文言和白话》的巨著，这真可谓马蜂窝，一捅便群蜂乱飞，是个总也捅不清的问题。而张老却抱着大智大悲的本愿，不怕被螫，平心静气，从略到详，还把有关弄懂文言文的种种常识性问题一一传授。张老的散文杂文，不衫不履，如独树出林，俯视风雨，而这本书的文风却极似我们共同尊敬的老前辈叶圣陶、吕叔湘诸先生的著作，那么严肃，那么认真。

还有在解放前后许多年中，张先生曾主编过有关佛学的期刊，不难想象，在那个时候，这种内容的刊物，撰稿人和读者是如何稀少，而张先生却不惜独自奔走约稿，甚至自己化名写稿，以救急补充空白。据我所知，张先生并非虔诚的佛教徒，他又为什么这样甘之如饴呢？恐怕除了从传播知识的愿望出发之外，没法有别的解释。

他去年还写了一本《禅外说禅》，顾名思义，既在禅外，必然是持着旁观态度。虽未必全是从唯物论角度来作批判，至少也会是拿那些不着边际的机锋语来作笑料或谈助，谁知却有不尽然的。他在稿中仍是原原本本介绍宗门和教派的种种问题，其中有些是老禅和子也未必都知都懂的，而书中则严肃地、不涉玄虚地加以介绍。不涉玄虚恐怕就是"禅外"二字所由命名的吧？

从以上各点看，他的著作总是从教育的目的出发的。如果说有一种信念或说一种特别宗教的话，就可说他是"教育教"的虔诚信徒。这样虔诚，我无以形容，只可用张先生所提出的那个"痴"字来恭维他，此外别无他法。

现在该回到《续话》的本身上来了。张老在《琐话》中，对温源宁先生的学识文章都表示过赞扬，最近他亲自送来《续话》稿本，命我作"序"，同时手持一册题名《一知半解》的小册，即是《琐话》中提到的温氏那本作品。原本是用英文写的，《琐话》援引时是张老自己译的一段。现在这本是由南星先生把全书译成汉文，前有张老的序言。我一口气地读完全书十七篇，感觉到难怪张老那么欣赏这本书，除了原本英文的优点我不知道外，作者那种敏锐的观察、轻松的刻画、冷隽的措词，都和张老的散文有针芥之契。

我曾对观察文学艺术作品设过一种比喻，要如画人肖像，透衣见肉，透肉见骨，透骨见髓，现在还要加上两句，即是在一定空间里看他的神情，在一定时间里看他的行为。我觉得温先生这本书，写他所见的人物，可以说具备高度水平，而在我这个初学的读者，仍有一项先天不足处。温氏书中所写人物，有许多我不认识的，也不知道他们是干什么的。作者既没有交代，译者当然也无法一一注明。书中的人物虽然个个写得深能入骨三分，远能勾魂摄魄，但是捉来的这位鬼魂，竟使阎王爷也需要请判官查账。

张先生《琐话》、《续话》这两部书当然也具有那种勾魂摄魄之功，更重要的还有不屑一写的部分和不傻装糊涂的部分。这两部分是温氏所不具备的，因为这是哲人笔下才会出现的。或问：你有什么例子？回答是：孺悲要见孔子，孔子托词有病不见他，传话的刚出房门，孔子就取瑟而歌，让孺悲知道，这是不愿跟讨厌的人费话，岂不即是不屑一说吗？又子贡方（谤）人，孔子说："赐也贤乎哉，夫我则不暇。"不谤人是道德问题，而孔子以没时间来表示不愿谤人，多么幽默，也就是多么不傻装糊涂！

张老的《琐话》和《续话》里又有另一个特点不同于温氏的，就是写某人某事，必都交代清楚，使读者不致有"丈二和尚摸不着头脑"之憾，这仍是"教育教"信徒的职业病，是哲人写书时流露出的痴人性格。为冷隽而冷隽，或纯冷无热的，当然可算纯哲人，而张先生却忍不住全冷、冰冷，每在无意之中自然透出热度。其实他的冷，也是被逼成的。所以纯俏皮的文章，是为俏皮而俏皮；冷中见热或热中见冷的文章，问以说是忍俊不禁。

有人看我写到这里问我说：照你所说的这位张先生可谓既哲又痴的完人了？我说不然，他实是痴多哲少，因为他还是一笔一画地写出了若干万字的著作！

"读后感"写到这里，还要加一句声明：这是读完稿子之后写出的，理应放在卷末，但我又无排版权，被放在何处，我是无法做主的，只有向我和作者共同敬爱的读者说："我没敢作序！"

一九八九年六月七日（作者为北京师范大学教授，著名书法家、诗人）

不吃星级饭——行公草原行

张守义

1999 年春，我陪同 93 岁高龄的张中行先生赴内蒙呼和浩特开会。在首都机场候机室先生见我饮啤酒吃饼干代餐，赞曰："民以食为天，食以节俭为本也。"

中行先生吃完飞机上的盒饭后，又赞曰："食以节俭为本也。"

与先生同室一周，行公每朝鸡鸣起舞——打太极拳健身。

先生习武毕，对我说："生命在于运动，非'肉食者'，养生之道也……"
注："肉食者"指意为："朱门贵人之酒宴。"

行公多次谢绝主人一日三餐星级酒宴。

一次，行公为"逃避"星级饭，采取先下手为强的策略——在晚饭前下楼到街头买了三斤烤白薯……

价廉，富有草原风味的街头巷尾里的小吃店，是行公可心的美食。

这天，先生吃完手抓羊肉后，主动约请一位有着典型蒙族形象的小姑娘——为我们上菜的小服务员合影留念。

大家拿着烤白薯，
在宾馆附近一家小店一
人吃一碗饸饹面……
　　在面馆我送给行
公老师一首打油诗：
　　行公住饭店，
　　不吃星级饭。
　　街头买白薯，
　　小店一碗饸饹面。

饭后，行
公非常高兴！
在饸饹面馆门
外，分别同每
人合影留念。

（作者为中国美术家协会理事，中国人民大学徐悲鸿艺术学院教授）

穿棉袄的张中行

没读张老的书不知他学问有多大，读了张老
的书更不知他学问有多大。

唐师曾

◎ 2006 年 5 月 21 日，中关村图书大厦举办回忆文化老人张中行演讲会，发言者为唐师曾。坐者为
（右起）田永清、常大林（《博览群书》主编）。

我为人懒惰不喜读书，丢人现眼之事常常发生。1995 年我经香港赴美探
亲，后绕道日本回国。沿途竟意外发现，但凡能读中国字的，不问肤色发质

五官布局，没有不读张中行的。穷其究竟，说是透着中国文人几千年的高贵气质和文化传统，透着最高学府北京大学的民主科学自由容忍。说这些话的是波士顿哈佛大学一位钻研东亚文化的黑人学生，我听罢不白汗颜。因为我这个混迹北大的不但从未读过张中行的著作，而且一直以为他老人家必是与蔡元培、胡适、刘半农同代的"老朽"，生活在五四，以后几番改朝换代，自忖其肉身一定"荒冢一堆草没了"，其思想也必与改革时代格格不入。

钻进北大图书馆找来张中行的书。没读张老的书不知他学问有多大，读了张老的书更不知他学问有多大，颇有"风动竹而以为故人来"的亲切。启功先生称赞张中行"说现象不拘于一点，谈学理不妄自尊大"；季羡林先生尊其为"高人、逸人、至人、超人"。于是星夜驱车闯到北京北郊一幢普通得令人生厌的塔楼里，双手颤抖，迫不及待地"剥啄"。

张中行，河北香河人，1909 年生于一普通农家，虽衣可蔽体食可果腹，但家境清寒既无玩具可玩、又无诗书可读。连大名张仲衡也是小学业师刘秀才给的，直到北大毕业有了放弃学名的自由，才改弦更张去了"仲"的人旁，"衡"的游鱼，改成"张中行"。

张中老瘦而高，四体不勤而溜肩膀，人高明身材也高，在衣布履，可九十高龄仍健步如飞。不久前还乘长途公共汽车回香河老家，像久困笼中的大型猫科动物，偶尔性起还能小跑一阵。

先生一生清贫，年轻时学过开汽车，可一生无车可开，靠公共汽车上下班。遇某些生命中"不能承受之轻"，就打电话让唐老鸭开车过来充临时车夫。张中行85岁的时候才分到一套极普通的三居室，与老伴和从边陲调回北京的女儿挤在一起。桃李满天下，五个女儿都很孝顺，故老来生活温婉，既无经济纠葛，也无阶级斗争。室内白灰墙水泥地，没做任何时兴的房屋装饰。自己一个人书房卧房合而为一，室内一床、一桌、一椅、一柜，别无他物。桌上床上摊着文房四宝和片片稿纸，使人想到老骥伏枥。

冬天的张中老好像穿得挺单薄，遇人问冷不冷时，总是一手掀起外衣左

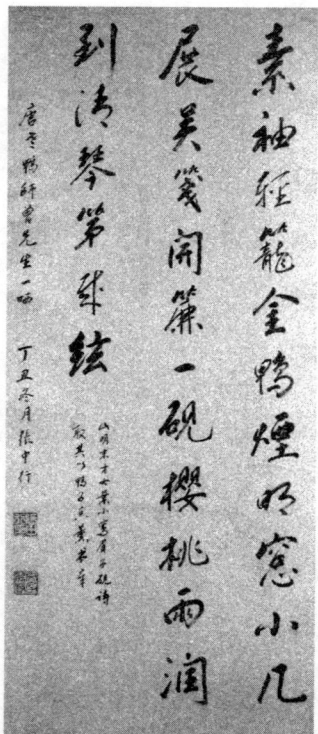

素袖轻笼金鸭烟 好窗小几

展吴笺 开簟一砚 樱桃雨润

到清琴筝华结

唐容鹏师曾先生一笑 丁丑冬月张中行

◎ 张中行送给唐师曾的诗。

襟，一手拉出里面的小袄："我还穿着棉袄呢！"暗素的棉袄很抱身，温暖可靠，显然出自夫人之手。北大百年校庆，我开车送张中老回家，途中遇雨，大地颇有寒意，我自己因白血球低最怕感冒，故而兔死狐悲，关心张中老冷不冷。他斜睨窗外暴雨，口占五言律诗一首，无奈我资质愚钝，古文功底尤差，只听懂一句"添衣问老妻"。见我迷惑，张中老解释道："吃饭我不知饥饱，老妻不给盛饭，必是饱了；穿衣我不知冷暖，老妻不让添衣，必是暖了。"态度安详语气和缓，远比我听到的所有英雄壮举更令我怡然心动。张中老的老妻，因在文革中看见大活人被利器革命，受了惊吓，从此脑力不济。张中老虽为名人，但靠劳动吃饭属工薪阶级，常年坐公共汽车上下班，早出晚归披星戴月。为避免老妻担心，他时时事事请示汇报，用心良苦……我见天阴下雨，怕老夫人担心他滑倒，就一直把车开到张中老家楼梯门口。可这次他并不急着下车，扭过脸来问我："唐老鸭，根据联合国统计，女人的平均寿命比男人长5岁，你知道为什么？"面对国学大师一对炯炯目光，我惭然无言以对。"只为能让男人死在自己女人的怀里。"

张老夫人李芝銮乃世家独女，清秀温婉，长张中老一个月，两人都属猴，张中老称夫人为姐，老夫妇相濡以沫已经厮守了半个多世纪。五十多年前，在北大与张中老同居四年并怀有身孕的文学青年杨沫，突然家庭革命，借口"负心、落后"而由幽谷迁于乔木，投身轰轰烈烈。"总是沿着母校老路走，讲理，不说违心话"的张中行毅然娶回李夫人，光阴荏苒，现已子孙成群。小外孙女金榜题名刚考取北大化学系，张中老得意地说这是他家中的第八个北大人。

张中老学识渊博著作等身，可毫无名家气势。朋友间有事相求，出钱出力从不推诿。三五知己小聚，九秩老人张中老亲自下厨煮速冻饺子，开二锅头，其乐无穷。

北大情结贯穿张中老的一生：学校里北大最老、学术空气最新、管理最民主、生活最自由、最相信科学的价值。张中老天生一对过于窄小的小眼睛，犹如藏金纳宝神秘殿堂的小窗，生怕禅机外泄。可每谈到北大，必有奇光异彩进射而出。鲁迅兄弟、蔡元培、胡适、刘半农、钱玄同、蒋梦麟、顾颉刚、钱穆……在张中老笔端委蛇而出，出入北大的校门。连我这样混迹北大学无所成，受校风浸染习惯四处胡说八道的小字辈，在张中老家也大受欢迎。"自由与容忍是红楼精神，心里有所疑就说是自由，听着不以为忤是容忍。在北大，这是司空见惯的。"

一套中式小棉袄的张中老形貌本土，心里口中却有不少来自异邦的对自然、社会及人生种种事物的科学看法。这些科学看法不同于本土的阴阳太极占卜推背，玄想而脱离事实。科学看法是详考因果，遵循逻辑，在事实基础上建立的知识体系。如外国的月亮圆不圆、亮不亮，均需科学考究，不是哪一个人一句话定的，此谓之科学。说到一个民族的优劣，张中老亦有科学标准：如将一个人绑起来令众人随便打，打了白打，不用负法律责任，看有多少人跳出来残害自己同类,同类之间互相残杀的民族在世界文明之林很难说及格。只有像钱钟书夫人杨绛那样,"宁肯挨打,决不打人;宁肯挨骂,决不骂人"的民族才与优秀沾边。《光明日报》约张中老写文祭钱钟书,文章写好后编辑来电话称赞文章很好,但有一句"不愿作至上的爪牙"最好删去,张中老顿发雷霆之怒,"文章一个字也不用改,我现在就告诉你地址,你直接给我寄上海去,人家正等着用"。转脸对我说:"这就是爪牙。"

平日的张中老其实挺诙谐。一日张中行宴请吴祖光、方成,我为司机。途中,张中老唱《鹧鸪天》:"亲婉丽,记温存,丁香小院共黄昏。"我趁机请教,说我每见佳丽总灵机一动。张中老嘿然一笑,"慢说你灵机一动,我九十老翁还灵机总动呢!"接着让我专心开车,不可乱动,否则给他惹祸。我问此话怎讲,他说他老家香河,一小伙儿套车带一老者走亲戚,途中遇另一挂大车,车上端坐一美女,小伙儿忍不住慨然长叹道:"如能怀抱如此好女睡一夜,也不枉为人一世。"声音洪亮被对面听了去,扑将过来打架,老者得意地训斥小伙儿:"不听老人言,吃亏在眼前。"不料众人冲过来竟放过小伙儿,反把老者按翻在地一顿暴打。老者喊冤,说是小伙儿喊的。众人边打边答:"他年轻人说者有口无心,你一介老匹夫,嘴上不言,低头闷坏。不打你打谁?"

谈到故人杨沫在《青春之歌》中丑化"余某",并在此后多次攻讦时,张中老坦然一笑:"我一生自认为缺点很多,受些咒骂应该。但小说不是历史。如果我写小说,决不会这样做。"大军进城,杨沫把张中行约出来抱怨"有人常喜欢大姑娘",似有悔意,张中行不动声色。文革中杨沫挨整,文联要张中行揭发杨沫,张中老只说杨沫直爽、热情,有济世救民理想,并且有求其实现的魄力。直到杨沫翻拍了旧照片,亲自题字:"照片可以翻版,生活可以翻版吗?逝者如斯。"张中老仍以不变应万变。尽管张中老毕生觉得女性的心最难测度,不敢强不知以为知;可对往事,"尤其曾经朝夕与共的,有恩怨,应该多记恩,少记仇"。这就是北大培养的国学大师张中行。

(作者为著名战地记者)

我们的父亲张中行

父亲常说，教育的成功就在于让人不信。

张静 张文 张采 张莹口述，陈洁编写

◎ 1959年全家福。

老实说，我们不算很了解父亲，或者说，我们眼中的父亲跟外界宣传的那个人不太一样。父亲的很多事情，我们还是通过各种媒体才知道的。而我们记忆深刻的事情，媒体可能并不关心。我们现在收集父亲发表的文章、别人采访他的文章，有一大摞呢。

父亲的人生：
平淡中有坎坷

父亲生在一个普通的农家，他的名字有点来历，本来的学名叫张璇，他的字"仲衡"是小学老师刘秀才给起的，是《尚书》的典故："在璇玑玉衡，以齐七政。"北大毕业后，他去掉"仲"的人字旁，"衡"字中间的鱼，减缩成了张中行。其实"中行"两个字也是有典故的，《论语》说："不得中行而语之，必也狂狷乎。"还有《易经》的"中行无咎"，父亲还刻过这方闲章。

父亲的人生经历总的来说挺简单的，年轻时一直读书，北大毕业后在贝满女中等学校教书，上世纪 40 年代，他还帮巨赞编过《现代佛学》杂志。后来巨赞出国了，他就代主编工作。《现代佛学》就是现在的《法音》，中国佛教协会的刊物。建国之后，他在人民教育出版社一待就是近半个世纪。

父亲在"文革"中吃过一些苦。1968 年初在单位被勒令靠边站，清扫院落和厕所；1968 年 8 月被发配到安徽的凤阳干校劳动改造。在北京的住房都丢了。在干校他还挨过批斗，因为他夜里看星星，别人说他是想变天。还有一次是挑水的时候把水桶掉井里了没捞上来，是破坏"抓革命，促生产"，还有他喜欢唐诗宋词，不钻研红宝书，也挨过批评……

1971 年 5 月底，他刚从干校回来，就接到命令，要他回香河老家，可老家早就没地方住了，本来这是个很好的借口，可以不离开北京的，可是说起来我们当时也真是单纯，就是很傻，催着逼着乡下赶紧把房子搞好，10 月他就一个人回了香河。当时张莹大学毕业刚结婚，在唐山劳动锻炼，送他去的，到了后给他挑满一缸子水，也不敢久留，当天就回来了。

那时候他已经快七十的人了，老家并不要求他干活，但他自己出门常捡了粪送到生产队积肥。父亲一个人住在农村老家，生活是很艰难的，他用煤油炉自己做饭，不像别的农家那样烧炕，冬天就很冷、老鼠又多。就是这样，他还写了不少诗词。说是乐观吧，也谈不上，他就是安静，凡事心平气和，整个人生都看得透，不管有什么状况他都能接受和顺应。

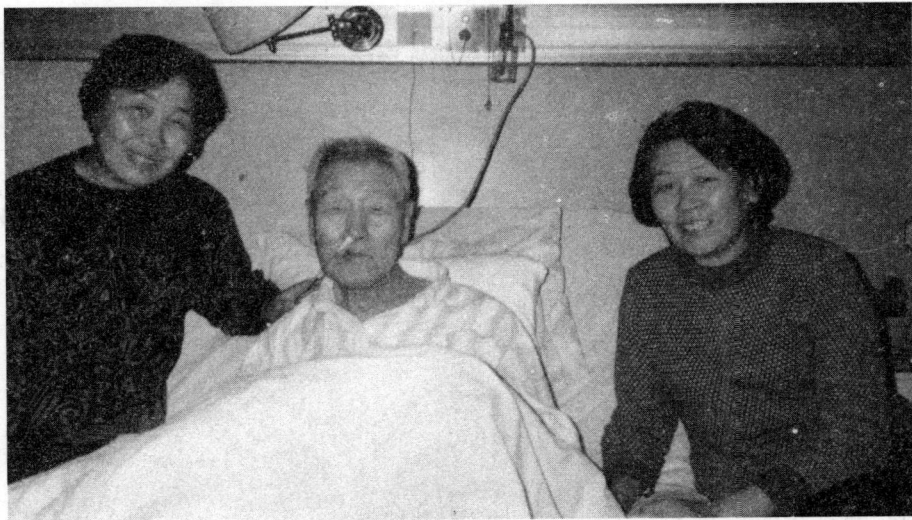

◎ 2002 年，行公和大女儿张静、二女儿张文在 305 医院。

他在干校的时候还有工资，我们每月到人教社在北京的留守处去领，记得朱光潜的夫人就在留守处工作，每次把钱交给我们还要嘱咐一句："拿好钱啊，别丢了。"可是父亲回香河就没有工资了，户口都打回云了，不过还吃商品粮。偶尔回到北京，住在张文的家里，每次回来我们还要赶紧去办临时户口，而且临时户口有效期只有三个月，要是超过了，必须当天去续，否则被查出来就不得了。现在想起来，当时都不知道怎么过来的。

1977 年，父亲终于回京。八十多岁时，我们才想起他在人教社工作了几十年，怎么都没分房子，这才去要。于是在燕园分了一套三居，很普通的，用父亲自己的话说，只有"顶棚一张，墙四面，地一片"。在这之前，他一直跟张文家一起住，都想不到向单位要求什么。不过，单位对他也是蛮好的。

父亲的教育：

身教重于言传的家教

对我们来说，父亲的身教重于言传，他对我们的教育是西方式的，完全

◎ 四姐妹摄于 1990 年 2 月。

自由开放，甚至放任不管。他从来不参加我们的家长会，我们读几年级他都不记得。我想，要是我留级了估计他都不知道。在家里，他和我们非常平等，大家都很自由。

父亲很重情。他1936年跟母亲结婚，"过起了用小煤火炉做饭吃的生活"。父亲总说母亲人好，忠厚善良，能忍耐。他们的感情很深。父亲写过一句诗，"添衣问老妻"，大意是他吃饭不知饥饱，老妻不给他盛饭了，那就一定是他已经饱了；穿衣不知冷暖，老妻没有给他添衣，就说明他是暖和的。他们就是这样的彼此相爱，生活和谐美满。母亲去世后，我们一直瞒着他，说母亲在医院里。前几天他自己人在医院里，还跟人说，他出院后还要写散文出书，挣稿费给妻子看病用。

要说起他的善良，故事就多了。有一次他的一个同事被偷了，很难过，父亲知道后，就给了他被盗金额的一半，说，就当是我们两个人都被偷了。我还记得父亲有一次抱了只猫回来，说它被丢在外头怪可怜的。回到家才想起，要是这猫原来有主人，找不到怎么办，于是又赶紧出去贴条，说一只什么什么样的猫在谁家。这样的事常常发生，我们家养过很多流浪猫呢。

对猫尚且如此，对人就更不用说了。父亲对人很好，有人总结说，他是对朋友热情，对保姆客气，对子女严厉。对于向他索字、要签名、要书的人，他不但来者不拒，还常常自己装裱好了才送人。他常常上午写字，下午题款，说是"还文债、字债"。不但如此，他还帮别人向启功、金克木他们索墨宝，要签名。金克木一般不给人签名的，他就把笔硬塞到人家手里，命令他"签"！可是他从来不为我们向别人索墨宝，他自己的字也不给我们，他说他是天生的左撇子，字写得并不好，但别人向他要，他不能拒绝。久而久之，我们也知趣了，不找他求字画，所以到现在，我们家都没有什么名人字画。

曾有中学生给父亲写信，说很喜欢他的书，但是没钱买。父亲认为他很诚实，把书寄给他。他这样给很多人寄过书，他常说，人家是我的读者，肯花时间、花钱看我的书，应该感谢人家。但也有人寄了钱来，说买不到他的某一本书，要他代买，他就很生气，说我又不是卖书的，把人家的钱退回去了。

父亲做人很实在，也很节俭，出去吃饭总要打包。他有些言论，我们从别的渠道知道后都会很吃惊，比如唐老鸭（唐师曾）回忆有一次父亲考他，说根据联合国统计，女人的平均寿命比男人多5岁，为什么？唐老鸭答不出来，父亲就自爆谜底："为了让男人死在自己女人的怀里。"他曾说过："从一而终是社会的要求，不是自然的要求。"还曾把婚姻分成"可意、可过、可忍、不可忍"四类。我觉得不是真正的性情中人，是说不出这样坦荡率真的大实话来的。

父亲的古文造诣很深，反正他写的很多东西我们是读不懂的，但是父亲一点都不老朽，我们小时候和读中学的时候，他常常给我们讲自然科学知识和爱因斯坦的故事，带我们认星星，我们现在还记得，父亲说宇宙是"有限无边的"，我们都觉得很难理解，不知道他在说什么。他到老了还关注新事物，跟得上现代科技，比如1999年世纪之交的时候，"千年虫"说得很厉害，他就挺在意的。他还是个有生活情趣的人，他喜欢书法，喜欢收集砚台，喜欢考古，喜欢戏曲，还喜欢喝点小酒。他在北大张文家里住的时候，常去圆明园散步，总会带一些小石头什么的回来，洗干净了，后头写上字，磨一磨作砚台用。别说，还挺漂亮的。我们出门就发现不了这些瓦砾石头。

父亲的思想：

教育的成功在于让人不信

父亲常说，教育的成功就在于让人不信。外界对他的评价很多，什么杂家、学者、语言学家，但他认为自己首先是思想家，因为他一生清醒，不糊涂，不盲从，或者说，就是不信，凡事都存疑，就不容易受骗。他曾告诫年轻人要"多念书，少信宣传"，还推荐罗素的《怀疑论集》，他自己说他是罗素的怀疑主义和康德理性主义的结合。

父亲一生都很怀念大学生活，他总说老北大比新北大好，因为老北大让人疑，新北大只让人信。我们家三代一共有 8 个北大人，但除了他，只有小女婿一个是学文的。

父亲做学问的面很宽，但主要从事的是文史、语言研究。自大学高年级起，他就对人生哲学感兴趣，一直思考，后来专门写过一本《顺生论》，就是他对人生总的看法，他说那是他花力气最大写的一本书。

说到民族的优劣性问题，父亲曾提出过一个简单的标准，就是把一个无辜的人绑起来，让别人可以随便打，打了白打，看有多少人会动手。残害同类的是糟糕的民族，只有宁肯自己挨打挨骂也绝不打人骂人的，才称得上优秀。

父亲平生的理想很简单。他自己曾说，他一不做官，二不发财，就是希望做点学问，看点书，写点书，安安稳稳地过小民适然的生活。如今，父亲已经过了 97 周岁生日，我们都希望他能健康长寿，因为，不管他是不是国宝，他可是咱家的宝贝。

（原载 2006 年 2 月 22 日《中华读书报》。此文发表两天后行公去世。）

张中老，走好！

他把婚姻状况分为四个等级：可意；可过；可忍；不可忍。

蓝英年

◎ 张中行先生遗体告别仪式。

昨晚《北京青年报》记者给我打电话："蓝先生，张中行先生去世了！"我听了"啊"了一声，半晌说不出话，记者大概理解我惊愕的原因，停顿了一会儿才向我采访。其实，张老仙逝我有思想准备。今年春节我和内子照例要给他拜年，打了几次电话都没人接。终于打通后，得知张老病重住院。他女儿说谢谢寄来的贺卡，张老在病榻上看见贺卡上的小狗高兴地笑了。我们要到医院探望，她说天气太冷，你们年纪也大了，就不要去了。我们请她转致问候和祝福，就没有去医院，没能见上最后的一面，现在懊悔不迭。

说也奇怪，这两天我忽然想看张先生赠送给我的《负暄琐话》，看完《琐话》看《续话》，看完《续话》看《三话》。是不是预感张先生即将远行，再与他畅谈一次？我的目光停留《三话》中的《韩文佑》一篇上。韩文佑先生是张先生的好友，刎颈之交，年轻的时候他们过从甚密，互相敬佩，经常一起逛书摊，寻找旧书。一碟花生米，四两酒，对酌畅谈。1950年韩先生调往天津，他们来往虽少了，但友情依旧，直到韩先生去世。

我是从韩先生那里知道张先生的。上世纪六十年代初，我经常到韩先生家请教中国古代散文诗词中不懂的地方，去的次数多了，谈话范围也扩大了。韩先生提到俄国诗人古米廖夫1921年被处决。说来惭愧，我这学过苏联文学史的人竟第一次听说古米廖夫和阿赫玛托娃。闲谈中韩先生多次提到他的挚友张先生。韩先生说："张先生是个真读书的人。"还告诉我作家杨沫曾是他年轻时代的恋人，她在《青春之歌》里塑造的余永泽的原形便是张中行先生。我说杨沫把余永泽写成反面人物，张先生知道了一定不高兴。韩先生说张先生才不在乎呢，一点都没生气，他把余永泽看成小说里的人物。这些话同张先生在《流年碎语》中说的一样："更重要的是三，要明确认识，这是小说，依我国编目的传统，入子部，与史部的著作是不同的。"显然韩先生的话是张先生对他说的。

张先生我是知道的，1962年人民教育出版社出版的《古代散文选》的编选者当中就有张中行的名字。但没读过他的文章，印象不深。后来经常听韩先生谈起张先生，对他的印象加深了，谈得越多印象越深，深得可以算神交了。但韩先生没有把我介绍给张先生，理由是 "你们两个人在政治上都不算强"。那时他大概担心我们彼此影响吧。文革期间，韩先生嘱托我到北京的时候，得便看看两位张先生，张中行先生和北师大历史系的张守常先生，并叮嘱我"见个面就离开"。张守常先生是韩先生的弟子，一九五七年被划为右

◎ 张中行和蓝英年夫妇。

派分子，韩先生关心朋友和弟子的处境。我两人都见到了，回来告诉韩先生，守常先生的处境似乎比张中行先生差。与张中行先生匆匆一面不能算结识。后来熟了，他说从韩先生那里听说过我，一个学俄文的人经常找他聊天，对中国古典文学感兴趣。

我与张中行先生真正交往始于上世纪九十年代，那时他已经是大名人了。我约守常先生到人教社拜访他。办公室里有两三张桌子，还有一个人，他没有单独的办公室。我们坐下自报家门。他马上知道我们是谁了，向同事介绍，一位是历史学家，一位是俄文专家。他早已过了古稀之年，竟然还记得我们这两个等于从未谋面的人。守常先生比我想得周到，带了几本张老的书请他签名，并说签过名的书更有收藏价值。张老问我有没有他的书？我说从韩先生女儿那里借了一本《负暄琐话》。他从桌子旁边一摞书里抽出《负暄琐话》和《负暄二话》，签名送给我。说还有一本，办公室里没有，以后再送。我心里想，初次见面就主动赠书，张先生真把我当成朋友了。后来张先生对我说，他信任朋友的朋友。可我怎能算是韩先生的朋友呢？充其量不过是学生而已。韩先生也说过"信任朋友的朋友"之类的话。

○ 张中行遗体告别仪式外守候的人们。

　　不久张先生打电话约请我和内子吃饭。我们先到人教社找他，然后一起去景山东门对面的一家饭店吃饭。他带着《负暄三话》从楼上下来，内子想搀扶他，他说不用，前几年还骑自行车呢。他步履轻盈，真不像八十岁以上的老人。他知道内子是演员，还认出她在电视剧《篱笆·女人和狗》中演过"枣花娘"。吃饭的时候跟她谈起文艺界的情况，大意是现在看话剧的人少了，大概不是演员的问题，而是缺乏好剧本吧。内子邀请他到家里做客，张老说一定去。不久他打电话问我地址，说要来看我们。我说您没来过，怕不好找，我去接您。我把张老接来，内子事先做了准备。听说张老爱吃红烧肉，特意向烹调高手请教这道菜的做法。那天还按南方家乡的做法炖了排骨。我们为他打开从宜宾带回的珍藏已久的五粮液，张老吃得高兴，他说酒香肉美，以后还来吃内子做的菜。

　　我和张老接触得并不多，一年见两三次面而已。多半是我们到华严里33号楼去看他。他住在一套小三室（无厅，以过道代替厅）单元，使用面积不过五六十平方米，非常狭小，是我到过的最简陋的住宅。与我交往的都是平民百姓，普通的脑力劳动者。但所有人的居住条件都比张老好。我的居住条件也比张老好。像张老这样的大儒越来越少了，可居住条件如此恶劣，让我既惭愧又痛心。张老并不以为意。他是平民学者，过惯平民生活，和平头百姓打成一片。他带我到住所附近饭店吃饭，服务员和经理见他来都热情招呼。那天他从家里带了一瓶酒，我想饭店是不能自带酒水的。可服务员不但没说什么，马上把酒打开，打破饭店不允许带酒水的规矩。他还选了几样菜带给老伴儿，那时张师母已行动不便了。苏州广播电视报的祝兆平年轻有为，酷爱读书，我和他就是因读书结识的。他对张老极为崇拜，趁到北京出差的机会，想拜见张老。我打电话问张老，他说："来吧！"我们去了，张老亲切接待了我们，并请我们吃饭。小祝给张老带来几支毛笔，用意很明显，但他不敢说，我不便说。他回苏州不久，打电话告诉我，张老给他寄来一幅字，大喜过望。我的两位老学生在北京外国语大学攻读博士，想见张老。约好在我家见面。我安排一位接张老，一位送张老。接的和送的都得到张老一本书，并在我家与张老合影。张老签名时称她们为"女史"，她们不明白"女史"是什么意思，我告诉她们"女史"是对女士的尊称。从这几个例子可以看出张老何等平易近人。我求张老的事都有求必应。我岳父是江苏书法家，他去世后我们决定自费出版他的《罗化千墨迹选》。需要名家写序，我们想到张老。张老说应该请书法名家写，并且热心帮我们辗转找到书法名家，写了一篇文辞并茂的序。内子每提起这件事都充满感激之情。

韩先生说张老是"真读书的人"，说得非常对。张老对中国典籍非常熟，这从他的文章中也可以看出。经史子集，随手拈来，恰到好处，不仅使文章凝重，有时还产生一种幽默感。这是我辈望尘莫及的。今天像他这样熟悉中国典籍的人恐怕已经凤毛麟角了。张老对西方哲学同样熟悉，一次他问我："令尊翻译的《纯粹理性批判》用的是哪个本子？"我回答不出来，送给他一本先君翻译的《纯粹理性批判》。他翻了一下说，用的是我年轻时候看过的英译本。张老早年就读过康德，他读过许多西方哲学著作，所以他的文章蕴涵着哲理。比如他把婚姻状况分为四个等级：可意；可过；可忍；不可忍。他和杨沫的关系到了"不可忍"的地步，所以毅然分手。他的文章与众不同的地方是充满哲理和思辨。

张老读过我的文章，希望我挖掘得更深些，不限于写作家。我觉得他对苏联文学并不熟悉，作品读得不多。以他的学识，未必看得上上世纪五十年代在中国泛滥的苏联小说。但他对苏联体制却相当了解，对苏联的解体并不感到惊讶，认为是发展的必然结果。他告诉我写文章不能说假话，但也不可能把心里想的都写出来，人还得学会保护自己，不能只图一时之快信口开河。他说宋人蒋捷词中"临别赠言朋友事，有殷勤六字君听取：节饮食，慎言语"说得很对，他举了几个人的例子，比如，他说张东荪身居高位，荣任政府委员，因"快言快语"，很快就从高处摔了下来。他把张东荪比做孔融。张东荪的事对我至今仍是一团迷雾，是不是因"快言快语"摔了下来，我无法断定。张老说自己胆小，只说可说的话，做能做的事。1957年在大鸣大放时期他没有"鸣放"，以张老的睿智，我想他当时就看穿"鸣放"是一场"阳谋"。张老是从旧社会过来的知识分子，在历次运动中没受到过激烈的冲击（一般的批判在所难免），得力于他的格言：慎言语。他在人教社工作认真，业务水平高，耐心回答求教者的问题，与同事的关系处理得很好，也没有任何把柄。没人想整他，想整也整不了。他强调不说假话，而不是说真话。

有人问张先生为什么七十岁以后才写文章？张先生曾对我说，年轻的时候曾想写小说，未必写不出来。他没说能写为何没写的原因。我想他忙于养家糊口，到几个中学教书，没有时间和精力。另外，他如果写小说，也不会采用社会主义现实主义手法，出版无门。他晚年写的这些极受欢迎的文章，文革前断无发表的可能。他做可做的事，不做不可做的事，还是哲人的思路。

我与张老的交往中获益极多（各个方面），可我对他却无以回报，临终前未能见上一面，悲痛与悔恨交织在一起，只能代表内子轻轻说一句："中行老，走好！"

2006年2月15日

（作者为北京师范大学苏联文学研究所教授）

他创造了两个奇迹

只有为数不多的人，既创造了生命的奇迹，又创造了学问的奇迹。张老就是这样一个人。

田永清

○ 行公和田将军是一对忘年交。

　　我喜欢结交老人和文人，张中行正好符合这两条，他既是老人，又是文人。但具体说来，张中行又不同于一般的老人和文人。首先他身上有光环，这种光环是由他的道德和文章交相辉映而成的。其次，他身上有阴影，这种阴影则是由杨沫那本小说《青春之歌》涂抹上的。张中行到底是一个怎样的人？我就是带着仰慕和好奇这样两种心情，于上个世纪90年代中期开始和张老交往的。这一交往就是十几年，我们结成了关系比较密切的忘年交。在这些年里，我既读张老的书，几乎阅读了张老数百万字的全部作品；通过多次接触和交谈，又认真读张老其人，使我不断加深了对于他的了解。

2月24日，张老在解放军305医院安详地停止了呼吸，享年98岁。张老逝世后，我很快赶到他的家中表示悼念，随后又接受了中央电视台的采访，3月2日和众多的人一起在八宝山"竹厅"向他的遗体告别。我悲痛的心情难以述说，我从内心里深切地缅怀这位可敬可爱的世纪文化老人。我感到有责任把我所了解的张老如实地写出来，这一方面可以了却我的一桩心事，同时也可以让更多的人们了解张老、学习张老。

他是一位国学大师

冰心老人生前有句名言："人生从80岁开始。"张中行先生的人生，就是这样的人生。张老是在80岁左右的晚年才"暴得大名"的，人称"文坛老旋风"。由此，有人也说张老是"大器晚成"。我不完全同意这个说法，其实张老是"大器早成"，只是过去的政治气候使他的满腹才华无从表达而已。他晚年写的那些极受欢迎的文章，在"文革"前和"文革"中断无发表的可能。张老直到晚年才"暴得大名"，既值得庆幸，又值得反思。

张老出名之后，前些年有人把他与季羡林、钱钟书、施蛰存并列，称之为当今中国的四位"国学大师"。也有人把他与季羡林、金克木、邓广铭并称为北大的"未名四老"。这虽然不是正式评选（老实说也难以评选）的结果，但张老的确是为众多人们所公认的国学大师。

季羡林在一篇文章中，称张中行为"高人、逸人、至人、超人"。在谈到张中行的文章时，季先生还说了这样一段话："我常想，在现代作家中，人们读他们的文章，只需读上几段就能认出作者是谁的人，极为罕见。在我眼中鲁迅是一个，沈从文是一个，中行先生也是其中之一。"与张老密切交往半个

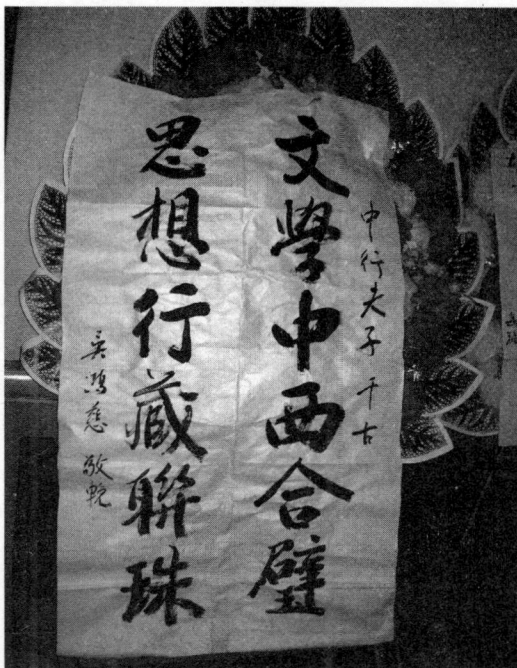

○ 张中行遗体告别仪式挽联之一。

多世纪之久的启功先生，称张老既是"哲人"，又是"痴人"，赞他"说现象不拘于一点，谈学理不妄自尊大"。

一身傲骨、满腹才华的吴祖光先生说："我那点学问纯粹是蒙事，张中行先生那才叫真学问。"

比较年轻而又具有传奇色彩的记者唐师曾（绰号"唐老鸭"）说："没读张老的书不知道他的学问有多大，读了张老的书更不知道他的学问有多大。"

上述这些评论，绝非溢美之辞。张中行在读师范的时候，就开始接触新文学，博览群书，追求新知。在沙滩红楼的北大四年，他进一步开阔了知识视野，接受了科学、民主思想。他终生孜孜不倦，广泛涉猎，潜心研究国学、逻辑学、哲学，不仅思索老庄、孔孟、佛学，而且研究罗素、培根，这在当代文人中并不多见，其成就令众人仰视。过去说一个人学问大，往往说"学富五车，才高八斗"；现在说一个人学问大，又往往说"博通古今，学贯中西"。把这些说法用在张老身上，真是再合适不过了。

肚子里有没有墨水是一回事，能不能通过文笔表达出来又是一回事。一个人如果只是堆积了很多知识，但却不能创造性地表达出来，那就无异于鲁迅笔下只会记忆的"两脚书架"。张中行不但学识渊博，而且文笔奇高。改革开放以后，随着中国社会的逐渐清明，已届耄耋之年的张中行亦如老树发新芽，开始了散文随笔的创作。这一写竟如大河开冻，滚滚而下，陆续流出了以《负暄琐话》、《负暄再话》、《负暄三话》、《顺生论》、《禅外说禅》等为代表的数百万文字。一时举国上下，书店书摊，到处摆放着张中行的著作，国人争读，影响巨大。有的地方还有专门阅读和讨论张中行书籍的自发性组织，名曰"张迷协会"，这不能不说是当今出版业和读书生活中的一大奇迹。

鲁迅博物馆馆长孙郁谈起张中行时说："他的出现使'五四'那代人的智慧、风范，在他的笔下又重新复活，重新出现了一种文化景观，这是个奇迹，他就像活化石一样。"又说："他的出现使当代很多东西黯然失色，人们突然醒悟什么是好的，什么是不好的，什么是真的，什么是伪的。"

著名作家、藏书家姜德明先生说："张中行的代表作'负暄'三话，对当代散文深有影响，扩大了散文天地，开阔了读者眼界，提高了人们的鉴赏和写作水平，是功不可没的，值得后人永远珍视。"

跨入新世纪以来，"国学热"开始蔓延，各种各样的"大师"也多如牛毛。但是，何谓国学？何谓大师？何谓国学大师？未必人人都能说得清楚，当然我更讲不明白。

上世纪初，国学大师章太炎为国学下了这样一个定义："一国固有之学。"是传统的固有学术、文化。这就是说，真正的国学，存在于一个民族的文化生命实践之中，国学是一种文化生命的感悟。但国学又不是一经创造就凝固的东西，而是蕴含在我们民族几千年的历史过程当中，经过不断解释、不断焕发青春的东西，它与汲取人类一切优秀文化成果并不矛盾。国学要复兴，就必须有魅力，就必须让人们竖起大拇指。从这个意义上说，国学必须成为大智、大气、大美的学问。

著名历史学家戴逸在一篇文章中谈道，称得上大师的人物，应具备四个条件：一、学术上博大精深；二、有创造性的思想贡献；三、桃李满天下，学术上薪火相传，有许多追随者、继承者；四、不仅学问高，道德也高。就张老的品德、学识、著作、影响而言，不管从哪个角度讲，我们都可以肯定地说，张中行的确是一位国学大师。

他首先是一位思想家

人一出名，各种各样的称谓也就随之而来。比如对于张中行，除称为国学大师外，还有称为著名作家、著名学者的，也有称他为杂家的，此外还有什么文学家、散文家、教育家、哲学家、编辑家，等等。的确，对于张老这样的大师，确实很难用一个头衔，比如用一个什么"家"来加以概括的。有人这样问过张老："总结一生，您认为给你戴一顶什么'帽子'比较适合？比方文学家、教育家、哲学家，等等。"张老这样回答："如果硬要戴一顶'帽子'，我想可能是思想家。这一生中我自认为不糊涂。"张老的这个回答，既令人意外，又发人深思。张老为什么认可自己是思想家？为什么对思想家情有独钟？对此，我思考了好长一段时间。

思想之于人的确是最为重要的。去年9月29日，我和《光明日报》的韩小蕙同志去305医院探望张老。小蕙请教了张老几个问题，其中一个问题是："您觉得对于一个文人来说最重要的是什么？"他想了想，拼足力气回答："思想最重要！"并且在小蕙带的本子上郑重地写下了这5个字。张老的这个回答，和古今中外许多大人物的看法是一致的。在这个世界上，最值钱的是思想，最令人敬佩的"富翁"是思想的富有者。一切大有作为的人，都有一个共同特点，就是有思想、善思索。张老一辈子没有停止过读书，没有停止过思考。每次拜读他的文章，每次和他进行交谈，总会深深感到他学识的渊博和思考的深入。

张老是一个有"自己的思想"的人。中国传统文化的基本特征之一，是它的社会取向，强调个人服从整体、下面服从上面，从而淹没于整体、淹没于上面。很多有思想、有个性的人才，就这样被埋没甚至被扼杀了。倘若一个人思想平庸，没有独立见解，阻挡者很少；倘若一个人很出色，很有思想，则阻挡者很多。真正敢于亮出"自己的思想"的人，是无私无畏的人。在张老"自己的思想"中，很重要的一点就是"存疑"，就是不盲从、不轻信。这种"存疑"、这种"不信"，是建立在渊博的知识和独立的思考的基础之上的。一个人没有知识，没有思想，就缺乏判断力，就可能过于轻信。张老在《流年碎影》一书中，在谈到"思想"这个问题时，说过这样一段话："专就其中的思而言，处理的态度，有对立的两条，一条，只许至上一个人思，一个人言，其他千千万万的人只能信受奉行；另一条路，人人可以思，并言己之所信。不知道别人怎样想，我是坚持后一条路好。因为，消极方面，可以减少铸成大错的危险；积极方面，必有利于国家民族的发荣滋长。"张老认为，一个人影响一个时代的状况，是不正常的，是危险的。他强调要有"自己的思想"，并不是突出自己，而是从"有利于国家民族的发荣滋长"着想的。

张老的"自己的思想"，有许多是围绕着"人应该怎样生活"这个主题的，因此显得很博大、很整体，也很深刻。他曾经这样回忆说："主要是两点。其一，是大学毕业前后，忽然有了想明白人生是怎么回事、怎样活才好的相当强烈的求知欲。其二，'欲'之后必随来'求'，于是在治学方面就转了方向，改为钻研哲学，尤其是人生哲学。"有人称张老为哲学家，他主要研究的是人生哲学，其结晶就是历经数十年学习、研究最终写作而成的《顺生论》这部书。在张老的"自己的思想"中，有一个很重要的内容就是"顺生"。概括地说，所谓"顺生"，第一顺其自然的生命规律，淡泊名利，不跟自己较劲；第二顺从内心的道德律令，不做违背良心的事，不与别人为难。这是他能长寿的重要原因，也是中国传统文化的精髓。

张老的"自己的思想"，贯穿于他的一系列著作中。他的一些著作，堪称经典之作，必能传之久远。好的文章不仅是词藻华美、抒情动人，更重要的是能表达思想。有些人的文章，长篇大论，水分很多，看起来说南道北，想起来没有东西。张老不是一般的作家，而是名副其实的大家，他在字里行间流露出来的文采、情感、深思、哲理以及由此产生的无穷余韵，在别的作家那里并不多见。正因为如此，张老的作品对于广大读者有着一种独特而又强大的吸引力。张老是一位思想多于行动、思考多于言谈的人。这样的人一定会拿起笔来宣泄"自己的思想"，而使张老名扬四海的，正是他的许多饱含人生哲理的著作。

○《顺生论》封面.

张老在谈到写《顺生论》这部书的过程时说："文化大革命"结束以后，"用知识分子的眼看，最值得重视的变化是，由原来的不许有自己的思想变为自己可以想想，由原来不许表达自己的思想变为可以适度地表达自己的思想"，"换句话说，有所思，有所见"，可以"形于言，形于文"。正是在这样的情况下，直到上个世纪80年代末90年代初，张老的文章和大名，才开始广为人们所知。

张老的二女儿张文在谈到父亲时说："父亲说自己是思想家，他很喜欢思考，他看待任何事情都是思辨的。"《流年碎影》是张老的自传，张文说，启功先生就曾评价父亲的自传是"写思想的自传"。"启功先生说，别人的自传都是写事，但父亲的自传是写思想，这就是他和别人的不同"。北京文联研究部主任张恬女士这样评价："张先生的文人气质有承接传统的一面，但比起传

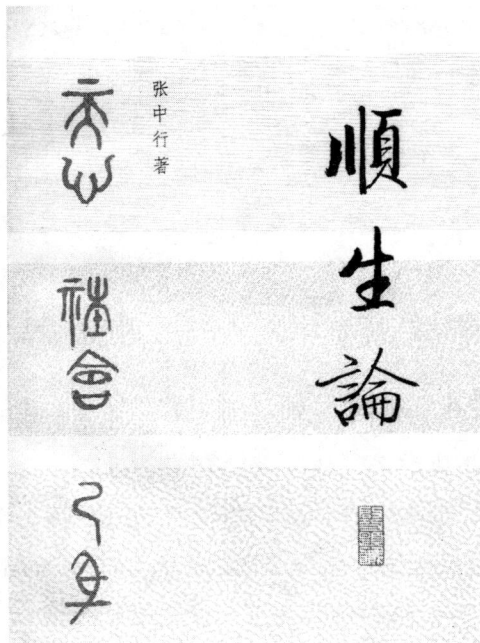

统的学者散文，他却多了思考，且不乏真知灼见。"

他是一位大度君子

在当代中国文坛，曾经流传过两男两女历史恩怨和感情纠葛的故事。

一个是说，关于"张恨水"之名，有传言说是张恨水曾经追求冰心，但始终得不到青睐，失恋失意之余，愤而借用《红楼梦》中贾宝玉说的"女人是水做的"话，引申而成"恨水"。实际上这是根本没有的事儿。他取"恨水"两字为笔名，是借用了"自是人生长恨，水长东"（南唐后主李煜《乌夜啼》句）之本意，为的是时刻勉励、提醒自己珍惜时间。事实上，张恨水的婚姻浪漫而美满，他的妻子小他近20岁，原是北平春明女中的学生，因为特别喜欢张恨水的长篇小说《啼笑因缘》而对他产生爱慕之心，后来两人结为秦晋之好。就冰心这方面而言，我的老战友、曾任中国作家协会办公厅主任的李一信同志，曾于上个世纪80年代当面向她询问过这个问题。冰心老人并没有因为一信的唐突而面带愠色，她安详而诙谐地说："那些小道传言都是没根儿的事儿，我那时早已跟吴文藻恋爱订婚，他恨哪门子水呀！"

另一个传言是，张中行与杨沫年轻时曾经相爱并且同居。这个倒是确有其事，并且由此演绎出了许多故事。

大概是在1931年夏至1936年春，也就是张中行在北大中文系读书期间和刚毕业从事中学教育之初，具有初中文化程度、年仅17岁的杨沫因抗婚而离家出走，在走投无路时，请张中行帮她介绍工作。经过一段接触，因互有好感而从热恋到同居，时间大概将近5年。其中的前两年，即由相识到共朝夕的两年，还被张中行称之为"婚姻的花期"，到老也是"难得忘却的"。他们还有过两个孩子，一个是男孩，出生不久便夭折了。一个是女孩，是他们离异之后才出生的，至今已是70岁的老人了。新中国成立后，杨沫从解放区回到北京，他们还见过面。对于这些，张老从不隐讳，谁问到他有关情况，他都如实相告。因为这在那个大变动的年代，本来是属于极其正常的事情。

问题发生在后面。上个世纪50年代，杨沫写了一部影响极大的小说《青春之歌》。实事求是地说，这部小说突破了当时文艺上的禁锢，把一个本来小资产阶级味道十足的知识女性林道静当做全书的主角，还大胆地描写了作为革命者的她连续不断的爱情，这都是反潮流的、先锋的、叛逆的。后来，这部小说又由北京电影制片厂改编、拍摄成同名电影，由青春靓丽的谢芳扮演林道静，电影一路绿灯、一片轰动，引起了更加强烈的反响。可以说小说和电影中的人物脍炙人口、家喻户晓。周总理还亲自邀请主创人员到家里看片，邓大姐甚至这样说：小说看到"忘食"，电影看过不止一次。

这本来也是一件很好的事情，但在小说和电影中，还塑造了另一个叫做余永泽的人物，此人与林道静和其他革命者形成了鲜明的反差，是一个自私、落后、庸俗的典型。而这个余永泽，据称影射的就是张中行。在这之前的张老，只是人民教育出版社的一般职员，虽然默默无闻，但还算平安无事。随着《青春之歌》小说和电影引起的轰动效应，张老的生活变得不平静了，他在单位里被弄得灰头土脸，也被社会有些人传得沸沸扬扬。

其实，真实的张中行与余永泽根本就不是一种类型的人。他有着中国文人的正直，他不仅作风正派，学识渊博，也从不干告密、打小报告之类的事，更从不乱揭发别人，踩着别人往上爬。尽管杨沫在书中虚构了许多他所根本没有的毛病，矮化了他，让他戴上了一个落后分子的帽子，但他对杨沫的评价却始终是肯定的、正面的，从没有什么怨言。

也有人为他打抱不平，劝他写文章为自己辩解。但张中行说，人家写的是小说，又不是历史回忆录，何必当真呢？就是把余永泽的名字改成张中行，那也是小说，我也不会出面解释。更为感人的是，在"文化大革命"那段是非颠倒的日子里，张老自己的日子已经十分难过，他先是被发配到五七干校，几次挨批斗，后来又被赶回农村老家，甚至还停发了工资。与此同时，也有人全面否定杨沫写的《青春之歌》，并且诬蔑她是"假党员"。在这种情况下，杨沫单位来人外调，希望张中行说杨沫的坏话，造反派还对他进行威吓、辱

◎《母亲杨沫》封面

骂，让他按照他们的要求说。张中行写了一份材料，大意是说，那时杨沫比我进步、比我革命，还说杨沫"直爽、热情，有济世救民的思想，真的相信她所信仰的东西，并为之奋斗，比那些口头主义者强多了！"据说后来杨沫看到了这个材料，她很感动，并写信向张中行表示感谢。

但到了上个世纪80年代，杨沫写文章追述往事时，言及当年与张中行分手之事，又是明说或是暗示，张中行当年负心兼落后，所以她才由幽谷而迁于乔木。闻听此言，张中行笑曰：认定我负心，是人各有见；认定我落后，是人各有道。总之，"道不同不相为谋"，最后只得分手。张老在《流年碎影》中谈到婚姻问题时，把婚姻分为四个等级：可意，可过，可忍，不可忍。张老与杨沫分手，当年自然是有"不可忍"之处了。杨沫逝世之后，他们的女儿徐然给张老写信，主要意思是说，生时的恩恩怨怨，人已故去，就都谅解吧。张老复信说，人在时，我沉默，人已去，我更不会说什么。

写到这里，有两件事我想特别说一说。一件事是1931年暑期，张中行考入北大中文系，9月初刚开始上课，就发生了"九一八"事变，日军于沈阳发动侵略，中国军队不抵抗，眼看东北就陷入敌人之手。全国民心激愤，北大当然更不例外。到了10月中旬或稍后，北大组成"南下示威团"，参加的有200多人，慷慨激昂地乘火车前往南京，要求抗战，反对南京当局的不抵抗政策。这200多人之中，就有青年张中行。他虽然不是组织者、领导者，但毕竟是其中的一员。他并且认为，南下请愿示威"对于不抵抗的当局也许作用不大，但可以让侵略的日本敌人看看，中国人的心并没有死"。另一件事是1937年"七七"事变之后，北京沦陷，传说张中行一贯敬重的老师周作人要出山干伪职，替日本人做事，张中行曾写信给他，劝他不要出山，反对他出山。这两件事在张老的《流年碎影》中都有所记述。周作人曾经是影响很大的作家，为新文化运动作出过重大贡献，但后来却出任伪政府官员，为日本侵略者张目辩解，不但毁了自己的清誉名节，而且受到了应有的惩罚。仅凭上述两端，并作正反对比，还能说青年张中行自私、落后、庸俗吗？还能说青年张中行不爱国吗？

我这部分所写的内容，都不是道听途说的小道消息，而是根据张中行的《流年碎影》和杨沫之子老鬼的《母亲杨沫》所写的，有的内容还是张老生前跟我直接说过的（比如劝周作人不要出山一事）。我这里还想说一说老鬼，我虽然不认识他，但他写的《母亲杨沫》一书，不为长者讳，不为尊者讳，写出了一个真实的并非完美无缺的杨沫，呼唤人性、母爱、亲情的回归，并且对张老作了客观公正的评价。这样写使人觉得真实可信，的确难能可贵。

有人曾经说过这样四句话："以德报德是常人，以怨报德是小人，以怨报怨是恶人，以德报怨是伟人。"从张老在困境和屈辱中对杨沫的态度而言，我们不必称他是伟人，但我们应该实事求是地承认，他的确是一位大度君子。

他是一个真正大写的人

阅读张老的作品，或与张老直接接触，都给我这样一个深刻的感觉：他是一个真正大写的人，他是中国古典文人的典范。

"学问往上看，享受往下看"，这是张老经常说的两句话，他自己的确也是这样做的。张老一生清贫，生活俭朴，他85岁时才分到一套普通的小户型三居室，没有进行任何装修，屋里摆设也极为简陋，除了两书柜书几乎别无一物。可张老却从无怨言，他甚至还为自己的住所起了个雅号叫做"都市柴门"，安于在"柴门"内做他的布衣学者。在张老家狭窄的客厅里，放着一张饭桌，靠墙有一个小的长条沙发，这样剩余的空间已无多少，有时去的人多了就转不过身来，招待客人用的茶水杯也只好放在凳子上。我去的次数多了，实在看不过去，就花50元钱给张老买了一个小茶几，还是3条腿长1条腿短。就这个张老还很高兴，招待客人时总算有个放杯子的茶几了。张老的饮食很清淡、简单，喜欢粗茶淡饭，有时吃个京东肉饼就算改善了。我曾给张老送去过一个自己到郊外采摘的20斤的大倭瓜，还给他送过3个大萝卜。对于这些实在拿不出手的东西，张老却很满意。对于那3个大萝卜，他做菜吃了1个，又转送给别人1个，还有1个舍不得吃，一直摆在家里看着。

季羡林先生有个被北大新生当成工人师傅，并请他临时照看行李的故事。张中行也有个被当成看门老头的故事。张老还在人民教育出版社工作时，有一次在楼下，看到传达室的人去买饭了，他就在传达室那里坐着。这时来了一个人，说找人，具体找谁也没说。张老就说你等会儿，中午都休息呢！后来传达室的人回来了，那个人说，我要找张中行，这个老师傅让我等着。传达室的人说，你知道他是谁吗？他就是张中行先生。说完那个人特别吃惊，哎呀！这就是我要拜访的张老啊！然后又说了很多尊敬的话。张老回到家里对女儿说，你看这多好，人家把我看成个老师傅。就这样他挺高兴。季羡林、张中行这些著名学者，都有一个共同特点，就是心无旁骛，专心治学，淡泊名利，俭朴生活。

"言必信，行必果"，是张老终生奉行的信条。张老是"左撇子"，自谓"学书不成"。其实，他的书法很见功力，书论也颇有独见。他曾亲口对我说过，在书画创作上造诣深厚的人，一般具备三个条件：一是天赋，二是勤奋，三是学识。他还以启功和赵朴初为例说明这个问题。我曾直接观摩张老写字，他握笔较低，运笔舒缓，一笔一画，一丝不苟，属于文人字，书卷气很浓。他曾给我写过"行有余力，则以学文"、"闻鸡起舞"、"奇石共欣赏"等几帧条幅。在后面这帧条幅上，他还写上了"永清先生有米颠爱石之癖书以奉之"一行小字。

张老在《流年碎影·游踪记略》中有一段写道："接着说1995年10月23

○ 1993年在吴祖光、新凤霞书画展开幕式上，张中行先生躬身向"凤大姐"道贺。

日至29日的石家庄之行。是有个读者兼友人在石家庄某学院工作，有供应食宿和代步的条件，听说我还没去过正定大佛寺和赵州桥，就约我于春秋佳日去看看。"这里所记述的就是我邀张老去河北游览的一段经历。那时我在位于石家庄的装甲兵指挥学院担任政委。在短暂的一周时间里，我们朝夕相处，深入交谈，我感到受益匪浅。那次，张老先后游览了正定大佛寺、赵州桥、柏林寺，以及邯郸黄粱梦、丛台等名胜古迹。

1996年还有一件事令人十分感动。驻石家庄武警部队有一位小青年、文艺战士张永攀，酷爱评剧艺术，善于男扮女装演旦角，他非常想拜访评剧大师新凤霞，希望成为新凤霞的入门弟子。张老知道这种情况后，表示可以帮助联系，因为他与吴祖光、新凤霞夫妇多有交往。大概是在1996年盛夏酷暑季节的一天，我派秘书李永洲同志带领张永攀进京，当时已经年届米寿（88岁）的张老，当天就冒着高温炎热，亲自领着他俩，到了新凤霞家中。新凤霞观看了张永攀的演唱，表示非常满意，并给予亲切鼓励。事情已经过去了10年，在前不久中央电视台戏剧频道举办的"挑战新凤霞"评剧演唱比赛中，张永攀的名次一路攀升，最后获得了一等奖第二名。除了知情人之外，大概不会有人料到，张永攀这位小青年在评剧艺术上的进步，还凝聚着国学大师张中行的心血呢！

张老的夫人李芝銮是旧时的大家闺秀，年轻时体态清秀而性格温婉。妻比夫大一个半月，都属猴，他们于1936年结婚，张老一直称夫人为"姐"，两人相濡以沫近70年。李芝銮是典型的贤妻良母，平生志洁行芳，任劳任怨地操劳了一辈子，于2003年先张老而逝。两位老人都在时，我每次去探望，他们都十分高兴、热情接待，分别时还步履蹒跚地坚持送到电梯门口，令人十分感动。

张老与李芝銮生了四个女儿，大女儿张静，二女儿张文，三女儿张采，四女儿张莹。张老家风很正、家教很好，四个女儿都受了高等教育，人人既传统又现代，既事业有成又品德端正，颇具乃父遗风。张老一家三代共有8人毕业于北大，除本人外，二女儿、二女婿，四女儿、四女婿，二女儿的女儿、三女儿的女儿、四女儿的女儿都毕业于北大。大女儿张静毕业于河北医学院，一直在张家口工作，经过长期孜孜不倦地学习和钻研，终成名教授、

◯ 妻比夫大一个半月，都属猴，
张老一直称夫人为"姐"。

医学家，并且当选为全国人大代表。这样的家庭，这样的后代，这样的素质，不能说是绝无仅有，也是极为罕见的吧！

张老一生特立独行、卓尔不群，他从不趋炎附势，从不攀高结贵。上个世纪90年代，正是张老掀起的那股"文坛老旋风"席卷全国的时候，中国作家协会托人给他送去了入会申请表。张老考虑再三，决定放弃入会申请。他的解释是，我这一辈子没有郑重其事地参加过什么组织，现在快成入土的废物了，就不麻烦中国作协了。张老就是这样淡泊名利，他对一切都看得很淡、很透。

张老虽然是国宝级的人物，但因为他是"无冕名家"，无官无位，无权无势，所以到了迟暮之年在某些方面也确实遇到了不少困难和问题。有一件事虽然过去几年了，但我想起来一直觉得心里非常难受。那一次是张老到某医院看病，我派司机开着车早晨6：30就赶到了张老家里，司机和张老的二女儿张文陪着老人到了医院，挂了专家号，张老坐在轮椅里静静地等着，一直等了四五个小时，那位专家说有别的重要事不再看了，就这样把一位90多岁的国宝级人物甩到了一边，只好白去一趟、叹息而归。司机回来给我说起这件事，我心里觉得又难过又气愤，但这又有什么办法呢？在我国，"官本位"的影响还很严重，干什么都讲究级别高低。对此，张老和张文倒显得比较平静，他们没有过多抱怨。张老说过这样一句话："一个人能享大福不算真本事，能吃大苦才算真本事。"我想，他们对于这种现象大概已经司空见惯、习以为常了。

张老一生谦虚谨慎，虽然名气很大，但从来不事张扬，更不以大师自居，而是自称"小民"。张老的这种品格，正好应了竹子"外直、虚心、有节"的特性。古人诗云："竹有节，有千节，风过不折，雨过不蚀，吾愿如竹。"郑板桥也有首著名的咏竹诗："咬定青山不放松，立根原在破岩中。千磨万击还坚劲，任尔东南西北风。"这些诗句，不正是张老人格的写照吗？

张中行的养生之道和座右铭

近10年来，每到1月7日，我都到张老家中给他祝寿。其中印象最深、收获最大的，是2005年1月7日给张老祝贺96岁华诞那一天。那天上午，我赶到张老家里，向他表示热烈祝贺。我等了一会儿，张老的三女婿林教授唤醒他："爸，田政委来看您了！"张老慢慢睁开眼睛，认出是我之后，拱手作揖道："将军驾到，欢迎、欢迎！"我发现张老的身体和精力的确已大不如从前。家人说他卧床睡眠的时间明显增多，在房间走动也需要手拄拐杖或他人搀扶。但他的气色还好，脸上没有常见的老年斑，也没有多少皱纹。他的思维还比较敏捷，说话也比较流利，而且还像过去那样，与人见面之后喜欢开玩笑、说笑话。

张老起来之后，就坐在床上，靠着被子，和我们交谈了起来。我觉得机会难得，就向张老请教了几个问题。

我请教的第一个问题是："张老，您一生历经坎坷，竟然活到如此高龄，请问您有什么养生之道？"

张老想了一会儿，回答说："我没有什么养生之道。要说有的话，就是我这一辈子，一不想做官，二不想发财，只是一门心思读书做学问。除此之外，我别无他求。"

我请教的第二个问题是："张老，指导您一生言行的座右铭是什么？"

张老想了一会儿，回答说："我也没有什么座右铭。要说有还是刚才说的那两句话：我这一辈子，一不想做官，二不想发财，只是一门心思读书做学问。除此之外，我别无他求。"

说起张老的座右铭，他的四女儿张莹同志说："我爸这几句话哪里像什么座右铭呀！不过说实在话，他这一辈子的的确确是这样做的。"

我请教的第三个问题是："张老，您写了那么多大作，您最喜欢、最满意的是哪一部？"

张老想了一会儿，回答说："多年来我涂涂抹抹，写了些杂七杂八的东

◎ 告别仪式上，人们在安慰照顾行公的小保姆。

西，要问我最满意的是哪一部，实在不好说。不过，我花费时间和精力最多、写得比较苦的是《顺生论》这本书。我从上大学开始，至今70余年，一直致力于思考和研究人生哲学问题，这本书算是这方面的一个总结和成果吧！"

说到这里，我和张老的三女婿林教授以及前来为张老祝寿的刘德水老师都深有同感。正如有人所讲，如果说张老的《负暄琐话》、《负暄续话》、《负暄三话》是中国当代《世说新语》的话，那么张老的《顺生论》就堪称中国当代的《论语》，的确是一本值得人们用心研读的人生哲学教科书。

我请教的第四个问题是："张老，您对后生晚辈有什么希望和嘱咐？"

张老想了一会儿，说了八个大字："多读好书，多做好事。"

这时，人民教育出版社的几位同志也赶来为张老祝寿。看到两位年轻漂亮的女同志，张老开玩笑说："我一看到美女就犯糊涂，怎么忘记了你们的尊姓大名呢！"

这一天，张老的兴致一直很高，既讲些轻松幽默的话语，又谈论严肃深刻的问题。张老的一位忘年交孙健民将军也赶来为他祝寿了。说了一会儿话之后，张老和孙将军谈起了孔夫子，他说："孔夫子号称有弟子三千、贤人七十。依我看，他最好的学生是颜回，最差的学生是宰予。"

◎ 张中行与北京牛栏山中学语文教师刘德水。

◎ 行公的另一位军旅忘年交孙健民将军。

张老那天言简意赅的谈话，一直牢记在我的心中。我认为这既是张老一生为人、治学的经验总结，也是他留赠给我们的珍贵遗言和精神财富。

张老逝世后，中央电视台"东方时空"栏目紧急赶制了一部专题片，介绍了张老的生平事迹。在采访我时，我说了这样几句话："在这个世界上，有的人创造了生命的奇迹，但没有创造学问的奇迹；有的人创造了学问的奇迹，但没有创造生命的奇迹。只有为数不多的人，既创造了生命的奇迹，又创造了学问的奇迹。张老就是这样一个人。"

（作者为中国人民解放军总参原兵种部政委）

编后絮语

一位西哲说过："一个老人，就是一座图书馆"……走近行公，就像走进了一座图书馆。

庞旸

一代平民学者、布衣大儒张中行翁去世了，人们纷纷撰写纪念文章，缅怀这位给我们的生活带来许多思想之光和人文主义温暖的世纪老人。对于我和我们出版社来说，对行公最好的纪念，就是将这本8年前初版的书，以崭新的面貌再版，奉献给广大读者。

11年前我与张中行老先生相识，就是以这本书为媒。令我惊讶的是，初次与行公见面，竟有那种一见如故的感觉。那是在安贞医院的病房里，行公拉开话匣子，一口气聊了一个多小时。以后，我就常常登门向行公请教。

与行公交谈，无论谈什么题目，他都可以从中国几千年的典籍和掌故中，纵横捭阖，顺手拈来一些例子，令人目不暇接；亦可从外国的哲学家、心理学家、生物学家、政治家、诗人那里，随便摘引一段话、一个观点，作为佐证，使人眼花缭乱。

这是一位年近九旬的老人吗？我暗想，他那仿佛深不见底的丰厚学识，他的博闻强记，简直是个奇迹。

于是，我便找行公各式各样的书来读。

记得一位西哲说过：一个老人，就是一座图书馆。这个"老人"之前，也许要加一些限定词方才确切。然而读行公的书，确确实实使我感到：走近行公，就像走进了一座图书馆。

在当代八九十岁的老知识分子中，行公是颇为独特的一个。他在学养上，

◎"袋里乾坤图",方成绘。

深受中国传统文化濡染，有着深厚的国学基础；而从青年时代起，就以精通的外文读了大量西方著作，对西方哲学和政治思想有非常深刻的理解，并将这二者水乳交融地集于一身。

行公不愧为学术自由风气甚盛的上世纪 30 年代的北大学生，深得五四"科学与民主"精神的真传。早在上世纪 80 年代中期，行公就在《负暄琐话》里一而再、再而三地写下"红楼点滴"，弘扬蔡校长的兼容并包，及"吾爱吾师，吾更爱真理"的求真精神；在回忆录《流年碎影》中，又以 10 章的篇幅写北大，大力推崇的仍是那种"自由与容忍"的红楼精神。用他自己的话说，是在北大，学会了"怀疑和追根问柢"。他读书，一，"想弄清楚人生是怎么回事"，因此"多读哲学方面的书，尤其是其中的人生哲学"；二，是

◎ 张中行为"袋里乾坤图"题诗。

学习"西方人治学重分析，各部分清楚之后再综合，即成为系统"；三，"不管钻研什么，都应该用科学方法，以求能够去伪存真"。这就奠定了行公的哲学观，也即杜威、罗素都强调过的"哲学的任务在于批判"。因此他一生不唯上，不盲从，"自信对于复杂现象和诸多思想，有了分析和评判的能力"，对世事的流转，他以一个学者的独立精神进行思考，从不头脑发热跟着大哄大嗡。因此他以望九高龄能够骄傲地说：我这一辈子，不会因曾左右摇摆而追悔莫及，也不会因曾迎合什么而造成终身遗憾。

同样堪称奇迹的是他晚年著述之多，之快。行公虽一生治学，但在漫长

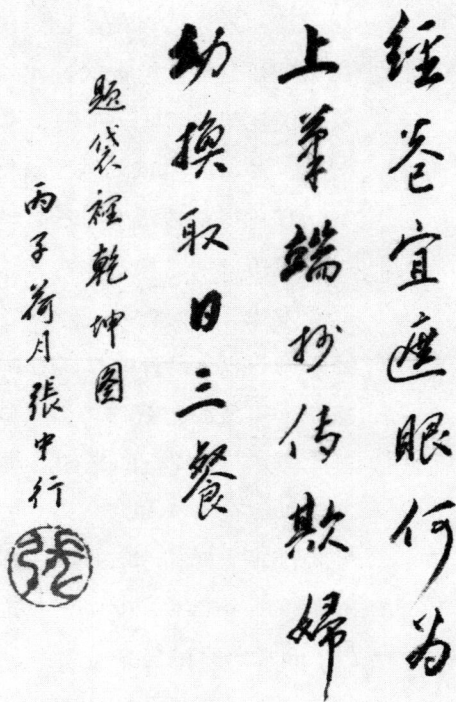

的"万马齐喑"的年代，他的著作并不多，且仅限于语言文字方面。真正写自己想写的东西，是上世纪80年代以后。"庾信文章老更成"，这时的行公，已近耄耋之年，但他的创作欲，如江堤决口，一发而不可收。十几年中，行公各类随笔文集，已有几十种行世；读者对行公著作的喜爱，历时多年不衰。对此，孙郁先生曾归结为奇特的"张中行现象"，认为值得好好研究。

我觉得真要研究，不妨学学行公的演绎法，分个一二三四。这一，是行公一辈子读书之多，非常人能比。读书多，又爱思考，必有自己的见解。然而要发表，谈何容易。行公不像有些人那样肯随流俗，也不像有些人那样敢冒杀身之祸，只有缄口。几十年的缄口该郁积多少未吐之言！一旦赶上气氛宽松，不致因言获罪，自会厚积薄发，形成江河之势。这二，是行公为文，并无意求取功名，而是如清代词人项莲生所说："不为无益之事，何以遣有涯之生"，完全是一种艺术人生的需要，正像他的研究法书、集砚、写诗填词等多种雅好一样。行公一生是以一介平民的姿态立于人间的，他只求做好一个教师、一个编辑，对高位不仰视、不羡慕。这使他不仅能够保持相对的独立性，而且始终把目光投向身边最平常的人和事。滔滔的思绪和有生命力的词句自然流诸笔端，顺性而为，不能不写。这样写出的文字，最能表达作者的真知见、真性情，也最切近为文的本义。其三，是行公一生最厌恶虚伪，说话必吐真言，说大实话、大白话。漫画家方成曾为行公画"袋里乾坤图"：一老翁肩荷如椽巨笔，笔杆上负一与身等高、装满学问文章的大口袋。《博览群书》发表时，行公应邀赋一首打油："经卷宜遮眼，何为上笔端？抄传欺妇幼，换取日三餐。"甩掉经世致用的崇高，将自己的文章自嘲为"欺妇幼"，为稻粱谋。但一片忧国忧民的冰心，却是时时涌上笔端的。第四，从读者这方面说，正是由于行公自诩"我乃街头巷尾一常人"，不造作，不虚伪，少有的真率挚诚，他和读者的心贴得很近很近。同时，他的文章又是上达天文，下至地理、社会人生、历史掌故、文学艺术、婚姻家庭、里巷故事、旧雨新朋，几乎无所不包，可为求知的学子指点迷津，为艰辛的人生提供指南，亦可使孤寂困惑的灵魂得到慰藉。这就难怪长达十几年时间，行公的书印了一本又一本，却始终拥有一大批忠实的读者。仰慕行公的人，上至名家大儒，下到贩夫走卒、须眉男子、红颜荆钗、男女老幼、三教九流，也不知有多少。从这广泛的交游中，也可窥见他"布衣学者"的本色。

行公的著作很多，各种选本也很多。据笔者目力所及，国内至少有四十几家出版社出过行公的书。行公去世后，因为准备出版全集，他的家人对重版选本是非常慎重的。这体现了行公一贯的风格：对作品的认真严谨和对读者的尊重。幸运的是，我社这个选本第一个得到了张中行著作权继承人——他的女儿们的再版授权。我觉得本书能得到这样信任，除了选文比较精粹以外，最主要的原因，还是老中青三代文坛名家豪华阵容的加盟。这一点，主编韩小蕙在初版序中已作了详细的介绍。季羡林、周汝昌、洁泯、阎纲、何西来、牛汉、孙郁等15位名家的赏析之文，与行公的名作相得益彰，体现了作家之间高山流水般的相知之情，十分令人感动。比起其他选本来，这大约是本书最大的看点。

此次修订再版是在行公身后，为了更好地表达人们的怀念之情，书中收入启功、蓝英年、张守义、田永清、唐师曾及行公四个女儿的文章，他们从不同的角度，写出自己心中张中行；同时，我们选配了大量行公生前的珍贵照片。这些照片的收集，有赖于行公的女儿们及诸多生前好友的大力支持。在此我们谨向为此书修订提供了帮助的主编、作者和行公亲友们表示衷心的感谢。我们还要感谢作家权益保护委员会主任张树英女士，感谢爱读张中行作品的广大读者。作为我社十多年来畅销不衰的名编——《名家析名著》中的一本，我们相信此再版本仍能一如既往地得到广大读者的厚爱。

张中行先生年谱简编

1909年，1岁

1月7日，生于河北省香河县河北屯镇石庄一户张姓农家，有一兄一妹。张家有田百亩以上，为石庄富户，祖父张伦，俭约勤勉和善；父亲张万福，直率暴躁，能写工整楷书；母蓝氏，性隐忍。

1916年，8岁

春，始就读于地方大绅士本村石显恒所创镇立小学之初级。白天读共和国教科书，习国文、算术，晚上被刘阶明老师选中，听讲《孟子》，刘据《尚书·舜典》"在璿玑玉衡，以齐七政"，为之拟学名璿，字仲衡。

1921年，13岁

就读镇立小学之高级。此时长兄张璞（字一真）业由京兆师范学校毕业，在香河县立小学教书。张中行从王法章老师学语文，得以文字通顺。小学期间，广泛阅读《水浒传》《三国演义》等中国古代小说，尤爱《聊斋志异》，以其文字雅训，其中很多故事可以寄托感情和遐想，因《聊斋志异》而获得了读文言的能力，并相信人间会有温暖。

1924年，16岁

7月，从长兄主意，往通县投考师范，青龙湾大口哨决口，断绝交通，计划作罢。

1925年，17岁

考取通县京兆师范学校，通县城郊有明李卓吾之墓，结识老师孙楷第、同学刘佛谛。通县师范校风宽泛自由，课上学习新式知识，课下阅读新文艺作品。

1926年，18岁

冬天，与"娃娃亲"所定下的武清县沈氏女成婚，该女缠脚，不识字。

1928年，20岁

北洋军阀政府由国民政府代之，京兆师范学校更名为河北省第十师范学校，校长由无党派的刘汉章换为国民党员段喆人。校内开始有党部。

1931年，23岁

从通县京兆师范学校毕业，进京，考取北京大学文学院，入读中国语言文学系。是年8月暑假末尾，结识杨成业。杨17岁，反对包办婚姻离家谋独立，托人请张中行谋香河县立小学教书，书信往来定情。9月入北京大学不久，"九一八事变"爆发，与同学南下南京示威。在北京求学期间，广泛阅读中国古典作品，受北大学术风气熏陶，在治学上学会了怀疑和追根问柢，毕业前后确立志向探讨人生哲学。

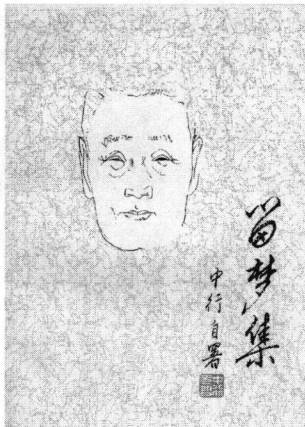

◎《留梦集》封面。

1932年，24岁

春，杨成业由香河回北京，与张在北京沙滩大丰公寓租房而居。张求学穷困，杨仍出去工作，二人常因琐事争吵。杨改名为"君茉"，又改名为"君默"。二十世纪50年代发表《青春之歌》时署名"杨沫"。

1935年，27岁

从北大毕业，仍用仲衡，但去人去鱼，改名为中行，语出《论语·子路》："不得中行而与之，必也狷狂乎。"至天津开滦煤矿投考中学教师，体检医生云有肺病，不中。8月16日至天津南开中学教书，结识韩文佑，学生中有黄宗江，同在南开中学教书的还有何其芳，但张"感到道不同而远之"。

1936岁，28岁

得知杨君默在香河与马君过从亲密，遂将杨接到天津，"已经有了隔阂"，不久张被南开中学解聘，携杨回北京，为了"使无尽的苦有尽"，与杨提出分手。回北京后在私立进德中学代国文，与杨分手，即去保定私立育德中学，学开车。10月10日与李芝銮相亲，12月上旬回京成婚，复回保定教书。

1937年，29岁

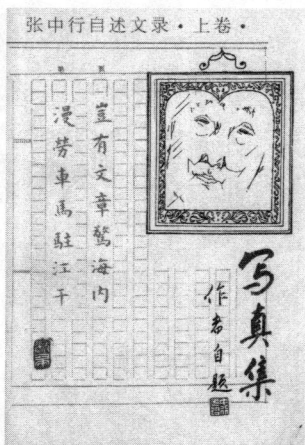
◎《写真集》封面。

暑假携妻至北京游玩，"七七事变"爆发，保定陷落，育德中学毁于战火，存物一扫而光，遗失1928年暑后起近10年的日记。不能回保定教书，生计无着落，至北京某杨宅教家馆，月工资25元，甚贫苦，同学和培元夫人陈玫怀孕亦寄居其家。

1938年，30岁

春，由白塔寺迁居往鼓楼西的鸦儿胡同，至北京鼓楼唐家桢主持的民众教育馆（属市教育局）就职，任阅览部主任，半年后，改任教学部主任，期间主要阅读西方思想著作，并为张子杰所编期刊写文章，文皆不存。

1939年，31岁

继续在民众教育馆任职，但每周一至慈型工厂附设土木学校兼课四小时。

1942年，34岁

春，民众教育馆解散，托人谋至周作人主持的北京大学文学院任助教。

1945年，37岁

6月22日，与韩文佑去上海助有日本军部背景的林快青办《新闻报》，不成，后出三期《上海论坛》，8月日本战败，颠簸回北京。与南星筹办"烛龙"书店，不成，重回北大文学院教课，北京光复后陈南屏、郑天挺接收北京大学，表示继续留用。

1946年，38岁

北大正式恢复，张离开文学院，至第四中学教国文，同时在广化寺为僧人讲授逻辑、国文、英文，并且为北京南星主编《文艺时代》写文章，在天津《新生晚报》开专栏"周末闲谈"（后改为"一夕话"），文皆不存。

1947年，39岁

年初，辞去四中教职，至贝满中学教初中修身课，后渐改教高中国文。开始以一人之力主编佛学月刊《世间解》，7月印成第一期。家乡土改，全家逃难来京，生活负担更重。

1948年，40岁

春，积劳而患胸膜炎住院，10月《世间解》出至第十一期，停刊。

1949年，41岁

年初，父母等回乡。2月参加迎接解放军入城，10月在天安门参加开国大典。

1951年，43岁

1月下旬，离开贝满中学到出版总署任编辑，后成立人民教育出版社，即在其检查科任职。5月29日，"一生最亲近"的同学梁政平病逝。在20世纪50年代，忙里偷闲，写了《顺生论》第一分（文革之风起时烧掉）。

1952年，44岁

1月1日父亲在家乡病故。"三反五反"开始，因每月取得大众书店所办《语文教育》的编委费30元，被定为"贪污分子"，停发工资半年。

1957年，49岁

整风运动开始，"理智分析对待"，未被划为右派。

1962年，54岁

所参编的《古代散文选》上册出版，吴伯箫主持，隋树森定稿。

1963年，55岁

所参编的《古代散文选》中册出版，吴伯箫主持，隋树森定稿。

1963年，55岁

2月10日，母亲去世。夏季，周叔迦居士约为锡兰百科全书写"佛教与中国文学"条目。

1964年，56岁

初夏《佛教与中国文学》五万字完稿，以太长

◎《笔花选录》封面。

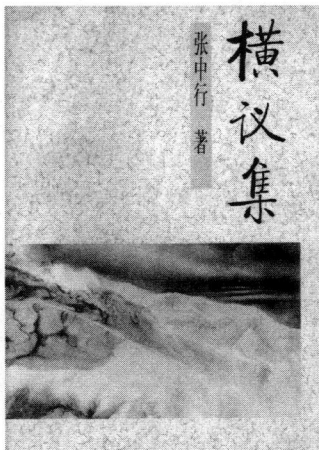
◎《横议集》封面。

未被锡兰百科全书采用。

1968年，60岁

开始离开正常工作岗位，在社内扫厕所，干零活儿。

1969年，61岁

1月好友刘佛谛服毒自杀，6月下旬，在昌平县的浮村劳动，被通知下放五七干校。7月19日，去张家口长女张静家，21日抵家，8月5日起程去凤阳，充当过基建工人，干过收麦、采石、积肥、卸石灰、稻田插秧、挑水等活。11月，北京的家被人占房，被迫搬往北京大学8公寓二女儿处。

1971年，63岁

在凤阳，开始被派烧锅炉，曾自称"炉行者"。4月22日，离开干校回北京，由退休改为退职（即等于开除），5月户口还乡，10月14日还乡改造，自此，连续五年之间五次还乡，累计在家乡住有一年多，遭受重重困难：天寒、鼠扰、孤寂、做饭生火不顺；曾拾肥积粪而得以行走自由，在乡间读杂书，写旧诗，并重写出《顺生论》第一分的九个题目。

1972年，64岁

10月，在乡间被要求劳动，轧场牵驴，后又被免除。

1975年，67岁

8月24日，急病，后挣扎至表弟家，解除危险。9月最后一次离家乡。

1976年，68岁

4月5日天安门事件。4月7日由北京出发，途经天津，与郭翼舟、王芝九等游南京、苏州、杭州、无锡、扬州等地，历47天，5月23日返北京。7月28日的唐山大地震，家乡老屋被毁，至此再未还乡改造。1971至1978年间，除在乡间居住，在北京生活则以探友、杂览书籍、练毛笔字、作诗词为主。每在北京期间，则须办理临时户口，颇多烦扰。

1978年，70岁

落实政策，恢复退休待遇。

1979年，71岁

1月15日回社里工作，移住香山饭店，主编《古代散文选》下册，并写附录《文言句法的一些特点》（上、中册谈字词也是张写）。2月，户口回京，3月初，由北大朗润园8公寓迁居到11公寓。11月30日，入住西苑饭店工作，后人民教育出版社新楼建成，即入新址办公。

1980年，72岁

年底，《古代散文选》下册编注工作结束，开始编《文言文选读》。

1981年，73岁

6月28日到7月13日，往哈尔滨参加"全国语法和语法教学讨论会"，会老友黑龙江大学的吕冀平等；9月23日到10月7日，到上海看《古代散文选》下册清样的改正情况。

1982年，74岁

完成《文言津逮》，9月写成《负暄琐话》的第一篇《庆珍》。

1983年，75岁

4月，开始在《中学语文教学》连载《作文杂谈》。

1984年，76岁

人民教育出版社始予"特约编审"的称号，5月，《文言文选读》第三册完稿，吕叔湘约请主编《文言读本续编》，福建教育出版社出版《文言津逮》，年底，《负暄琐话》完稿。

1985年，77岁

年初，结集出版《作文杂谈》，安徽教育出版社出版《佛教与中国文学》。7月，出版《语文论集》。年底，《文言读本续编》完稿，开始编《文言常识》，写作《文言与白话》。

1986年，78岁

年中，《文言与白话》完稿，黑龙江人民出版社出版《负暄琐话》。

1987年，79岁

3月，动笔写作《禅外说禅》。

1988年，80岁

《文言读本续编》出版，人民教育出版社出版《文言常识》，黑龙江人民出版社出版《文言与白话》，4月《禅外说禅》完稿，8月开始写作《负暄续话》，夏写作《顺生论》三个题目与原写成的九个题目构成《顺生论》第一分，"天心"部分。

1989年，81岁

5月，《负暄续话》完稿，10月开始写作《诗词读写丛话》，后由人民教育出版社出版，此书附收《说梦草》，系自选诗词二百余首。11月，患心脏病。

1990年，82岁

黑龙江人民出版社出版《负暄续话》，7月游呼伦贝尔。

1991年，83岁

黑龙江人民出版社出版《禅外说禅》，4月，开始写《顺生论》第二分。

1992年，84岁

人民教育出版社出版《诗词读写丛话》，5月，《顺生论》完稿。

1993年，85岁

年底，《负暄三话》完稿。

1994年，86岁

1月15日，动笔写作《流年碎影》。中国社会科学出版社出版《顺生论》，黑龙江人民出版社出版《负暄三话》，内蒙古教育出版社出版《谈文论语集》。5月游郑州。8月游承德。10月由北大11公寓迁居至北郊马甸新楼。

1995年，87岁

经济管理出版社出版《横议集》，内蒙古教育出版社出版《张中行选集》。1

月游石家庄。12月2日，杨沫去世，张未参加遗体告别仪式。

1996年，88岁

北京出版社出版《说梦楼谈屑》，9月，游山西，11月《流年碎影》完稿。

1997年，89岁

作家出版社出版《张中行自述文录》下卷《留梦集》（上卷《写真集》由北京大学出版社出版），中国社会科学出版社出版《流年碎影》《散简集存》等《张中行作品集》八卷。

1998年，90岁

8月，由友人孟素琴陪同，回香河县小住。

1999年，91岁

5月，由孟素琴陪同，往江苏苏州参加苏州大学举办的"新世纪教育文库"编印研讨会，游苏州三日，南行，游吴江、南浔、嘉兴、杭州、绍兴。6月9日返回郑州司家庄。

11月，因劳累患脑血栓，住安贞医院，随后转入解放军305医院。此后即辍笔。

2000年，92岁

10月15日，在北大芍园参加季羡林90寿诞庆祝会，张中行恭书寿联："颂大业人皆万岁，行百里者半九十。"

2001年，93岁

2月3日，老友启功先生亲自登门，看望张中行。8月，启功先生再次登门，看望老友，送来点心。张先生九十寿诞时与钟敬文、启功、王世襄、郭预衡等合影照片等。

2002年，94岁

7月，老友启功先生九十寿诞，张中行为书贺词："元白上人望百荣寿，老幼共庆，朝野同欢。壬午岁除，后学张中行敬贺。"

2003年，95岁

5 月 27 日，老伴李芝銮去世，享年 96 岁。家人以年高，一直隐瞒张中行。

"非典"期间，张中行与老友启功先生等应邀为抗击"非典"题词。

2004 年，96 岁

9 月，由家人陪同，坐轮椅，游广化寺。

2005 年，97 岁

6 月 30 日，老友启功先生去世，家人以年高，未告诉张中行。9 月 8 日，以进食少、营养不良住进解放军 305 医院内三科。

2006 年，98 岁

1 月 7 日，在医院与全家三代及友人快乐度过 98 岁生日。2 月 24 日，在北京解放军 305 医院逝世。

◎ 张中行先生部分著作。

张中行先生著作系年

1964 年 11 月，《古文选读》（与周振甫合编），中国青年出版社；《文言难字注音》，商务印书馆

1980 年 12 月，《古代散文选》（第三册），人民教育出版社

1981 年 12 月，《文言文选读》（第一册），人民教育出版社

1983 年 3 月，《文言文选读》（第二册），人民教育出版社

1983 年 9 月，《佛教与中国文学》，安徽教育出版社

1984 年 9 月，《非主谓句》，上海教育出版社

1984 年 9 月，《紧缩句》，上海教育出版社

1984 年 6 月，《文言文选读》（第三册），人民教育出版社

1984 年 5 月，《文言津逮》，福建教育出版社

1984 年 7 月，《作文杂谈》，人民教育出版社

1985 年 3 月，《复指和插说》（叶南薰原著；张中行修订），上海教育出版社

1986 年 9 月，《负暄琐话》，黑龙江人民出版社

1988 年 4 月，《文言和白话》，黑龙江人民出版社

1988 年 4 月，《文言读本续编》，上海教育出版社

1988 年 5 月，《文言常识》，人民教育出版社

1990 年 7 月，《负暄续话》，黑龙江人民出版社

1991 年 3 月，《禅外说禅》，黑龙江人民出版社

1992 年 3 月，《文言常识》（繁体字版），三联书店（香港）有限公司

1992 年 7 月，《诗词读写丛话》，人民教育出版社

1992 年 12 月，《张中行小品》（王小琪编），人民大学出版社

1993 年 9 月，《顺生论》，中国社会科学出版社

1994 年 2 月，《观照集》（徐秀珊编，"当代名家感悟人生丛书"），中原农民

出版社

1994 年 6 月，《负暄三话》，黑龙江人民出版社

1994 年 6 月 ，《文言津逮》（繁体字版，更名为《文言漫步》），香港三联书店出版

1994 年 7 月，《说八股》（与启功、金克木合著），中华书局

1995 年 1 月，《留梦集》，中国文联出版公司出版

1995 年 4 月，《张中行选集》（范锦荣助编），内蒙古教育出版社

1995 年 6 月，《张中行作品集》（1—6 卷），中国社会科学出版社

1995 年 9 月，《关于妇女》（靳飞、韩小蕙编），国际文化出版公司出版

1995 年 11 月，《横议集》（徐秀珊编），经济管理出版社

1995 年 11 月，《月旦集》（徐秀珊编），经济管理出版社

1995 年 12 月，《说书集》（高莉芙编），北京师范大学出版社

1996 年 1 月，《桑榆自语》，人民日报出版社

1996 年 3 月，《说梦楼谈屑》（徐秀珊编），北京出版社

1996 年 8 月，《张中行近作集》，长江文艺出版社

1996 年 9 月，《当代散文名家精品文库·张中行卷》，四川人民出版社

1996 年 11 月，《张中行散文选集》（孙郁编，"百花散文书系"），百花文艺出版社

1996 年 3 月，《中国二十世纪散文精品·张中行卷》（王湜华、乔继堂编选），太白文艺出版社

1997 年 1 月，《张中行自述文录上卷·写真集》（范锦荣编），作家出版社

1997 年 1 月，《张中行自述文录下卷·留梦集》（徐秀珊选编），作家出版社

1997 年 5 月，《流年碎影》，中国社会科学出版社

1997 年 12 月，《读书学文碎语》（徐建华编，"书海浮槎文丛"）， 湖南人民出版社

1998 年 1 月，《东方赤子·大家丛书：张中行卷》（徐秀珊编）， 华文出版社

1998 年 1 月,《补学集》(吴小如、谢蔚明主编,"读书阅世丛书"),山西教育出版社

1998 年 6 月,《张中行精品欣赏》(韩小蕙、靳飞编),中国和平出版社

1998 年 9 月,《闲话八股文》(刘德水协助),辽宁教育出版社

1998 年 9 月,《安苦为道》(靳飞编),中国青年出版社

1998 年 10 月,《话说老北大·张中行卷》,人民中国出版社

1998 年 10 月,《南郭竽声·张中行自选集》("世纪学人文丛"),山东教育出版社

1998 年 10 月,《心声偶录》(徐建华编,"学者小品经典"),新世纪出版社

1999 年 1 月,《当代学者自选文库·张中行卷》,安徽教育出版社

1999 年 2 月,《说梦草》(诗词集),北京师范大学出版社,

1999 年 3 月,《散简集存》,中国社会科学出版社

1999 年 4 月,《笔花选录》 (庞旸编,"中国文学名家散文随笔保留作品集·张中行卷"),中国世界语出版社

1999 年 6 月,《民贵文辑》,河南文艺出版社

1999 年 6 月,《张中行世道美文》,(林秀钰选编),广东人民出版社

1999 年 9 月,《晨光》("二十世纪中国著名作家散文经典"),吉林摄影出版社

1999 年 12 月,《张中行散文》,浙江文艺出版社

2000 年 1 月,《步痕心影》(马力编,"学人游记丛书"),中国旅游出版社

2000 年 3 月,《望道杂纂》,群言出版社

2000 年 3 月,《旧燕》(徐丹晖编),北京广播学院出版社

2000 年 5 月,《不衫不履文钞》(方成插图,沈诗醒编),上海书店出版社

2000 年 5 月,《乡园旧梦》,云南人民出版社

2000 年 7 月,《世纪老人的话·张中行卷》(张吉霞采访),辽宁教育出版社

2001 年 5 月,《桑榆琐话》(龙协涛选编,"当代中国散文八大家"丛书),海天出版社

2002 年 1 月，《开卷集》（许觉民、陈祥主编），中共中央党校出版社

2002 年 1 月，《文言津逮》（"大家小书"），北京出版社再版

2002 年 8 月，《北京的痴梦》（白烨编），三联书店(香港)有限公司

2004 年 8 月，《负暄絮语》（冯亦同编），江苏文艺出版社

2005 年 1 月，《张中行讲北京》（陆昕编，"北京通丛书"），北京出版社

注：《张中行作品集》六卷，由中国社会科学出版社出版。第一卷收《文言和白话》《文言津逮》，第二卷收《诗词读写丛话》《作文杂谈》，第三卷收《禅外说禅》《佛教与中国文学》，第四卷收《顺生论》《说梦楼谈屑》，第五卷收《横议集》《月旦集》《说书集》，第六卷收《负暄琐话》《负暄续话》《负暄三话》。

（刘德水　整理）

特别声明：本书图片主要由张中行家属、亲友提供，拍摄者有唐师曾、孟素琴、宋淮生、赵亮、迟连方、李金华、柳琴等，恕不在书中一一署名。惜有个别摄影作者经多方联系未果，请您见书后与本书责编联系，以便付酬（E_mail：pangyang300@vip.sina.com）。